可制御の殺人

松城明

双葉文庫

目次

可制御の殺人

Q大学に程近いマンションの一室で、その死体は発見された。

死体は水を張ったバスタブの中で浮いており、水は手首から流れ出した血で赤黒く染まっていた。睡眠薬を飲み、カッターナイフで手首を切ったものと思われた。

遺書は発見されなかったが、警察は事件性がないと判断した。

なぜなら、部屋は完全な密室だったからだ。

ドアは施錠され、ドアガードもかけられていた。部屋の小窓は細く開いていたが、十センチ以上は開けられない造りだった。部屋の合鍵を持っていた、Q大学の女子学生のアリバイも成立した。あらゆる証拠が自殺を裏付けている状況で、警察が本件に更なるリソースを費やすはずもなく、ありふれた自殺として事務的に片付けられた。

だから、誰も気づかなかった。

ワンルームの片隅に身を隠している、一人の人間の死を演出した小さな悪魔に。

それは薄暗い部屋の中で、静かに透明な眼を光らせている。

＊

彼女を殺さなくてはならない。

更科千冬《さらしなちふゆ》がそう決心したのは、Q大学工学部のカフェテリアの一角だった。

学期中は昼休みで混んでいる時間帯だが、春休みの真っ最中とあって空いていた。店内で昼食を摂っているのは教員か、研究室に所属している学生、それも春休みという概念の存在しない研究室の学生に限られる。

千冬の研究室は幸運にもほどほどの休みがあって、今日大学に来たのは研究室とは別の用事なのだが、死んだ眼をして構内を歩く学生を何人も見かけた。隅のカウンター席で、貧相な顔つきをして素うどんを啜《すす》っている男子学生などはまさにそれだ。不潔で雑然とした研究室に閉じこもり、指導教員にしごかれながら何日も寝泊まりを続けるうちに、人間として大切なものがずぶずぶと腐っていくのだ。

千冬はゾンビのはびこる店の奥から、テーブルの向かいに視線を移す。

そこには泥の中で咲く一輪の花のように、ぱっと華やかな女子の姿がある。

「人間を単純化すると、一つの制御システムになるの」

カップのお茶をふうふう冷ましつつ、白河真凜《しらかわまりん》はそんなことを言った。

「制御システム？」

「人間にも入力と出力があるでしょ。楽しいことがあれば笑顔になるし、悲しいことがあったら泣く。周囲の環境からの入力と、それに対する反応としての出力がある。そして、その出力は理性とか本能によって制御される」

真凜は肩口までのボブカットにワンピースというガーリーな装いと、ふわふわして芯のない口調とは裏腹に、意外と理知的な言葉遣いをする。

「乱暴な気もするけど、まあ、言いたいことはわかる」

「そして、システムである以上、システム同定の手法が使える」

「はあ、変なこと考えるな」

ある不明なシステムを解析し、数理モデルを構築する操作をシステム同定と呼ぶ。

例えば、中身のわからない謎の数式があるとする。これに一を入力すると、七が出力される。二を入力すると十四。三を入力すると二十一。駄目押しで四を入力してみて、二十八が出力されれば、なるほど、これは数字を七倍するシステムなんだな、と推測できる。この過程がシステム同定である。正確な説明ではないが、ざっくり単純化すればそういうことだ。

システムの中身となる数式が複雑になるにつれて、システム同定の難易度は指数関数的に上昇していく。「かける七」くらいなら簡単でも、「かける七たす八」となれば少々手こずるし、「かける七たす八かける九」は人力で解けるかどうか怪しい。まして人間のような複雑すぎるものに適用できるとは思えない。

「それで、どうやって同定するの？」

「人間のシステムはとても複雑だけど、入出力のデータセットがたくさんあれば、制御に介在する精神すらモデル化できるかもしれない。鬼界《きかい》くんは今、それを研究してるの」

鬼界とは、Q大学に生息する謎の工学部生である。

千冬たちと年は変わらないが、ろくに学校に来ないので長らく留年しているらしい。凄まじい機械工作オタクで、電動工具や3Dプリンターやプラモデルに埋めつくされた部屋にこもり、夜な夜なおぞましいロボットを製作している、と専らの噂だ。

誰もその顔を見たことがなく、妖怪じみた噂ばかりが独り歩きしているので、想像上の人物なのではないかと疑うこともあるが、真凜によると実在するらしい。なぜか真凜とは交流があり、よくガラクタを貰っていた。

「それで真凜は最近、その研究というか道楽を手伝ってるんだ。何でそんなことに付き合ってやってるの？　弱みでも握られてるとか？」

「千冬さん、鋭いね」

「え」

「ううん、冗談」

「何だ。でも、あんまり奴に甘えさせちゃ駄目だよ。卒業すらできない鬼界には関係ないだろうけど、私たちは就活で忙しいんだし」

「大丈夫。そういえば千冬さん、推薦使うの？」

「使うよ。そのために院まで進んだんだから」

千冬と真凜はともに大学院一年生で、機械工学を専攻している。学部時代はいつも一緒に行動していたが、現在所属している研究室は別々なので、たまたまカフェテリアで列の前後に並ぶという偶然がなければ、こうして話をすることも当分なかっただろう。

推薦というのは、就職活動における学校推薦のことだ。

この大学では、機械工学科の学生の九割以上が大学院に進む。学部卒より就活で有利になるからだ。院生にはメーカーを中心とした様々な企業の推薦枠が設けられている。千冬たちの専攻では、志望する企業を第三希望まで書いた用紙を、来週までに提出することになっていた。千冬が学校に来たのはこのためで、トートバッグには事務室で貰ってきた用紙が入っていた。

「やっぱりT社とか?」と真凜は大手自動車メーカーの名前を挙げる。

「あんまり興味ない。実際どうなの? 自動車って」

「よくわからないけど、給料高くて安定してそう」

「いや、風土として。体育会系で男臭いのは嫌だし」

「そんなこと言ったら、どこだって男ばっかりじゃない」

と、真凜は口に手を当てて上品に笑った。

機械工学専攻は九割以上が男子であり、就職先も男女比が極端に男性に傾いたところばかりだ。それを覚悟してこの道に進んだのだから、ある程度の男臭さは許容できるが、あまりにも男性優位的な体質の企業は遠慮したいところだ。

「特に、重工系は体育会系のイメージがあるな」

「部署によるけど、そこまでじゃないって啓太——」

啓太郎くんが言ってたよ、と続いたであろう真凜の言葉は、そこで途切れた。

ある重工メーカーに学部卒での就職が決まっていた火野《かの》啓太郎は、一昨年の末まで真凜と付き合っていた。それまでは会うたびに惚気《のろけ》話を聞かされ閉口したものだが、すでに遠い昔の話だ。あの年のクリスマスイヴに起きた出来事は、真凜の心に深い傷を刻むことになった。

微妙な沈黙が流れる。千冬は話題を戻した。

「私はX社を第一志望にしてるんだ。第二、第三は空白で、推薦が取れなかったら自由応募で受けるつもり」

X社は日本有数の電機メーカーであり、学生からの人気も高い。推薦枠は一つしかないが、推薦の優先順位は講義の成績で決まるので、上位一割に入る千冬は取れる可能性が高かった。他の欄を空白にしたのは、推薦を出した企業に受かったら必ずそこに就職しなくてはならない、というルールがあるからだ。どうしてもX社に行きたい千冬にとって、他企業の推薦を取るのは諸刃《もろは》の剣だった。

真凜は話題が変わったことにほっとしたのか、無邪気な笑みを浮かべた。

「X社一本って、凄いね。どういうところがいいと思ったの?」

「うーん、まだ決まってない」

「他にも行きたい会社があるってこと?」

「え、いや、製品に興味があるって線で行くのか、研究内容との関連から攻めるか、企業理念とかに共感したことにするか、まだ決まってなくて」

真凜はちょっと小首を傾げて、目を瞬かせた。

「……ううん、エントリーシート《ES》の志望動機の話じゃなくて、千冬さんはX社のどこがいいと思ったの？　色んな会社の中から、どうしてX社を選んだの？」

――私はどうしてX社を選んだんだろう。

これまで表面的な動機をこね回すばかりで、根本的な動機についてはまるで考えてこなかったことに気づいた。しかし、真凜の問いの答えははっきりしている。

給与、知名度、信用――社会的ステータスが国内トップクラスであること。

理系学生の就職先の頂点ともいえるこの企業の内定を手に入れさえすれば、誰にも「下」に見られることはない。もちろん目の前にいる宿敵にも。

そんな本音は口が裂けても言わないが。

「やっぱり、お洒落だからかな。会社見学で行ったけど、オフィスも工場も綺麗だったし、何だか洗練されてる感じがした」

「そうなんだ。いいな、私、会社見学行けなかったから」

「どこの会社の？」

「え、だからX社だよ」

きょとんとした顔で答える真凜を見て、とても嫌な予感がした。

「真凜って、推薦どこに出すの？」

「ええと、X社が第一で、第二がP社、第三がH社。今のところはね」

X社が第一志望――

理解が進むにつれてじわじわと背筋が冷えていく。成績開示のたびに教え合っていたから、真凜の成績はよく知っている。順位で表せば確実に千冬より高い。

推薦が取れなかったら自由応募で受ける、とは言ったが、推薦なしでX社の内定を取れる確率は限りなく低い。逆に、推薦さえあればかなりの確率で入社できる。

「千冬さん、どうしたの？」

心配そうにこちらを見る真凜は、きっと自分の発言の意味を理解していない。この無垢《むく》なお嬢様は、無意識に他者の人生を踏みにじって、何も知らずに笑っているのだ。

三年前、私から啓太郎を奪い取ったときのように。

暗く燃える感情を内に押し込め、笑顔を取り繕った。

「そっか、真凜もX社なんだ。それじゃ、私は別のところにしようかな」

「どうして？」

「推薦枠は一つしかないんだから、真凜が志望するなら私は無理だよ」

「あれって順位で決まるんでしょ？　千冬さんと私のどっちが上なのか、まだわからないじゃない」

「まあね」千冬は吐き気《はけ》をこらえて頷く。「もう希望書は出した？」

「ううん。まだちょっと迷ってるから、来週の月曜に出すつもり」

このままでは負ける。この女に再び敗北してしまう。

――負けたら終わりだ。

記憶の淵からあの声が響いて、熱くなった頭が冷えていくのを感じた。

そう、私は負けない。どんな手を使っても絶対に勝つ。

どうやって推薦枠を手に入れようか。泣きながら懇願して譲ってもらうなんて、屈辱的な真似はできないし、それは敗北にほかならない。やはり戦って勝ち取るべきだ。しかし、推薦希望書をすり替えたり奪ったりするのは難しく、発覚のリスクが高い。

それなら、殺せばいい。

千冬の思考はごく自然にその着地点に達した。

推薦枠が一つしかないなら、もう一人の希望者をこの世から排除すればいい。単純明快なロジックだ。それに、死んでしまえば真凜は就職もへったくれもなく、彼女に対する勝利も確定する。一挙両得だ。

「真凜、ESとかもう書いてる?」

「うん、もう受付開始してる企業もあるから。まだ途中だけど」

だったらさ、と言って唾を呑み込む。

「お互いのESを添削し合わない?」

明日、真凜の家で会う約束を取り付けると、千冬は研究室に用事があると言って真凜と別れた。工学部の建物をエレベータで四階まで上がり、節電で薄暗い廊下を歩く。

学生部屋はがらんとしていたが、一つだけデスクトップPCの明かりがついている机があった。学部四年生の男子がキーボードを忙《せわ》しなく叩いている。彼はこちらの姿を認めると、無愛想に頭を下げた。

「更科さん、お久しぶりっす」

「小谷《こたに》くんだけ？　まだ休めないの？」

「学会があるんですよ。論文の締め切りが来週なんで、それが終わったら春休みです」

「どうせ一週間くらい延びるよ」

学会の論文投稿の締め切りは、必ずと言っていいほど延長される。何か深遠な事情があるのか、あるいは単にアカデミアの住人がルーズなのか。いずれにせよ、学生にとって締め切りの延長は往々にして悲報となる。

「げ、本当っすか。絶対まだ修正させられるじゃないですか」

「小谷くん、どんな研究してたっけ」

「俺の卒論発表、見てないんですか」

「ごめん、サボった」千冬はひらひら手を振る。「企業見学行ってたから」

「ああ、就活なら仕方ないですよね。……ヒトの歩行モデルですよ。シミュレーションで物理モデルを作って、実験と同じように動くか確かめたんです」

「ちゃんと動いた？」

「どうっすかね。でも結局、人間とまったく同じシステムにはなりませんよ」

システムという言葉で、先ほど真凜が話していた鬼界の主張を思い出した。

「人間と同じ歩行システムは同定できないってこと？」

「うーん、できないって言うか」

小谷は没個性的な癖のない黒髪を掻きながら思案する。

「人間のシステム自体がいい加減で、ころころ変わっちゃうものなんですよ。時間変化するんです。条件をそっくりに整えて実験しても、試行ごとに結果がまったく違ったりする。機械だったら、急に固有振動数が変わったりなんかしないじゃないですか」

「まあ、機械でもそういうことはあるけど。小谷くんの中古車みたいに」

「中古は余計っすよ。あれでも愛車なんですから」

「だったらちゃんと洗ってあげなよ。黒はただでさえ汚れが目立つし」

適当なところで会話を打ち切り、千冬は自分の机に着いた。

スチールデスクの引き出しを音を立てないようにそっと引き、ドライバーのセットとモンキーレンチを探し出すと、トートバッグに滑り込ませた。

それから推薦希望書を取り出し、ボールペンで記入を始める。本当はカフェテリアで書くつもりだったが、真凜に出くわしてタイミングを逃していた。社名の欄に「X社」と書きながら、ペンを握る手が興奮で汗ばむのを感じた。

いよいよ始まるのだ。真凜との最後の闘いが。

用紙を仕舞って席を立ち、部屋を出る間際、小谷の背中に訊いてみる。

「もしデータが無数にあったら、人間の思考や行動をモデル化できると思う？」

小谷は唐突な質問に戸惑っているようだった。

「ええと、システムの時間変化そのものをモデルに組み込めばいいんじゃないっすかね。……いや、無理か」

「どうして？」

「さっきは時間変化なんて言葉を使いましたけど、周期性があるような単純なものじゃないんです。身体の動きだけを取ってみても、筋肉の随意運動と不随意運動が複雑に絡み合ってますし、外に表れるのはほとんどカオス的な動きです。大雑把には数式化できても、どうしても確率の項が入ってくるのは避けられない」

「動力学《ダイナミクス》に限ってもそれなら、精神の同定なんて無理か」

「ヒトの構成原子を全部シミュレーションするくらいやらないと無理です」

「もしそれができる人間がいるとしたら？」

つまらない冗談を聞いたかのように、素っ気なく小谷は応じた。

「その時点で人間じゃなくて、神様っすね」

事務室に用紙を提出して、千冬は家路についた。長閑《のどか》な田園風景の中をことこと走るバスに揺られていると、前の座席に座っている男子の暗めの金髪が目に入る。そういえば、啓太郎も同じような色に髪を染めていた。

啓太郎と初めて会ったのは、学部三年のある実験の講義だった。

この講義では八人くらいで班を作って様々な工学系の実験を行う。千冬と真凜はたまたま同じ班になり、啓太郎もそこにいた。これまで顔も知らなかった彼が、千冬には妙に気にかかった。生白くてひ弱そうな男子ばかりの学科で、浅黒く力強い体軀《たいく》をした彼が魅力的だったというのもある。ただ、こう思ったのだった。

――真っ直ぐな眼をした人だ。

講義を重ねる中で、啓太郎とはすぐに打ち解けた。

彼は話好きらしく、様々なエピソードを熱心に語って聞かせた。友人たちと飲み比べをして最終的に気絶したこと。怪しげな治験のアルバイトに参加したこと。夏休みに一ヶ月かけて自転車で東京まで行ったこと。

一番驚きだったのは、彼がこの大学の経済学部に受かっておきながら、それを蹴って一年浪人し、翌年工学部を受験して合格したという話だった。どうしてそんなことをしたのかと訊くと、何でだろうな、と啓太郎は困ったように笑った。

「たぶんあれだ。試験の前日、飛行機でこっちに来たんだよ。飛行機に乗るのなんて小学生以来だから新鮮でさ。紙コップのコーヒー飲みながら窓の外見て、すげえなって思ったんだ。高度一万メートルを時速九百キロで飛びながら、優雅にコーヒーなんか飲んでる。人類ってすげえなって」

「今さら気づいたの？」

「俺が気づいたのはそのときだったんだ。金とか法律みたいな実体のないモノをごちゃごちゃいじるのが急につまらなく見えてきて、飛行機みたいなでっかいものを作れたら楽しいだろうなって思った。で、もういっぺん工学部を受けようと。俺、もともと理系だから行けるかな、って」

「じゃあ、また合格する自信はあったんだ」

「いや正直、全然なかった。俺頭悪いし、経済受かったのも奇跡みたいなもんだったし。だけど、このままじゃ絶対後悔すると思って。人生を無駄遣いしたくなかったんだ」

このとき千冬は、啓太郎への第一印象が正しかったことを悟った。

直情的で、不器用で、思慮が浅く、それでも前だけを真っ直ぐに見ている人。

自分の人生を全力で駆け抜けようとしている人。

私は彼のようには生きられない、と千冬は思った。

酒を飲んだ父のどろりとした暗い眼を思い出した。会社内の権力闘争に敗れて左遷された父は、負けたら終わりだ、と幼い千冬に言い聞かせた。世の中には一度負けたら取り返しのつかないことがある。だから絶対に負けてはいけない、と。

その言葉はある種の呪いだった。負けるのが死ぬより怖くて必死に勉強した。絶対的な一位でなければ敗者と同じだった。

中学校まで常にトップを独走してきた千冬は、地元で一番の公立高校に難なく進学した。文理選択で理系を選んだのは、文系の営業職だった父が技術職の同期に敗れて以来、俺も数学さえできていれば、と口癖のようにぼやいていたからだ。父と同じ末路をたどりたくなくて、特に数学は死に物狂いで勉強していたので、すっかり得意科目になっていた。

そして、大学受験というそれまでの人生で最大の戦いの場を迎えた。

理系学部を選ぶのは必然だったが、大学選びには迷った。他人に勝つことしか眼中になく、将来の夢も目標もなかったからだ。だから最終的に、学年で二番目に成績がいい、つまり千冬より一つ「下」の生徒が志望していたQ大学の工学部の中で、一番偏差値が高い学科を選んだ。それが機械工学科だった。

合格の知らせを聞いた父は、勝ったな、とは言わなかった。今回も負けなかったな、と言ったのだ。受験は人生にあまたある勝負の一つに過ぎないのだから、これからも負けてはいけない、勝ち続けなくてはならない、と。

千冬は笑って返した。うん、これからも勝つよ。

幼いころから千冬を駆り立てていた敗北への恐怖は、すでに勝利の快感にすり替わっていた。他者より優越することでしか心が満たされなくなっていたから、そのための努力は惜しまなかったし、事実誰にも負けなかった。

そんな千冬の快進撃を止めたのは、真凜だった。

大学に入って初めての試験で、千冬は彼女に敗北を喫した。こんなぼんやりとした、闘争心の欠片《かけら》もない娘に負けるなんて信じられなかった。それ以降も、試験の点数で彼女に勝つことは一度もできなかった。悔しいが、天賦《てんぷ》の才というものはある。

啓太郎の話を聞き、頬を上気させて笑っている真凜を見て、千冬は思った。

それでも、きっと私は勝てるだろう。

学生としてではなく、女としてなら。

千冬は次第に啓太郎と距離を詰めていった。

連絡先を交換し、レポートの作成を口実に二人で会い、何度か一緒に食事をした。思い出すのが憚《はばか》られるほど露骨なアプローチを試したこともあり、ほどなくして互いの部屋に上がり込む関係になった。

初めて会ってから三ヶ月ほど経ったある日、啓太郎のマンションの部屋で、

「ごめん、別れてほしい」

額《ひたい》を床に擦《す》りつける彼を、千冬は呆然と見下ろしていた。

彼が暮らしている部屋は五階の角部屋にあって、本来は二人用なので他の部屋より少し広いらしい。それでも物が多くて雑然としており、大柄な彼が土下座をすると余計に窮屈に感じた。

「……どうして？」

「他に好きな人ができた」

二人が付き合い始めてからおよそ一ヶ月。心変わりするには早すぎるが、こうも平謝りさ

れると怒る気にもなれない。千冬は彼を見下ろしたまま冷ややかに訊いた。

「ふうん。どういう人？」

「それはちょっと……いや、隠しておくのは良くないな。白河さんだよ」

脳天に雷が落ちたようだった。

真凜。どうして、ここで真凜の名前が。

「事後報告になっちゃって申し訳ないけど、もう付き合ってるような感じでさ。千冬には悪いと思った。でも、どうしようもなかったんだ。好きになっちゃったんだから。人生は短い
し一秒だって無駄にできない。だから――」

「……私と付き合うのは時間の無駄だった？」

いやいや、と啓太郎は泡を食ったように否定した。

「そんなこと言ってないって。千冬は好きだったし、一緒にいて楽しかった。だけど、これ以上は一緒にいられない。本当にごめん」

真凜に負けた。女としても、負けた。

啓太郎と別れたことは正直どうでもよかった。何よりも千冬を打ちのめしたのは、学業のみならず、恋愛においても真凜に及ばなかったことだった。

強く唇を噛《か》んだ。屈辱の味が口の中に広がった。

「それと、白河さんは俺たちのこと、何も知らないんだ。千冬も付き合ってること言ってないんだろ？　だから、これからも秘密にしててほしいんだ。俺たちのこと知ったら、白河さ

ん、きっと傷つくから」

私が傷つくのは構わないの？　などと意地悪は吐かず、黙って頷いた。

真凜に告げ口するとでも思ったのだろうか。そんなことするわけがない。自分が真凜に負けたということを、彼女より劣っているということを、どうしてわざわざ教えなくてはならないのか。

こうして二人の交際解消は表面上、極めて平和的に成し遂げられた。ほどなくして真凜が啓太郎の部屋に転居してくると、二人の同棲は一年半ほど続くことになる。

しかし、一時の感情に流されやすく、後先を考えない啓太郎の性格は、それからも変わらなかった。合格通知を放り出して浪人を決めたように、千冬を放り出して真凜と付き合い始めたように、翌年の冬、彼は真凜を放り出すことになる。

やがてバスが止まり、千冬は回想を打ち切って下車した。

自宅に着くと、戸棚の奥で埃《ほこり》を被っている小さな機械を取り出した。一年以上動かしていないせいか、自然放電でバッテリー残量がほとんど底を突いていた。リチウムイオンバッテリーの内蔵されたケースを外して充電する。

悪魔の眼のように光る赤いランプを見つめながら、千冬は明日の作戦を練った。

真凜の住むワンルームマンションの一室を訪れたのは昼過ぎのことだった。

「狭くてごめんね」

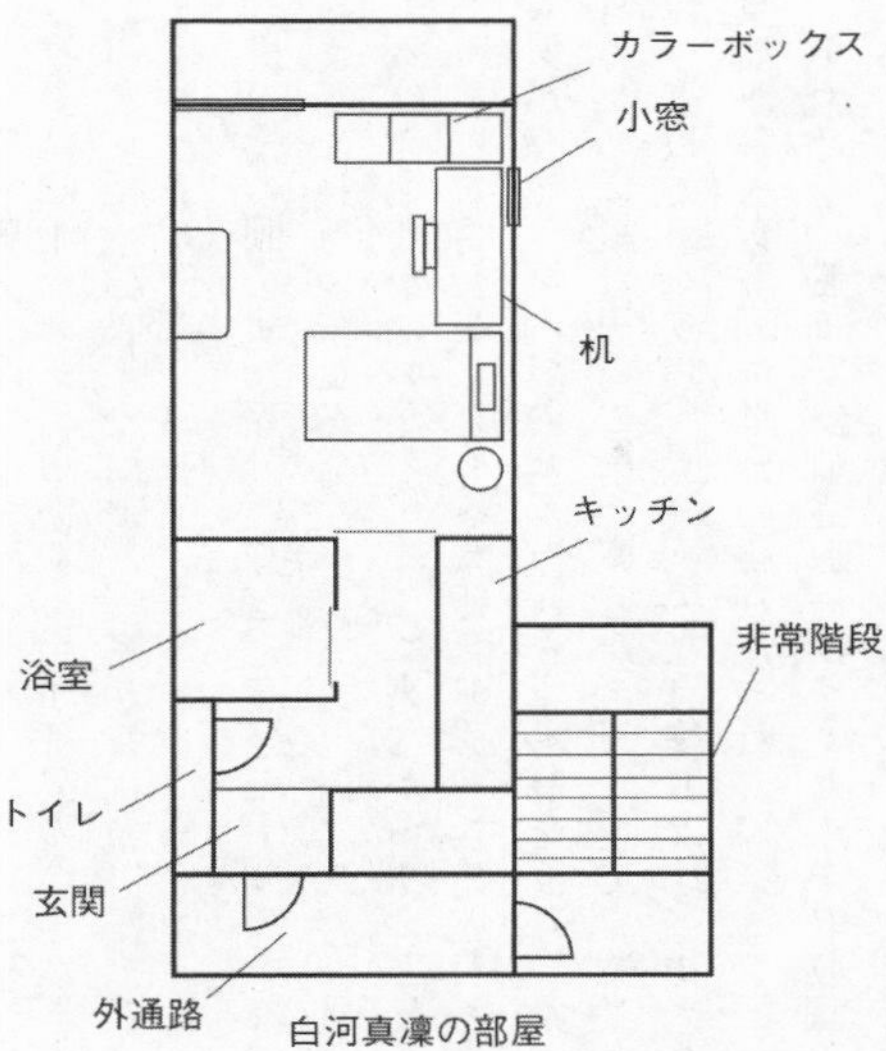

白河真凜の部屋

真凜はそう謙遜したものの、一人用の部屋としてはそこそこの広さがある。去年の頭から住み始めた部屋らしいが、千冬が訪ねるのは初めてのことだった。

左手に浴室とトイレ、右手にシステムキッチンのある短い廊下を抜けると、中央にローテーブル、壁際にベッドと机を配した部屋に出る。壁には円と線を多用したカラフルな抽象画が掛けられ、オブジェのような小物が所狭しと置かれている。真凜は現代アートが好きで、ミュージアムショップでよくこの手の品物を買ってくるそうだ。

小振りのカラーボックスを階段状に積み重ねた、収納とアート展示を折衷したような一画の隣には、白木造りのお洒落な机がある。机上には奇妙なものが置かれていた。

足を投げ出して座る一体の人形。

「これも現代アート?」

「ううん。鬼界くんに貰ったの」

身長は四十センチくらいで、金属部品のつぎはぎで構成された身体はチープな感じがした。二つのレンズが嵌《は》まった眼と、笑う弧状の口。その笑顔がどことなく啓太郎に似ていて、思わず目を背ける。

机の脇の棚を検分していくと、直径三十センチほどのドローンを見つけた。

「まだこれ持ってたんだ」

「飛ばす場所がないから、ここに来てからずっと動かしてないけどね」

入学して間もなく、千冬は真凜を誘ってドローンサークルに入った。新興のサークルだが人気が高く、学内でのヒエラルキーも高そうだったからだ。そんな打算で入ったのだが、ドローンの操縦は思いのほか楽しかった。重力を感じさせないドローンの飛行に魅了され、練習を重ねていくうち、操縦下手な真凜とは比べ物にならないほどのレベルに達した。それが真凜からもぎ取った唯一の勝利だった。

ドローンの腕前が評価され、サークルのPR動画の制作に関わったこともある。ドローンからぶら下げたアイスコーヒー入りのグラスを、こぼさないようにテーブルに運ぶという動画だ。ドローンは意外と重いものを運べるのだとあのとき知った。

そんなふうにサークル活動はそこそこ楽しんでいたものの、一年ほどで真凜がサークルをやめたいと言い出し、それを機に二人でやめることにした。飲み会がやたらに多くて鬱陶《うっとう》しかったのもあるが、一番の理由は、真凜がやめると聞いた途端、ドローンへの熱が一気に醒めていくのを感じたからだ。

一生懸命ドローンを練習してきたのは、結局のところ真凜に勝てるからだった。それに気づいたから、真凜が去った後もサークルに居座る理由はなくなった。それでも、お揃いで買った本格的な機種のドローンはまだ持っている。

千冬は液晶画面のついたコントローラを見つけると、勝手に起動させた。四基のプロペラが回り出す。甲高いモータ音を響かせつつ、床からふわりと浮上する。

――大丈夫だ、ちゃんと動く。

このサイズのドローンにとってワンルームの部屋は窮屈だ。上昇しすぎて天井に当たりそうになったり、横向きに滑ってテレビに衝突しそうになったりする。それでも、飛行に支障がないことは確認できた。できれば廊下のほうにも飛ばしておきたい。

「久しぶりに飛ばしたら楽しいね。しばらく遊んでていい？」

「遊びに来たんじゃないでしょ。ESを――」

真凜は言葉を途切れさせ、はっとしたように声を上げた。

「あっ、ES書いたノート、学校に忘れてきちゃった」

「今思い出したの？」

「研究室で実験の合間に書いてたから、ついうっかり……すぐに戻るから、ここでちょっと待ってて。お菓子とか、勝手に食べていいから」

真凜はリュックを背負うと、さっさと玄関から飛び出していく。

ぱたん、と閉まったドアを半ば呆然として見つめた。

ESの添削をしようと約束しておいて、果たして肝心のESを忘れるだろうか。まあ、真凜は成績がいい割に抜けたところがあるので不思議ではないが。

ともかく、これは嬉しい誤算だ。

真凜はバス通学だから、大学までの往復には最低でも四十分はかかる。このボーナスタイムを利用して、計画をより完璧にする一手を打つことにする。

薄いゴム手袋を装着し、キッチンへ向かう。以前の部屋と戸棚の配置が変わっていないこともあり、「あれ」はすぐに見つかった。

ピルケースに入った白い錠剤。

不眠に悩む真凜が愛用している睡眠薬だ。同じ薬を砕いたものを持参していたが、用意した錠剤と微妙に形が異なっているように見えた。もし成分が異なっていた場合、科学鑑定で真凜が処方された薬ではないことがばれてしまう。せっかく時間があるのだから、この薬を使ったほうが無難だろう。

ケースに付いた指紋を消さないよう、慎重に蓋を開ける。残りの十数錠すべてをルーズリーフの上に出し、スプーンで砕く。細かくなるまで丹念に潰しながら、考えを巡らせる。

真凜が推薦希望書を提出するのは、明後日の月曜日だと言っていた。

もし真凜がX社を志望していた事実が明るみに出たら、同じ会社を志望する千冬に疑いの目が向くだろう。密室が完璧でも、ターゲットを絞って捜査されるのは避けたい。疑惑の芽はなるべく摘んでおかなくてはならなかった。

だから今日しかない。計画通り、何としても今日のうちに――

粉がこぼれないようにそっと紙を畳み、ポケットに忍ばせた。

――真凜を殺さなくてはならない。


「真凜、鬼みたいな添削するよね」

千冬は、真凜に添削してもらったルーズリーフの自己PRや志望動機を読み、びっしりと書き込まれた赤ペンの文字を眺めた。

「こういうの、塾でよくやってるから」真凜は照れたように言う。

「まだあそこでバイトしてるの？」

「ううん、もう辞めた。研究室が忙しくて」

そうなんだ、と何気なく流したが、同僚の仲間たちとも仲が良く、かなり気に入っている職場だと言っていたので意外だった。やはり啓太郎の件が影を落としているのか。

すると、真凜がやや申し訳なさそうにノートを差し出してきた。

「この漢字、なんて書いてあるの？」

「……『あいまい』だけど」

「あ、そっか。活字じゃないからわからなかった」

「字が下手で悪かったね」

「ううん」真凜は慌てたように両手を振る。「私、昔からそうなの。人の書いた文字が上手く読めなくて、留学のときは大変だった。先生も文字が汚いんだもん」

留学の件に触れたことに、千冬は軽い驚きを覚えていた。

真凜は学部四年生の冬、一ヶ月だけアメリカに留学していた。ちょうどクリスマスに重なっていたので、啓太郎が不満そうな顔をしていたと出発前、真凜は笑って話していた。帰国後、彼から目を離したことを激しく後悔するとも知らずに。

「言っちゃ悪いけど、真凜の字も割と汚いよね。この『らふけさく』って何?」

「え、そんなふうに読める? それはね——」

ノートを挟んで他愛のない会話を重ねるうちに、真凜の反応はだんだんと鈍くなり、あくびを繰り返すようになった。やがて、ちょっと横になるね、とクッションの上に身を丸めた彼女は、ほどなくしてすうすうと寝息を立て始めた。

真凜がトイレに立った隙にコーヒーに混ぜた睡眠薬が効き始めたのだろう。コーヒーカップはほとんど空になっているので、薬の分量からして丸一日は起きないはずだ。

小さく開いた唇。規則的に上下する胸。力の抜けた手足。

無防備な寝姿を見つめ、心の中で呟《つぶや》く。

――大丈夫、私は殺せる。

一つ深呼吸をして、ゴム手袋を装着し、千冬の分のコーヒーカップを洗う。ルーズリーフや筆記用具もトートバッグに仕舞い、指紋が着いたと思われる場所はなるべく拭《ぬぐ》って、来客の痕跡を完全に消す。

ノートを拭いているとき、真凜のリュックサックが目についた。そっと中身を検《あらた》めて、クリアファイルに挟まった一枚の紙を見つけ出す。

推薦希望書は記入済みで、第一希望に「X社」の名前があった。

危なかった、と冷や汗をかく。真凜が学校に戻るついでに希望書を提出していたら手遅れだった。用紙を握りつぶして自分のバッグに放り込み、事務室で余計に取っておいた未記入の用紙をクリアファイルに仕込んだ。

バスタブにお湯を張り、真凜の服を脱がせる。ぐったりと脱力した彼女を床で転がしながら、苦労して一糸まとわぬ姿にすると、お姫様抱っこをして浴室に運んだ。慣れない運動にこれから人を殺すという緊張が加わり、たちまち息が上がる。

机の引き出しから持ってきたカッターナイフの刃を二センチほど出す。バスタブの中で体育座りをする真凜の右手にカッターの柄を握らせ、指紋をつける。それから左手で真凜の左腕をつかむ。そこでぎょっとした。

白い手首を横断するように、うっすらと引き攣《つ》れたような傷が走っていた。

リストカットの跡だ。

啓太郎との別れに絶望し、自傷行為に走ったときの痕跡かもしれない。それでも同情心は湧いてこなかった。

「……私は悪くない。あんたが悪いの」

濡れた肌に残る古い傷痕に、刃を重ねる。

「あんたさえいなければ、啓太郎は――」

微かに真凜の瞼《まぶた》が動いたような気がした。睡眠時にはありふれた眼球の運動が、千冬の台詞《せりふ》への抗議のように思えて、一瞬にして頭の中が白熱した。

右手を固く握りしめ、思い切り引く。

じわじわと赤く染まっていく湯船に背を向け、千冬は部屋に戻った。

リストカットで自殺する場合、傷から血が流れ続けるように手首を水に浸けておく必要がある。首吊りや飛び降りと違って時間のかかる方法だが、睡眠薬の効果が切れるころにはとっくに息絶えているはずだ。

机の上に置いてあった鍵を手に取る。

鍵は平たい棒に沿って小さなくぼみが並んでいる、複製の難しいタイプだ。念のため、貴重品を仕舞っているプラスチックケースを開けて、同じ鍵がもう一本保管してあるのを確認する。真凜が他に合鍵を作っているとは思えないから、これで全部だろう。

前提条件は整った。ここからが勝負だ。

部屋を施錠し、非常階段で一階に下りる。建物を出ると、周囲に人がいないことを確認し、駐車場の植え込みに手を差し入れた。そこに隠していたものを引っ張り出そうとしたとき、びりっ、と紙を裂くような音に続き、重いものがどさどさと落ちる音がした。

植え込みから現れた紙袋は、底が大きく破けていた。

——最悪だ。

千冬は偽装工作に必要な道具一式をこの紙袋に詰め、植え込みに隠していた。トートバッグには入らないし、何かの拍子に真凜に見られては困るからだ。しかし、袋が破けるなんて馬鹿らしいアクシデントは想定していなかった。

それにしても、この紙袋はつい最近店で貰ったものだし、ビニール加工された頑丈なタイプだ。そう簡単に破けるだろうか。そんな疑問が湧いたが、理由を考えている暇はなかった。とにかく時間が惜しい。

千冬は植え込みに身体を突っ込み、落としたものをかき集める。この様子を通行人に見られたらおしまいだ。途中、不安になって何度も周囲を見回したが、幸運にも人影は見当たらなかった。

ドライバーケースの蓋が外れて中身が散乱していたこともあり、回収するのは思ったより骨が折れた。諸々の道具の土を払い、畳んだ紙袋の上に載せたところで時計を見ると、部屋を出てから十分近く経っていた。

予期せぬタイムロスに焦りを覚えつつ部屋に戻り、浴室を覗く。

真凜の呼吸は弱々しくなっていたが、まだ生きていた。とはいえ、絵の具をぶちまけたような赤黒い湯を見れば、限りなく死に近づいているのは明らかだ。

部屋に戻ったとき、机の上の人形が目に入った。

――おかしい。

テディベアのような格好で座る人形は、千冬が部屋を出る前より、やや玄関側に動いているような気がした。呪いの人形じゃあるまいし、と不気味な考えを振り払おうとしたところで、カラーボックスの上の写真立てが倒れているのに気づいた。抽象画のポストカードを飾っていたものだ。最初に見たときはきちんと立っていたはずだが――

これ以上は考えても仕方がない。千冬は気を取り直し、作業を始めた。

まずは「あの装置」を手に取り、玄関に向かう。

ドアにはサムターン錠とドアガードがあった。ドアガードは細いU字形の金属を直角に跳ね上げ、U字の中に金具を挟むことで、ドアの隙間を制限するタイプだ。これらを跨《また》ぐように装置をあてがってみる。内鍵とドアガードの間隔がやや広いが、作動部を外れるほどではない。本番でも問題なく使えるはずだ。

装置が落ちないように手で押さえ、リモコンのボタンを押した。

赤いランプが光る。

がちゃんと内鍵が回り、同時にドアガードが跳ね上がる。

――成功！

この手作りの電子錠は元々、真凜が鬼界から貰ったものだ。リモコン一つで鍵を開け閉めできる優れもので、真凜が啓太郎のマンションに引っ越してしばらくした後、処分するというので譲ってもらった。戸締りに便利そうだと思ったのだが、その構造に少しだけ不安があって、結局本来の目的では使っていなかった。

試しにドアノブを回して押してみると、確かに鍵がかかっていた。ドアガードの角度も申し分ない。調整の手間が省けた。

粘着力を弱らせたテープで装置を仮留めすると、千冬は部屋に戻る。

ここは角部屋なので窓は二つ設けられている。一つはベランダに続く大きな窓で、もう一つは机の正面にある跳ね上げ式の小窓だ。

真凜の部屋が以前の住まいとよく似た角部屋で、小窓があることは聞いていたが、実際に見たのは今日が初めてだ。建物の外から確認したときは、かろうじて人が通れそうなほど窓が大きく見えて、今後の計画に若干の不安を抱いた。しかし、部屋に上がったときにその不安は払拭された。窓枠の下のほうに折り畳まれた黒いアームが見えたからだ。

小窓のカーテンと鍵を開けて押し上げてみると、アームに邪魔されてわずか十センチほどの隙間しか開かない。やはり転落防止の機構が組み込まれているらしい。

窓の隙間にドローンをあてがってみると、窓の外枠と施錠用のレバーに引っかかった。ドローンが通れるほど隙間が広ければ、もっと単純な方法が使えたのだが、これでも計画に支障はない。むしろ部屋の開口部はなるべく狭いほうがいいのだ。

今からこの部屋は完全な密室になるのだから。

千冬は机に腹這いになると、そっと窓の下を覗き込んだ。四階の高さがあるので地上は遠い。横に目を向けると、壁面に張りつくように設置された非常階段が見えた。一番近い踊り場まで四、五メートルはある。

あそこに監視カメラがないことはすでに確認しているし、たとえあったとしても、どんな手を使って部屋を密室にしたのか、きっと誰にもわからないだろう。

いよいよ仕上げに入る。

ドローンの中央の軽量化のために開いた穴に、切った輪ゴムを通し、電子錠と繫《つな》いで結び合わせた。さらに輪ゴムにビニール紐を結びつける。

それから部屋の中を行きつ戻りつしながら、五分程度ですべての準備を終わらせると、最後に浴室を覗いた。赤い水面が微かに揺らめいて、消えつつある命の火を絶やすまいと、心臓が必死に動いていることを伝えた。

「さよなら、真凜」

千冬は微笑んで、浴室のドアを閉めた。

四階の非常階段の踊り場にうずくまり、コントローラを起動した。

液晶画面には白い天井と、電子錠の一部が映っている。ドアガードが直角に立っているのが見えたが、この状態ではまだ密室は完成していない。

画面の右上の端にはバッテリー残量が表示されている。部屋でしばらく動かした割には、充電はほとんどフルに近い。これからの作業に支障はないだろう。

コントローラのレバーを倒す。テイクオフ。

飛行を開始したドローンは機体を水平にして、部屋に向かって進む。

急にがくんと視界が揺れた。電子錠が壁から離れたのだ。ぶら下がった電子錠の重みでふらつく機体は、慣れた操縦によって廊下を抜け、部屋に出た。

向かう先にあるのは、例の小窓。

千冬の傍らには先程小窓から非常階段に投げ込んだゴムボールが転がっていて、ボールに貼りつけられたビニール紐は、部屋の小窓を通って電子錠に繋がっている。この紐を強く引けば、窓に引っかかるドローンはそのままに、輪ゴムだけが切れて電子錠を回収できる。ドローンに電子錠を運ばせる形だ。

ドローンを使わず、ただ紐を引っ張るだけでも可能に思えるが、ドアから窓までの道中には様々な障害物がある。途中で引っかかったら一巻の終わりなので、ドローンを使うのが一番安全だった。

カーテンを開けた小窓が徐々に近づいてくる。背後からの光で黒いシルエットになった人形の横をすり抜け、ホバリングに適切な位置を探る。

もう少しで終わる、と思ったときだった。

突然、窓が右のほうへ流れ去った。同時に、左からフローリングの床が接近して、激しく視界が回転した。抽象画とカーテンとテレビが乱舞する。

やがて無音のダンスは終わり、動きが止まった。

——何だ、これは。

今しがた起こったことを理解できず、固唾《かたず》を呑んで画面を見つめる。どうやらドローンは何かにぶつかって床に墜落したらしい。

まさか、あの状態から真凜が息を吹き返して、ドローンを叩き落としたのか。

そんなありえない想像を軽々と超える光景が、目の前にあった。

レンズの嵌まった眼と、コミカルな笑みを貼りつけた口元。

あの人形が、ドローンを押さえつけている。

——電子錠を回収しないと。

不可思議な状況に我を失いつつも、千冬は頭の片隅で計算を巡らせていた。たとえ何が起ころうと、電子錠さえ回収できれば自分の身は安泰だ。

ビニール紐を拾い、両手をせわしなく動かして手繰る。

だが、紐は途中で動かなくなった。どこかで引っかかったのか。力ずくでぐいぐい引っ張っていたら、バッグの中のスマートフォンが鳴った。電話の着信だ。

状況が状況なので無視しようと思ったが、あまりにもタイミングが良すぎるのを不審に感じた。結局、怪しみながらも電話に出る。表示されているのは知らない番号だった。

『更科千冬だね』

少年のように甲高い、ノイズ交じりの声が聞こえた。

「誰ですか？」

『僕は白河真凜に協力していた者だ。電子錠を回収するのは無理だよ。〈ブギーマン〉がしっかり押さえてるから』

ざらついた音質と異様に甲高い声からして、ボイスチェンジャーを使っているのだろう。誘拐犯のようで不気味だった。

「ブギーマン？」

『あの部屋にいるロボットだ』

あの人形、もといロボットに操縦者がいたのなら、完全犯罪は崩壊したことになる。

「……あんた、どこまで知ってるの？」

『今日、君が真凜の部屋に来てからのことは全部知ってるよ。カメラとマイクのデータも取ってある。直接は見てないけど、浴室に運んだからリストカットに見せかけて殺すつもりだったんだろう。カッターナイフを持っていったことだし』

全部、見られていた。

氷を当てられたように背中がすっと冷たくなり、頭の中が真っ白になる。

抑揚の少ない声は機械的に言葉を続けた。

『君が計画していたトリックも知ってる。君は真凜を殺した後、電子錠を玄関のドアにセットし、外に出てリモコン操作で部屋を施錠した。それからドローンで電子錠を窓際まで運び、あらかじめ結んでおいた紐を引っ張って回収。ドローンは元通り棚に突っ込んでおく。ここでポイントなのは、コントローラが二台あったことだ。君はサークル時代に真凜と同じ型のドローンを買ってるから、真凜のドローンを自前のコントローラに接続して操縦できる。こうして、コントローラを室内に残したまま部屋を密室にした」

まるで文面を読み上げるように淡々と喋った後、ふう、と息をつく。

『それにしても、君のシステムが可制御で助かったよ。同じ入力を与えたら、ぴたりと同じ出力を返してくる。ここまで精神構造を同定しやすい人間もいない』

可制御とは、あるシステムの状態を有限時間内で任意の値に到達させせられることを示す用語だ。何を揶揄《やゆ》しているのかはわからないが、馬鹿にされていることは確かだ。

「あんた、鬼界でしょ？　何が目的なの？」

千冬の詰問をあっさり無視して、鬼界と思われる声は続ける。

『君はここ数日の真凜の言動に、作為を感じなかったのか』

「作為？」

『例えば、推薦希望書を提出する寸前にたまたまカフェテリアで再会したこと。君と同じ企業に推薦を提出するとあえて口にしたこと。君と部屋にいるとき、うっかりノートを忘れて外出したこと。睡眠薬や合鍵を君がすぐに見つけられる場所に置いたこと。何より、一昨年から動かしていないドローンがフル充電されていたこと』

真凜はドローンを「ここに来てからずっと動かしてない」と言っていた。真凜がこのマンションに引っ越したのは去年の頭だから、あのドローンは一年以上動かされていない計算になる。一般的なドローンで使われるリチウムイオンバッテリーは、放っておくと自然放電するので、一年も経てば残量はかなり目減りしていなくてはおかしい。

バッテリーはつい最近充電されたのだ。千冬を罠に嵌めるために。

これは、あの夜の再現だ。

『すべては、一昨年のクリスマスイヴの事件を再現するために行われた』

君は当然知ってるだろうが、と断って、

『あの日、火野啓太郎は風呂場で手首を切って死んだ。真凜と同棲していたマンションの部屋で。自殺に至る前兆も遺書もなかったのに、警察は自殺と判断した。部屋が密室だったからだ。玄関は施錠され、人の通れない小窓が細く開いているだけだった。鍵は部屋の中にあって、もう一本の合鍵を持っていた真凜は海外留学中だった』

シャンパンの中で溶けていく白い粉。

噴き出す鮮血。

濁った湯に沈んでいく、小麦色の筋肉質な裸体。

『しかし、真凜はこれがただの自殺ではないと信じていた。例の電子錠を持っていた君が犯人ではないかと疑い、僕に相談を持ちかけたわけだ。調査の結果、君の使ったトリックの仮説は立ったけど、あいにく警察に献上できるような証拠がない。電子錠とドローンを使ったんです、と訴えたところで一笑に付されるだろう』

——啓太郎くん、死んじゃったよ……

電話口で泣き崩れる真凛の湿った声。

『僕は真凛に勧めたんだ。それなら、君が同じ手法で更科千冬を殺せばいい。トリックに使う電子錠も新しく作ってあげよう、と。そう親切に申し出たにもかかわらず、彼女は一切取り合わなかった。その代わり、まったく逆の発想で君に復讐することにした。自分を啓太郎と同じ方法で殺させ、犯行の様子を撮影することでね。この奇想天外なトリックが可能だと身をもって証明すれば、啓太郎の事件も解決し、君の罪も暴かれるはずだ』

鬼界と真凛は自分を制御していたのだ。

一昨年のクリスマスイヴと同じ状況を整え、更科千冬というシステムに対し、犯行当時と同じ入力を与えてみせた。殺人という出力を期待して。

「そんなの、あり得ない」

千冬は叫ぶように言い放った。

トリックを暴くためだけに自分の命を捨てるなんて、信じられるわけがない。

『君には理解できないかもしれないけど、真凛は殺意を発生させないシステムだ。本質的に人を殺すことができない。深い悲しみのような負の感情は、脳内でフィードバックを繰り返し、果てしなく自分を傷つけるだけで、他者に対しては出力されないんだ』

真凛は自殺するつもりだった、と鬼界は言う。

『結局のところ、君がやったのは真凛の自殺のサポートに過ぎない。彼女は啓太郎の死に責任を感じ、自分を責めていた。それでも迷いがあった。君の手にかかって死ぬのが本当に正しいことなのか自信がなかった。そこで、最後まで判断を保留にするために、ピルケースの中身をすり替えた』

その意味を理解した途端、全身に衝撃が走った。

「まさか、眠ってなかった？」

『真凜が飲んだのはただのビタミン剤だ。彼女は寝たふりをして君の犯行を見届けた。服を脱がされても、手首を切られても、声一つ洩らさず演技を続けた。……君がいったん部屋を出たとき、僕は浴室の様子を見に行った』

「あんた、合鍵持ってるの？」

『持ってない。あの部屋の鍵は、君が部屋に閉じ込めた二本しかない。浴室を見に行ったのは〈ブギーマン〉だ』

千冬が部屋に戻ったとき、人形はわずかに動いていて、カラーボックスの上の写真立ても倒れていた。おそらく〈ブギーマン〉なるロボットは、階段状に積まれたカラーボックスを使って机を昇り降りしたのだろう。

『〈ブギーマン〉はそんなに素早くは動けないから、あらかじめ君が用意した紙袋の底を破って時間稼ぎをした。様子を見に行ったとき、真凜はまだ生きていたよ。救急車を呼べばまだ助かると僕は言ったけど、彼女は一切取り合わず、こんなことを言ったんだ』

――私さえいなければ、啓太郎は死ななかった。

『これがどういう意味なのか、君にはわかるはずだ』

千冬はビニール紐を放り出し、弾かれたように走り出した。

――あんたさえいなければ、啓太郎は死ななかった。

浴室で吐き捨てた台詞を真凜が聞いていたとしたら、崖っぷちに立つ彼女の背中をその言葉が押したとしたら、私は自分の手で自分の首を絞めたことになる。

固く閉ざされたドアを叩く。何度も、何度も叩いて叫ぶ。

「真凜！　ここを開けて！」

もう死んでしまったのか、湯船から出られないくらい衰弱しているのか。

あるいは、生き続けることを拒否しているのか。

震える手でスマートフォンをポケットから取り出す。回線はまだ繋がっていた。

「鬼界、聞こえる？」

『全部聞こえてるよ。君は真凜を助けたいんだろう。このままだと君の罪状は殺人二件だけど、もし真凜が一命を取り留めれば、殺人一件と殺人未遂一件。さらに彼女が心変わりして、君のこれまでの罪業に口をつぐみ、今日の出来事は自殺未遂だと証言してくれたら、逮捕すらされずに済むわけだ。ところが、密室は中途半端に完成してしまい、犯人である君でさえ手の出せない場所になった。そこで君は、〈ブギーマン〉を使ってドアを開けてくれと僕に頼もうとしている』

思考の流れを言い当てられて気味が悪かったが、千冬は「違う」と言い切った。

「罪を軽くしたいんじゃない。私は、真凜に負けたくないんだ」

一昨年の冬の出来事を思い出す。

真凜が留学先へと旅立った後、啓太郎が久々に連絡を取ってきた。真凜との仲が上手く行っていないから相談したいのだという。その相談を元カノにするのかと呆れながらも、千冬は彼に会いに行った。もちろん屈辱の記憶を忘れ去ったわけではなかったが、彼の真っ直ぐな眼を嫌いになれない自分もいた。

居酒屋で彼の話を聞いた。表面上は二人の仲は良好らしい。ただ、啓太郎はなぜか彼女と距離を置きたがっているようだった。

——真凜はいい娘だけど、俺とは合わないような気がする。

——居心地が悪いんだ。でも真凜は、俺にべったりで。

酒が進むにつれて、彼の口は滑らかになり、話題が逸れていった。

——千冬と別れるべきじゃなかったのかもな。

——ごめん、俺が間違ってた。また、やり直してくれないか？

アルコールの高揚感も手伝って、いいよ、と千冬は答えていた。熱い感情が胸に込み上げてくる。勝った。私の勝ちだ。今度こそは真凜を打ち負かした。

啓太郎はすっかり赤らんだ顔を綻《ほころ》ばせて笑った。

——良かった。俺には、千冬のほうが身の丈に合ってる。

その瞬間、浮かれていた気分が吹き飛んだ。

身の丈に合ってるとは何だ。私が真凜より「下」ということなのか。

啓太郎が千冬を選んだのは、優秀な真凜に劣等感を抱いていたから。それに気づいた途端、耐えがたい屈辱に全身が煮えたぎり、そのくせ頭の芯は冷たく冴えてきた。このままでは再び真凜に負けてしまう。この男に二度も格下の烙印を押されたせいで。

――負けたら終わりだ。

数日後、クリスマスイヴに招かれた啓太郎の部屋で、千冬は彼を「自殺」させた。啓太郎の存在を抹消することだけが、敗北を回避するたった一つの方法だったから。

タイミングも重要だった。啓太郎がまだ真凜の彼氏であるうちに殺さなくては、真凜を効果的に傷つけることができない。あの天真爛漫な笑顔を曇らせて男を惹きつける魅力を失わせ、さらに新たな恋愛への恐怖心を植えつける。それが次なる勝利への布石になると考えていた。

あのときと同じように、千冬は「負けないため」に真凜を殺そうとした。

だが、鬼界の語ったことが事実なら話は変わってくる。

真凜が死ねば、千冬は完璧に負けてしまう。そして、その勝敗は永遠に覆らない。

「鬼界、お願い。ロボットでドアを開けて」

屈辱的な台詞だったが、鬼界の返事はにべもないものだった。

『それは無理だ』

「あんたも真凜の友達なんでしょ？　このまま見殺しにしていいの？」

『君がそれを言うのか』呆れたような響きがあった。『物理的に無理だ。〈ブギーマン〉は背が低いから、錠前に手が届かない。パワーがないから足場を運んでくることもできない。君にできるのは救急車を呼ぶことくらいだ』

その手があったか、とようやく気づく。

だが、千冬は電話を切れなかった。真凜がすでに死んでいたら、助けを呼んでも意味がない。千冬がこのマンションに来ていたことが明るみに出て、逮捕される確率が上がるだけだ。一方、まだ生きていたとしたら、今すぐ救急車を呼ばなくては助からない。死んでしまえば自分は殺人犯になる。八方塞がりだ。

「……真凜はまだ生きてるの？」

『君に教える必要はない』

いったいどうすればいい？

凍りついた身体を動かせないまま、千冬はドアの前に立ち尽くしていた。

一瞬にも永遠にも感じられる時間が過ぎた後、鬼界が唐突に告げた。

『助けてほしいがい』

何を言われているのかわからなくて訊き返す。

「……私を助けてくれるってこと？」

『条件によってはね』

「あんたは真凜に協力してるんでしょ」

『真凛には貸しはあっても借りはない。僕は僕の利益に従って動く。今後、僕の指示に従ってくれるなら助けてあげてもいい』

「そしたら本当に、そのロボットを退《ど》かしてくれるの?」

『それだけじゃない。〈ブギーマン〉はパワーがないけど器用で、窓を閉めるくらいの作業なら簡単にこなせるんだ。そうすれば密室はより強固になる。もちろん犯行のデータは僕が大切に保管しておくよ』

鬼界の言葉に嘘はないだろう。飛行中のドローンを叩き落とせるくらいだから、あのロボットが相当に器用なのは確かだ。小窓の高さは机と同じくらいなので、机に上れば身長四十センチのロボットでも窓を閉められる。そうすれば千冬が罪に問われることは決してない。

——鬼界が動画データを警察に提出しないでいるあいだは。

啓太郎と真凛の殺人の証拠を握る鬼界は、文字通り、千冬の生殺与奪の権を握っている。

二人殺したら死刑になる可能性が高いからだ。

生き延びたければ、鬼界の奴隷になるしかない。

悪寒が全身を駆け巡った。

嫌だ。この卑劣な脅迫者に膝を屈するくらいなら死んだほうがマシだ。

捨て台詞を吐いて電話を切ろうとしたが、身体が言うことを聞かなかった。言葉は喉の奥に詰まったままで、スマートフォンを握った右手は固くこわばり、指一本動かせない。

まさか、私は鬼界に従うつもりなのか。

『確実に、君は僕に従うことになる』

私は死にたくないのか。

『君は死にたくないから』

千冬の思考を鬼界の声がなぞっていく。脳を直接覗かれているようで気持ちが悪い。信じがたいことだが、彼が人間をシステム同定できるというのは本当のようだ。真凜がこんな不気味な人間と親しかったのが不思議だった。

そのとき、ふと奇妙な事実が頭をよぎった。

――どうして鬼界は、電子錠を真凜に渡した？

ドアに貼りつけて使う、後付けタイプの電子錠は市販されているが、普通はサムターンを回す機能しかない。一方、鬼界の電子錠はサムターンに加え、ドアガードも操作できる。この設計には初めから違和感があった。そもそも部屋の外からドアガードを締める必要があるだろうか。内鍵さえ開ければドアガードを破るのはそう難しくないので、セキュリティの強化には貢献しないし、施錠後にバッテリーが切れてしまったら途方に暮れることになる。このデメリットの大きな機能は何のためにあるのか。

ドアガードを閉めるためではなく、開けるためなのではないか。

真凜の私生活に立ち入り、データを取得し、彼女のシステムを同定するために。

『さあ、どうする？』

無機質で感情を窺わせない声が、邪《よこしま》に歪んで聞こえる。

敗北を認めず、死を受け入れるか。敗北を受け入れ、屈辱の中で生き延びるか。

これから千冬が下す結論も、彼はすでに知っているのだろう。

——負けたら終わりだ。

いつも千冬を飽くなき勝利へと駆り立てる父の声も、今回ばかりは役に立たなかった。まさにこれが人生における取り返しのつかない敗北——「終わり」かもしれないのに。

冷えた汗の粒が首筋を伝い、タートルネックに染み込んでいく。

——私はまた、真凜に負けるのか。

血が滲むほど唇を噛み、千冬は口を開いた。

＊

Q大学に程近いマンションの一室で、その死体は発見された。

死体は水を張ったバスタブの中で浮いており、水は手首から流れ出した血で赤黒く染まっていた。睡眠薬を飲み、カッターナイフで手首を切ったものと思われた。

遺書は発見されなかったが、警察は事件性はないと判断した。

なぜなら、部屋は完全な密室だったからだ。

ドアは施錠され、外からの操作が不可能なドアガードもかけられていた。そして、すべての窓には鍵がかかっていた。あらゆる証拠が自殺を裏付けていた。

だが、一つだけ捜査員を悩ませたものがあった。

バスタブに面した浴室の鏡に、指で書き残された血文字。

それは遺書としては微妙で、ダイイングメッセージとしては不可解だった。後半部分の五文字はひどく歪んで判読不能だが、前半部分はこのように読めた。

『またあおうね』

とうに降伏点を過ぎて

「人間にもね、降伏点ってものがあると思うんだ」

部室の一角を占領するソファに巨大な尻を沈め、土御門《つちみかど》部長が言った。汗じみたTシャツがはちきれんばかりに膨れた腹の前で、タブレット端末を短い指で操作している。

「それって鋼材の限界応力の話ですか？」

椅子代わりの段ボール箱に腰かけた、月浦一真《つきうらかずま》が応じる。

部長は、肉に埋もれた顎をさらに深く埋めるようにして頷いた。

「ん、そう。理解が早いねえ。さすが工作本部副部長」

「あまりその肩書きで呼ばないでもらえますか。不名誉なので」

一真の皮肉も意に介さず、部長は腹を揺らしてぐふぐふと笑っている。気色悪い笑い声の合間に、低く這うような陰気な声が響いた。

「……それで、降伏点って何なんですか」

床に胡座《あぐら》をかいた沼木《ぬまき》は、横持ちにしたスマートフォンから視線を外さない。ゲーム画面がちかちかと発光して目にうるさかった。

「ああ、沼木くんは情報系か。そりゃ知らないだろうね。簡単に言うと、バネがバネの性質を保てる限界だ。バネは引っ張ると伸びるけど、手を離すともとの長さに戻るよね。これが弾性変形。このバネを、例えば鋼の棒に置き換える」

部長は丸々とした拳を並べて、棒を引っ張るジェスチャーをする。

「棒をこうやって引っ張ると、ある程度までは弾性変形するんだ。手に加わる力も伸びに比例して強くなっていく。ところが、ある時点で突然がくんと力が弱まって、一定の力を加えるだけですると伸びるようになる。ここが降伏点で、そっから先が塑性変形。ここまで来ると、手を離しても前の長さにはもう戻らない」

「鋼が餅みたいに伸びるんですか……」

沼木は興味を引かれたのか、ようやくゲームを中断して顔を上げた。癖のある長い前髪に隠れて目のあたりはよく見えない。

「もちろん力のオーダーは違うけど、感覚的には同じかなあ。で、このボーナスタイムもじきに終わる。また手に加わる力が強くなってきて、かと思ったらだんだん弱くなってきて、最後にはぷつんと棒が切れる。棒が破断するまでにこういう過程があるんだ」

この過程は横軸をひずみ、縦軸を応力とした「応力 - ひずみ曲線」というグラフで表される。かくも複雑な変化をする理由は、金属材料が伸びる中で組成が段階的に変化するからだ。

「で、降伏点の話だけど」部長は話を戻す。「人間も荷重を加え続けたら、それだけ反発心も高まる。自分を苦しめる対象への敵意が比例的に増していくわけだ。当然だね。ところが、ある時点でぱったりと反抗心が減って、ただ流れに身を任せる状態になる」

「文字通り、敵に降伏した」

「ん、そういうわけ。でも、破壊は着実に進行してて、あるとき我慢の限界が来る。そして散々暴れたあげくにぷっつり破断する。人間だってそういうもんだと思うの。まあ、僕のハートはゴム製だから、どんなに力が加わっても伸びるだけなんだけど」

「ゴムだって切れますよ。突然ぷっつりと……」

「細かいことは気にしないでよ。で、そういう破断しちゃった人間が一人でも出ると、組織はそこから瓦解していく。これも材料力学の基礎なんだけど、部材にちっちゃな切り欠きがあるだけで、その一点に応力集中が起こって、そこから破壊が起きるんだ。一番弱いところから壊れるのはモノも組織も同じってわけ。今の工作部もそうなってるんじゃないかなあ。そうなっててほしいなあ。んふふ」

不気味にほくそ笑む部長に、一真は訊いた。

「もしかして、工作部の連中と何かあったんですか」

「昨日、部のアドレスにある工作部員からメールが来たんだ。部の方針には合わないから退部する、って」

「まさか……」

部長は髭面の赤ん坊のような顔に満面の笑みを浮かべた。

「待望の新入部員だよ」

そのとき、建てつけの悪いドアが軋《きし》みながら開いた。三人の視線が集中する。

現れたのは、茶髪で浅黒い肌をした男子部員だった。

「何だ、火野《かの》かよ」

沼木はぼそりと吐き捨てて視線を外す。

「何だとは何だよ。わざわざ新入部員を連れてきてやったんだぜ」

火野の横から戸口に姿を現したのは、どこかちぐはぐな印象の人物だった。紺のニット帽を耳まですっぽり被り、地味なカーキのジャケットとスキニーパンツを身につけている。中性的なファッションの割にメイクは濃い目で、ラメ入りの白い肌が薄暗い部室に映えていた。

何より、女子だ。その事実に一真は震える。

この部に女子が入部を希望するなど、常温核融合が実現するくらいあり得ないことだと考えていたので、これまで勧誘のたぐいは一切行っていなかった。第一、男四人が駄弁《だべ》っているだけの生産性の低い部活に誰が入りたがるというのか。

「初めまして、二年の鬼界です」

彼女はトーンの低い声で囁くように言うと、ぺこりと頭を下げる。

「……キカイって、どういう字？」

女子に不慣れな沼木がおずおずと訊いた。

「鬼の世界と書いて、鬼界です」

「とりあえず、中に入れよ。寒いだろ」

火野に背中を叩かれた鬼界は、部室に一歩踏み込むなりちょっと顔をしかめ、六畳ほどの部室を埋め尽くすフィギュアやプラモデルを一瞥した。

「工作部とは、かなり違いますね」

「んふ、そうだねえ。うちはあっちみたいにスパルタじゃなくて、ゆるい雰囲気だから」

女子と話せて嬉しいのか、部長はたいそう上機嫌だ。

「工作本部、とはどういう意味ですか。工作本を出品したりするんでしょうか」

「工作、本部ね。うちの部員はみんな元々工作部員だったんだけど、あそこ無意味に厳しいでしょ。歴史が長いってのもあるけどさ、乃木《のぎ》って部長が特にいけ好かない奴でね、毎年出てるロボットの大会のために部員をしごきまくったりするの。で、それが嫌になっちゃった僕たちが去年の秋に独立して、工作本部を設立したわけ。ま、学校非公認サークルだけど」

「非公認なのに、部室があるのは珍しいですね」

「たまたま空いてたところに入れたんだ。日頃の行いがいいせいだね」

——何を言ってるんだか。

部長の語る設立経緯は、あまりに理想化され過ぎていた。

実際は、一真たちが工作部から独立したのではなく、土御門が工作部から追い出されたと表現するほうが正しい。自前の美少女フィギュアを山ほど部室に並べ、部所有の高価な3Dプリンターをフィギュア製作のために酷使して壊し、しまいにはプラモデルを捨てられた腹いせにPCを数台破壊した。以上が土御門の罪状だ。

高価な工作機械やソフトウェアを多く運用する工作部は、とにかく部の共有財産を第一に考える。土御門が数十万円に及ぶ被害総額をすべて弁償できていたら、最悪の処分は免れたはずだが、彼がそんな人間として正しい行いをするわけがなかった。彼が設立した「工作本部」のネーミングからして、こちらこそが本家本元だと言わんばかりの厚顔無恥ぶりだ。さすがはゴム製のハートを持つ男である。

土御門の退部で割を食ったのは三人の一年生だった。

一真と沼木、そして火野。

三人は土御門と比較的親しかったこともあって、「土御門派」という不名誉なレッテルを貼られて爪弾きに遭った。そこで土御門に誘われるがまま、工作本部なる胡散臭い名前の部に籍を移すことになった。

ところが、部長の土御門は相変わらず部室を私物化しているし、沼木は講義をサボって学校の通信環境でスマホゲームに打ち込むばかりだし、火野は遊び回っていて滅多に部室に来ない。部活動としての体裁を保っていない有様に、一真は少なからず失望した。それでも部をやめなかったのは、名目上の副部長としての責任を感じていたからだ。

「そんなところに突っ立ってないで座れよ。そこ、空いてるだろ」

火野が低めの棚の上を指さしたが、鬼界は無表情に首を振った。常識的な反応だろう。塗料の散った小汚い棚を平気で椅子代わりにしている部員たちのほうがおかしいのだ。

「君は元々工作部にいたんだろう。どうして工作本部に？」

一真が訊くと、鬼界の顔がこちらを向いた。ぴたりと視線が合う。

吸い込まれそうなほどに大きく黒い瞳は人工物のようで、カメラのレンズを向けられたような落ち着かない気分になった。

「こちらの部のほうが、僕の目的に沿うと考えたからです。工作本部は部員の自主性を尊重していると聞きましたから」

鬼界の一人称が「僕」であることに虚を衝《つ》かれ、思わず言葉に詰まる。この手の女子がリアルに存在するとは知らなかった。やはり工作本部に興味を示すような人間は変わり者しかいないのか。

それにしても、彼女はこの部活に何か高尚な活動を期待しているらしい。だとしたら、あまりにも無為な活動内容を目の当たりにして失望するだろう。現時点ですでに見切りをつけている可能性さえある。どちらにせよ、彼女の時間を浪費させたくない。

「この部活が自由なのは、そもそも活動が存在しないからだ。君がここで得るものは何もないよ」

「でも、部活であるからには、何かをするための集団なのでは？」

「ここは誰も本来の活動をしてない。定義すらされてないって言うべきだな。見ればわかるだろ。部室でだらだらしてるだけの自堕落な集いだ。部活として完全に破綻してる。あと、部長は三年だが、俺とあの二人は二年生だからタメ口でいい」

わかった、と鬼界は即座に言葉を切り換える。

「でも、別に自由ならそれでいい。部室さえあればいいんだ」

どういう意味なのかと戸惑っていると、鬼界は何かを探すように部室を見渡した。コンセントの穴のある部屋の隅に近づくと、そこを手で示しながら部長に訊く。

「このスペースを使っても構いませんか」

「ん、別にいいよ。何か置くの？」

鬼界はこくりと頷いた。

「僕の3Dプリンターです」


翌日、部室の隅には電子レンジのような箱型の機械の姿があった。

熱溶解積層方式の3Dプリンター、と鬼界は説明した。糸状の熱可塑性樹脂のフィラメントを熱で溶かし、層を重ねて立体の造形物を作っていく方式で、数ある造形方式の中では比較的安価なタイプだという。

とはいえ、一真のような貧乏大学生にはなかなか手の出せない価格だ。フィラメントの値段も馬鹿にならない。しかし、鬼界にとっての問題点は価格ではなく、作動音だという。造形物のサイズによっては作成にかなりの時間が必要で、一晩中動かさなくてはならない場合もあり、そうなると作動音がうるさくて眠れない。そこで、工作本部の部室に白羽の矢が立ったというわけだ。

火野と沼木がいなかったので搬入を手伝った一真は、重労働で額に浮いた汗をハンカチで拭った。

「本当に、それだけのためにうちに来たんだな」

「工作部では拒否されたからね」

鬼界は悪びれることなく応じると、今日も定位置のソファに陣取った部長に訊く。

「ここの鍵はどうやって管理しているんですか」

「僕が毎日持ち帰ってる。本当は管理人さんに預けたり、下のポストに突っ込んだりしたほうが便利なんだろうけど、ここは貴重品が多いからねえ」

「そうなると、部長がいないときは入れませんね。不便じゃないですか？」

これには一真が答えた。

「部長はだいたい毎日早くから来てるし、開いてなくても別に困らない。特に用事があって来るわけじゃないからな」

「なるほど。ところで、貴重品というのはあれのことですか？」

鬼界が指さしたのは棚の中ほどにある、横長の透明なアクリルケースだ。中には様々なフィギュアが並んでいる。スカートをふわりと翻す美少女から、筋骨隆々のアメコミヒーロー、翼を広げて火を吐くドラゴンまで、性別も種族も異なるフィギュアが五体。

部長は嬉しそうにたるんだ頬の肉を持ち上げる。

「よく気づいたねえ。まさか君も詳しいの？」

「いえ、明らかに他のものと扱いが違うので」

「まあ、値段が違うからなあ。ちょっと前、棚が崩れてきて潰れそうになったことがあってね、そのときにケースを買ったの。あれ全部でいくらだと思う？」

「相場がわかりませんが、十万円くらいでしょうか」

「んふふ、桁が違うよお。百万円」

――百万？

「一体あたり二十万円もするんですか」

「一番高いのは右端の、スピンドル仮面の限定カラーリング。あれ、背中に俳優の流川琉《るかわりゅう》輝《き》のサインが入ってるの。流川、実写版でスピンドル仮面を演じてたんだ。当時はまだ無名だったけど、人気が沸騰してからはプレミアがついて、今じゃ五十万円くらいに値上がりしてる。フィギュア自体は元々一万円くらいだったんだけどね」

『スピンドル仮面』はそこそこ昔に放映されていた子供向けのヒーローアニメで、当時小学生だった一真もよく観ていたが、実写化されていたとは知らなかった。すっかり風化したスピンドル仮面のブームと、ここ数年で頭角を現した流川琉輝の華やかな活躍ぶりを比べると、世の栄枯盛衰をしみじみと感じる。それはさておき。

「そんなに高いものを、この部室に置いてたんですか」

一真は呆れながら言った。ケースの中にあるフィギュアがとりわけ高価なことは知っていたが、そこまでの価格とは思ってもみなかった。

「どうしてずっと隠してたんですか」

「だってそんなこと教えたらさあ……あ、他の二人には内緒だよ」

「ちゃんと教えますよ。そんな貴重品に何かあったら危ないじゃないですか」

「あのねえ、教えること自体が危ないって言ってるの。特に火野くんなんて口が軽そうだし、どこかから話が洩れて、空き巣に入られちゃうかもしれないでしょ。この部室、ただでさえ鍵がちゃちいのに」

その話しぶりからして、部員本人が盗むことは警戒していないようだ。信頼されているのか、いないのか。

鬼界もセキュリティの異常さに気づいたようで、こんな質問をする。

「そんなに貴重なものなら、自宅で管理したほうがいいんじゃないですか」

「無理無理。フィギュアなんかにお金遣ってるのばれたら、ママに怒られちゃう」

部長は実家暮らしで、小遣いとその使い道は親に厳しく制限されている。裕福だが過干渉な親の眼を盗んで買い集めたのが、部室を埋めるフィギュア群だ。

ちょっとトイレ、と部長が席を立ち、部室には一真と鬼界だけが残される。

「なるほど」

鬼界は得心が行ったように一人で頷いていた。

「つまり、ここは部長のコレクション部屋なのか」

改めてそう言語化されると、げんなりとした気分になる。

「だから言っただろう。俺たちに目的なんてない。君とは違うんだ。ところで、３Ｄプリンターで何を作ってるんだ？」

「ロボットだよ」

「それは工作部で作ってるようなやつか？」

鬼界は軽く含み笑いをして、面白がるようにこちらの眼を覗き込む。鬼界の大きな瞳の周囲にきらりと光る輪が見えた。瞳を大きく見せるカラーコンタクトレンズを着けているのだと気づいたが、ふと妙な妄想が浮かんだ。

顔と体型を隠すような野暮ったい服装。過剰なメイクに、人工的な輝きを帯びた眼。

鬼界はその名前の読みの通り、機械なのではないか。

「月浦くんは、工作部に戻りたくないのか？」

人工的な彼女はそう言った。こちらの心中を見透かすような台詞に動揺する。

「……別に、俺はここで満足してるよ。自由に使える部室があるってだけでも便利だし、だらだら遊ぶのも楽しいからな。それに、もともとそういう柄じゃないんだ」

「というと？」

「工作部にいたなら知ってるだろ。『強いロボットは強い絆が作る』って」

「ああ。乃木部長のスローガンだね」

「ああいう熱血というか、チームワークを押しつける雰囲気にちょっと疲れたんだ。俺はただロボットが作りたいだけだったから、人間を相手にするのは面倒くさかった」

本心を告げたつもりが、自分の台詞がどこか空々しく聞こえた。

「鬼界こそ、まだ工作部に未練があるんじゃないか。ロボットを自分で作ろうとしてるくらいだし」

「それとは関係ないよ。ただ〈ブギーマン〉の量産設備が欲しくてね。このあいだの一件で有用性が確かめられたから、何体かストックしておこうと思って」

「ブギーマン？」

「白河真凛が作ったロボットだ」

思わず耳を疑った。なぜ、ここでその名前が出てくるのか。

「……白河さんを知ってるのか？」

「ちょっとした知り合いだよ。それにしても、気の毒なことだね」

「は？」

「彼女、今年の二月に自殺したんだ」

予想外の言葉に唖然としていると、部長がぶるぶると震えながら戻ってきた。

「ひー、寒い寒い。大変だったよ、先が縮んじゃってさあ」

鬼界は部長の下品な台詞を受け流し、無表情に言った。

「部長、この3Dプリンターは部に寄贈します。フィラメントのストックも含め、自由に使って構いません」

「え、いいの？」

「図々しいお願いをした、せめてものお礼です」

やったあ、と部長は小躍りする。ドラムのように太い腰が棚にぶつかり、塗装用のブラシが数本ぱらぱらと床に落ちるのも視界に入らず、一真はあの日の「彼女」の言葉をぼんやりと思い出していた。

——月浦くん、やっぱり私とよく似てるね。

白河真凜は、一真が高校三年生のときに通っていた個別指導塾の教師だった。

教師といってもアルバイトの大学生がほとんどなので、受講生とそう年は変わらない。当時の真凜は大学四年生で、Q大の工学部に通っていた。一真の志望先と同じ学科だったこともあり、大学生活について色々と質問しているうちに打ち解けていった。

ある日の休憩時間、真凜がこんなことを訊いてきた。

「大学に行ったら、どんな部活とかサークルに入りたい？」

「特に決めてないです。勉強が忙しそうなので、別に入らなくてもいいかなと」

「まあ、私も結局やめちゃったもんね。講義が忙しいからじゃなくて、単純にあんまり楽しくなかったからだけど」

「ドローンのサークルでしたっけ。楽しくなかったんですか？」

「友達に誘われて入ったんだけど、私はそういうの苦手だから、本当はあまり乗り気じゃなかったんだ。友達はすごく上手かったんだけど、私がやめるって言い出したら一緒にやめたの。私がいないとつまらないって」

「いい友達ですね」

「うん。本当に格好良くて、優しくて、大切な友達なの」

あ、そうだ、と真凜は思い出したように訊いてきた。

「そういえば、月浦くんはどうして機械系に進みたいの？」

外面のいい理由で口を濁そうか迷ったが、やはり正直に答えることにした。

「機械が好きだからです」

何だか曖昧ですけど、と続けようとしたところで、真凜が目を輝かせた。

「へえ、そうなの。嬉しいな」

「でも、機械系に進む人ってだいたいそうなんじゃないですか？」

「ううん、そうでもないよ。特に好きでもないけど就職に強いからって人が意外と多いの。どの分野でも潰しが利くっていうし。あとは車とか電車好きが多いかな」

飛行機好きもね、と真凜は頬を緩ませる。

「だけど、そういう人たちが好きなのは特定の製品であって、もっと広い定義の、概念としての機械じゃないの。月浦くんが好きなのはどっち？」

「ええと」まさか概念の話になるとは思わなかった。「たぶん、概念のほうです」

「私もそう。小さいころから機械が好きだった。色んな家電を分解したり、自分でロボットを作ったりして。機械って無駄がないでしょ？　すべての部品に意味があって、それらが完全に調和して動く。そういう合理的なシステムの美しさに惹かれてたんだと思う」

真凜の穏やかな表情に一瞬、複雑な陰が走ったように見えた。

「ねえ、月浦くん。人間も機械みたいだったらいいのに、って思う？」

「どういう意味ですか」

「人間の精神は非合理的で、たくさんの無駄なものにリソースを割かれてる。だから余計なものは削ぎ落として、より合理的なシステムに作り替えれば、結果として社会全体のバランスも良くなっていく。そんなふうに思う？」

抽象的でつかみどころのない質問に戸惑いながらも、一真は想像した。すべての人間が機械のように合理的に思考し、合理的に行動し、合理的に暮らす世界を。

「……何を考えてるかわかりやすくて、無駄なことはしない人間ばかりになるってことですよね。社会のバランスとか、そういうのはよくわからないですけど、そっちのほうが暮らしやすいんじゃないですか。嘘をついたり、争ったり、蹴落としたり、そういう人間の嫌な部分がなくなるんだったら」

それに、と思いつくままに言葉を継ぐ。

「人間は複雑すぎて面倒くさいです。もっと単純なほうが楽じゃないですか」

真凜は慎ましく口元を手で覆い、ふふふ、と笑いを洩らした。

「月浦くん、やっぱり私とよく似てるね」

「そうですか？」

「あ、そうだ。機械が好きなんだったら、工作部に入ったら？　ロボバトで何度も優勝してる強豪だから、きっと楽しいと思うよ。ロボット作ったことある？」

「小学校のときにちょっとだけ。確か、先生もロボット作ってたんですよね。工作部に入ろうとは思わなかったんですか？」

「本当はすごく入りたかったの。でも、友達と一緒にドローンサークルのほうに入ったから、何となく機会を逃しちゃって。サークルに途中から入るのって勇気がいるから」

「今からでも遅くないと思いますが」

「ううん、もういいの。もうロボットは必要ないって気づいたから」

私ね、と遠い目をして真凜は続けた。

「ずっと昔からロボバトに憧れてた。人前に立つのが怖くて、大会に出るなんて考えられなかったけど、本当は――だから、月浦くんに夢を託したいの。今の私じゃなくて、小さいころの私の夢」

「夢、ですか」

「月浦くんの作ったロボットが大会に出たら、絶対に見に行くよ。そしたら、今度は私のロボットを見せたいな。実家にいっぱい置いてあるから」

その時点で入試は半年も先だった。気が早すぎると思いつつも、真凜の妙な熱量に気圧されるようにして、Ｑ大に合格したら工作部に入ることを約束した。

真凜はその年の冬、アメリカ留学に行くと言ったきり、塾から姿を消した。事情はよく知らないが、教師と生徒にすぎない二人の関係性はそこで途切れることになった。それでも真凜とのやや一方的な約束は強く記憶に残っていて、無事Ｑ大に合格した一真は、それほど迷うことなく工作部に入部を決めた。

流されるがままに入ったものの、工作部は期待以上の部活だった。自分で設計したものを形にするのは楽しかったし、全員で一丸となって大会に臨む緊張感は、これまでの人生で体験したことのないものだった。毎日が充実していて、退屈とは無縁だった。

そんな日々を送るうちに、工作部に入ったきっかけを忘れがちになっていた。予選大会に出場する段になって、真凛が必ず大会を見に行くと言っていたことを思い出し、客席に彼女の姿を捜したが、ついに見つけることはできなかった。連絡先すら知らないので他に打つ手はなく、それきり真凛のことは忘れていた。

白河真凛は今年の二月、自殺した。

鬼界にそのことを告げられて、すぐに工作部時代の先輩たちに連絡を取り、真凛と同じクラスだった先輩に話を聞くことができた。彼も詳しいことは知らないようだったが、確かに二月末、真凛は自宅のマンションで自殺したのだという。

さらに調べていくと、一昨年の十二月、真凛と付き合っていた同じ学科の男子学生も自殺していたと判明した。その時期は、真凛が塾から去ったころと一致している。彼氏が自殺したショックで後追い自殺、というのは安易な想像かもしれない。人間はそんなに単純じゃない。だが、真相はそう遠くないのではないかと思う。

真凛が失意に沈んでいたであろう時期、何も知らずロボット作りに打ち込んでいたことを思うと、胸が苦しくなる。もちろん、知っていたところで何もできなかっただろう。ただ、あの約束をついに果たせなかったことは心残りだった。

——だから、月浦くんに夢を託したいの。

「ロボバトに出よう」

一真の提案に、工作本部の三人はしばし言葉を失っていた。

昼時のカフェテリアは楽しげなさざめきに満ちている。別々に食事をとるのが常の部員たちを、わざわざカフェテリアに集めたのは一真だった。四人の前には空の皿やどんぶりが並んでいて、いまだ手を動かしているのは、皿に残ったデミグラスソースをフォークで舐《な》め取っている部長だけだ。

「工作部と張り合おうってのか？」火野は不満げな声を洩らす。「無理だろ、向こうとは資金も人員も違いすぎる。だいたい、ロボバトの審査に通るようなまともなロボットを作れるわけがない」

「技術面では問題ないと思う。俺も去年は設計チームに参加した。火野は戦略チーム、沼木は製作チームだろ。一応、最低限のノウハウはあるはずだ」

「ねえ、僕は頭数に加えないの？」

寂しげに上目遣いで訊く部長に、火野は意外そうに言う。

「え、部長は乗り気なんですか」

「いや、そういうわけじゃないけどさあ、仲間外れにされるのは嫌だなあ」

「部長はどっちでも大丈夫です。戦力として当てにしてませんし」一真は努めて淡々と言った。「ただ、参加しないなら、俺たちだけでやることになります」

大会に参加するか否かの二択が、部長が参加するか否かの二択にすり替えられていることに気づかず、部長は膨れた腹をぽんと叩いた。

「うん、参加する。するったらする」

「じゃあ、僕も……」

沼木もあっさりと参加を表明した。全員の視線が最後の一人を向く。

「わかったよ、やればいいんだろ」火野は溜息を洩らした。「で、どうしてここに鬼界がいねえんだ？　どうせあいつが唆《そそのか》したんだろ」

「唆した？」

「工作部に戻りたいかとか何とか」

鬼界の謎めいた台詞を思い出す。他のメンバーにも同じ質問をしていたのだろうか。

「よくわからないが、鬼界とは連絡がつかない。メールもサーバに弾かれた。なぜかアドレスが存在しなかったらしい」

「アドレスが出鱈目だったってことか？」

わからない、と一真は首を横に振った。

鬼界は3Dプリンターを部室に搬入したあの日以来、一週間近く部室に来ていない。メールの不通と併せて考えると、こんな仮説が立つ。

「もしかしたら、鬼界はもう工作部に戻ったのかもしれない」

「3Dプリンターを俺たちに献上してか？　それで何の得があるんだ」

「鬼界は土御門部長と同じように、工作部の雰囲気に嫌気がさしてたんだ。それで、工作部の鼻っ柱をへし折ってやるため、部の外に彼女の味方を用意した。それが工作本部だ。だから、3Dプリンターという武器を提供して、大会に出るよう俺たちを唆したんだ」

これに反論したのは沼木だった。

「どうかなあ……僕たちが工作部にいたとき、鬼界なんて名前の女子いなかったよ」

「工作部は百人近くいるんだ。知らない奴がいてもおかしくはない」

「でも、僕たちと同じ学年ならせいぜい二十人だよね。顔ぐらい見かけててもおかしくない。ただでさえ女子は少ないのに」

「女装してたのかもな。メイクも服も変だったし」

と、火野は斬新な説を唱えた。

一真も鬼界の風体に違和感を抱いてはいたが、女装という視点はなかった。なるほど、過剰なメイクは化粧に慣れていないからで、厚着は身体つきを隠すため、一人称が僕なのは言わずもがなというわけだ。

沼木はまわりを憚るように声を潜め、ぼそぼそと続けた。

「……とにかく、鬼界は工作部のスパイなんだ。部をめちゃくちゃにした離反者の僕たちがロボバトに出て、それを工作部が蹴散らしたとしたら、あいつらはスカッとするし、部員たちの士気も上がる。僕たちをそういう都合のいい仮想敵に仕立てるために、鬼界を工作本部に送り込んだ……そういうことじゃないかな」

「文字通り、工作員だねえ」

部長は呑気に言って、ソースのついたフォークを名残惜しそうに舐めた。

「沼木くんの説はもっともだと思うよ。ロボバトに出れば、向こうの策に乗ることになるけど、月浦くんはどうするつもりなの？」

「乗ってやります。奴らは俺たちを舐めてるんです。俺たちが勝てるわけがないと決めてかかってる。わざわざ対決をお膳立てしてくれるなら、それを逆手にとって、奴らの鼻を明かしてやりましょう」

と、対抗心を煽《あお》るようなことを言ったものの、一真自身は工作部に恨みなどなかった。鬼界が工作本部の味方だろうが、工作部のスパイだろうがどうでもいい。とにかく仮想敵さえ設定すれば、部員たちはロボバト出場に前向きになるはずだった。

そして、自分で作ったロボットを大会に出場させる。

工作部にいたころはチームの下っ端に過ぎなかったから、ごく些細な箇所でしか設計に参加できなかったが、工作本部として製作した代物なら、自分のロボットだと胸を張って言えるはずだ。これで真凜との約束は果たされる。

もちろん、彼女のためにそこまでする必要はないとわかっていた。身も蓋もないことを言えば、死人にロボットを見せることはできないし、そもそも半年ばかり塾で教わっただけの彼女に約束を果たすべき義理はない。それなのに。

——彼女、今年の二月に自殺したんだ。

鬼界の言葉と、彼女のシャープな瞳が脳裏によみがえるたび、どんな手を使ってもロボバトに出なければならない、という焦燥めいた感情が強くなっていった。

どう思う？　と火野に水を向けてみると、彼は渋い顔をした。

「おまえの言うことはもっともだけどな、ロボバトに出たら十中八九、あっちのシナリオ通りになるぜ。それに、奴らとぶつかる前に予選敗退する公算のほうが高い」

「夏の大会までまだ時間がある。それまでに何とかするしかない」……

何とかって言ってもな、と腕組みをする火野。そこで部長が言った。

「僕、工作部のロボットのデータを持ってるんだ」

「え？」

「退部するとき、歴代のロボットのCADデータとか試合の動画を盗んでおいたんだ。何かに使えないかと思ってね。これを流用すれば強いロボットが作れるんじゃないかなあ」

「マジで？　凄いっすね。目端利きすぎ」火野は素直に称賛する。

「転んでもただじゃ起きないって、こういうことか……」沼木は呆れたように言う。

盗み取った設計図で、工作部のロボットをそっくり盗作して戦う——

狡猾というか卑劣な方針は、真凜に託された夢の実現から早くも逸脱しつつある気がしたが、皆がやる気になってくれたならそれに越したことはない。

一真は胸を張り、副部長の立場を体現するように堂々と言った。

「先に卑劣な手段を使ったのは工作部のほうだ。この際、どんな手を使っても勝とう。そして、工作本部を本当の意味で本部にしてやろう」

一真がテーブルを拳で叩くと、素うどんの入っていたどんぶりが揺れた。

「よし、やってやろうぜ」

「だね」

「いいねえ。久々にわくわくしてきちゃった」

三人も口々に同意を示し、視線を交わし合う。

工作本部が発足して半年、この部が初めて活動と呼べるものを始めた瞬間だった。

ロボットバトルコロシアム――通称〝ロボバト〟は、長い歴史を誇る格闘ロボット大会である。各チームが設計、製作した自作ロボットを、円形のスタジアムで戦わせる。出場者に年齢制限はないが、ほとんどが大学生や高専生だ。参加登録を行い、ロボットの審査をクリアすれば、ぽっと出の「Q大工作本部」でも一応は出場できる。

しかし、出場にあたって工作本部にはある問題があった。

「金が足りないな」

カフェテリアから部室に戻った後、一真はPCで通販サイトを眺めていた。

「工作部と同じスペックのモータは一個数万円。他の部品も高級品ぞろいだ。あと、機械部品はかなりの強度が要るから、ある程度は3Dプリンターで作るとしても、要《かなめ》の部分は金属で作らなきゃいけない。だが、うちには加工機器がないし、市販品で代替できない分は外注に出すしかない。しかも、大会中に壊れた部品はその都度取り替えないといけないから、ここでも金がかかる。おまけに参加費も要る」

「トータルでいくらだ？」火野が訊いた。

「上手くいけば、ぎりぎり二十万を切る。最悪の場合、三十万超え」

「うげ」

工作本部には部費という概念がない。費用に応じて各部員から徴収する形になるが、部員はみな経済的に豊かとは言えない。一真は奨学金と駅前の個別指導塾のアルバイトで食いつなぐ生活を送っているし、沼木と火野も同様だった。

三人の視線がソファに座った部長を捉えた。

「部長はいくら出せますか」

「今はちょっと厳しいかなあ、うん。ついこのあいだ大きな買い物しちゃったし、内緒で使えるお小遣いはもうないんだよね」

部長はしきりに目を泳がせながら話す。小遣いを使い切ったというのは嘘の公算が高いが、部長のポケットマネーを当てにできないのは確かだろう。

じゃあ講義があるから、と部長はこそこそと部室を出ていく。

「逃げたな」火野は閉じたドアを睨む。「にしても、一人当たり五万はきつい」

「部長が逃げたから六万六千円だ。しかも、ここからどんどん加算される」

「この際、部室にあるものを売り払ってもいいんじゃねえか」

「フィギュアを売るのか？　そんなこと、部長が許すわけがない」

「勝手に売るんだよ」

「部長が怒り狂うぞ」

「似たようなフィギュアを持ってきて、代わりに置いておけばいいだろ」

「そのダミーを買うのに金がかかる。売値が下回ったら赤字だ」

「買うんじゃねえよ。作るんだ」

火野は3Dプリンターを軽く叩いてにやりと笑った。床に座り込んでゲームをしている沼木に近づくと、イヤホンを彼の耳から引き抜く。

「沼木、おまえ製作チームだったよな。これと同じ3Dプリンターを使ってただろ。確か、3Dスキャンの機能もあったはずだ。使えるか？」

「……ああ、うん。使えるけど」

「決まりだな。これで資金問題は解決だ」

沼木は眉を寄せ、わけがわからないという顔をした。

火野の作戦を聞いた後、三人は部室の内鍵を回して施錠し、心持ち足音を忍ばせて棚に近づいた。その先には五体の高級フィギュアが並んだアクリルケース。棚にすっぽり嵌まっているので、いったん外に引き出さなければ中身を出せない。

さっそく手を伸ばした火野を、一真が慌てて制止する。

「引っ張り出すときにフィギュアが倒れる。まずは写真を撮っておこう」

部長が戻ってきたときにフィギュアの位置がずれていてはまずい。火野は頷いて、スマートフォンでケースの中を撮影した。しばらく動かされていないと見え、ケースの上部にはうっすら埃が積もっていた。

二人がかりで黒い土台を持ち、慎重に床に降ろしたが、途中でフィギュアが五体ともドミノ倒しになった。あとでこれを元通りにするのか、とうんざりしつつ、一真は上蓋のケースを外した。お目当ての「スピンドル仮面」を手に取る。

「意外と重いな」

「そういうの、ポリレジン製って言うらしいな。樹脂に石膏を混ぜてるから重たくて、細かい造形が作れるんだってさ」

火野はそんな豆知識を披露する。

顔には渦巻き状の文様の刻まれた仮面。胸や腹、肩を守るガードにも金や銀の装飾があしらわれている。太いベルトの中央に嵌まったコイン状のものは、彼の活動エネルギーを供給する反物質電池だ。背中には黒のマジックペンでサインが走り書きされていた。

身体にぴったり沿った赤い変身スーツの皺や、その下に窺える筋肉のうねり、握りしめた拳の指の一本一本をつぶさに眺めると、確かにこれは素晴らしい芸術作品だと思う。五十万円で買う気には到底なれないが。

「沼木、本当にこんなものをプリントできるのか？」

「さあ……でも、試してみればわかる」

沼木は受け取ったフィギュアを３Ｄプリンターの中に置いて、扉を閉じる。それからプリンターに接続したＰＣを操作し、専用のソフトウェアを立ち上げた。

ディスプレイに映し出されたのは、無数の点で描画されたスピンドル仮面の姿。

「３Ｄスキャンが終わった。あとは、この三次元測定データをＣＡＤデータに変換すればいい。表面は複雑だけど、入り組んだ形状じゃないから割と簡単だと思う」

火野が提案した作戦は、スピンドル仮面のフィギュアをプリントし、ダミーとして飾っておくというものだった。本物のフィギュアを売り払えば五十万円が手に入る。ロボバトの資金としては十分な金額だった。

しかし、本当にこれでいいのだろうか。

他人の財産を勝手に売るのは明らかに犯罪だ。確かに、工作部に多大なる損害を与えておきながら一切の賠償をせず、その被害額を上回る金を趣味につぎ込んでいる土御門に同情の余地はない。とはいえ、窃盗か詐欺か知らないが、自分たちが今やっていることは彼の罪業を上回っているのではないか。そんなことを火野に話すと、

「どんな手を使っても勝つって言ったのはおまえだろ。だいたい、部長で最年長で一番金持

ちなのに金出さないのって、一番の極悪じゃねえか」

何だか悩むのが馬鹿らしくなってきた。まあいいか、と思考を放棄して腕時計を見る。部長が取っている講義が終わるのは一時間後だ。

「沼木、部長が戻るまでにダミーを作れるか？」

「無理だね。サイズが大きいし、何時間かかるかわからない」

三人は顔を見合わせる。これは大きな問題点だ。

部長は普段、講義と食事以外ではほとんど部室を動かない。隠れて何時間も3Dプリンターを稼働させるなど不可能だ。しかも3Dプリンターの正面の扉は透明なので、何を作っているのかは一目瞭然だった。

部長を欺く方策について頭をひねっていると、ふと閃くことがあった。

「問題は時間がないことだ。だったら、無理やり時間を作ればいい」

「時間を作る？」

一真は机の上に放り出された鍵を指さした。

「このくらいのサイズなら、一時間で作れるんじゃないか？」

部長がいつも通り六時に帰宅した後、三人は適当に時間を潰して、六時半ごろ部室の前に戻った。当然、目の前にあるドアは施錠されている。

「じゃ、開けるぞ」

一真はにわかに緊張を覚えつつ、樹脂製の棒を鍵穴に滑り込ませ、回した。

かちり、と澄んだ音が響く。一同が安堵の息を洩らした。

「凄えな、本当に開くんだな」

火野はドアノブをがちゃがちゃ回して歓声を上げる。

複製鍵はおよそ一時間で完成したが、部長が戻るのとぎりぎり重なったので、実際に鍵を開けたのはこれが初めてだった。これで三人は部長のいない夜間、自由に部室を使えることになる。

部室に入ってからも、沼木はまだ信じられないように鍵を弄《もてあそ》んでいた。

「本当に開くなんて……鍵ってかなりの精度が必要なのに」

「ちゃちな鍵なんだろ。この部室、結構古いしな。とにかく早くしようぜ」

「わかってる」

沼木はPCを立ち上げると、昼に作成したCADデータを読み込み、二つのモデルを表示した。一つは上半身、もう一つは下半身。ベルトの少し上で胴体を断ち切られてもなお、スピンドル仮面は意気揚々と拳を構えている。

下半身のデータを3Dプリンターに送信すると、箱型の機械は小さく電子音を鳴らした。正面の液晶画面には「12h」と表示されている。

「完成するのは……明日の六時半」

沼木は椅子を回して二人を振り向いた。

「部長が来る前に回収しないと。今回は僕がやるから、次からは交代制で……」

土御門は体型の割に規則正しい生活を送っているので、必ず八時には部室に来ている。まだ一限目の講義も始まっていない時間帯だ。早起きするのは面倒だなと思ったとき、ふと疑問が湧いた。

「夜中にこそやるより、土日にやったほうがいいんじゃないか。土日なら部長も来ないだろうし、丸二日フルで使えるから、全身を一気にプリントできる」

「部長、休日もたまに来るらしいよ。愛しのフィギュアに会いに来るんだって。でも門限があるから夜は来ない。だから夜に済ませるのが一番安全なんだ」

成人を迎えた男が門限に縛られているというのは、やはり哀れである。

「それに、連続稼働は危険だから……」

危険？　と頭に疑問符が浮かんだが、そのときは訊き返さなかった。

明くる日の午後、一真が部室を訪れると、沼木は黒い糸の塊のようなものを無造作に差し出した。触ってみるとそれが不格好に固まった樹脂だとわかる。

「……何だこれ」

「スピンドル仮面の下半身だよ。途中でフィラメントが絡まったらしい。工作部にいたときも、二回に一回はこういう失敗が起きてた」

「そうなのか。原因は何なんだ？」

「気温とか湿度とか、あとはフィラメントの精度とか……はっきりとした原因はわからないけど、失敗するときは失敗する。だから長時間の連続稼働はリスクが高いんだ。プリントの時間が長いほど失敗する確率は上がる。フィラメントと時間をなるべく無駄にしないためには、パーツごとに分割して、少しずつ作るのが一番いい」

確かに、設計で試作品を作っている先輩がそんな愚痴をこぼしていた気がする。こんな気紛れでいい加減な機械に自分たちの命運を託していいのだろうか。

「何度かやれば成功するはずだから……たぶん、次は上手く行く」

結果から言うと、沼木の予想は的中した。

翌朝の回収当番になった一真は、朝の七時、プリンターの内部に完成したパーツを発見した。台からにょっきりと黒い二本の脚が生えている光景はシュールだった。

手に取って見分してみて、予想より忠実に再現できていることに驚いた。やはりオリジナルより造りは粗っぽくて、ベルトや靴の装飾は潰れていたが、遠目で見ればわからない程度だ。ケースの外から眺めるだけなら部長の眼もごまかせるだろう。

このパーツをどう保管するかは少し迷った。樹脂は想像より薄く、リュックサックに突っ込んでいたら移動中にぽきりと折れかねない。やや危険ではあったが、部室に隠しておくことにした。適当なビニール袋にくるんで棚の上に安置する。

夕方、沼木と火野に隠し場所を伝え、そこに下半身のパーツがあるのを確認した。

手に持ったパーツとケースの中を見て、火野はしみじみと言った。

「俺も下半身が二つあったらよかったのにな。疲れたら交換できるし」

「疲れるって、何に？」

「運動に決まってるだろ。最近、兄貴が持ってたクロスバイクで遠出するのにハマっててさ。金かけずに遠くに行けるからな。——何だよその目は」

もっと下品な話かと思ったら、意外と健全な答えが返ってきた。

それにしても、火野が最近自転車を趣味にしているとは知らなかったし、兄の存在すら初耳だった。自分が部活仲間について何も知らないことを実感する。しかし、本格的にロボットに向けた活動を始めれば、彼や沼木との距離感もまた変わってくるだろう。それをどこか待ち望んでいる自分もいた。

事件が起こったのは翌日、火野が回収当番を務めた日だった。

講義終わりの二時半、教室を後にして廊下を歩いているところで、別の教室から出てきた沼木と鉢合わせした。彼もちょうど講義が終わったようで、これから部室へと向かうところだという。

「今日も失敗したらしいね」

並んで歩き出したところで沼木が切り出した。今朝、またもやプリントに失敗したという連絡が火野から来ていた。思っていたより勝率が低い。

「今のところ一勝二敗か。だったら次は成功するな」

あのさ、と沼木は声をひそめる。

「気づいちゃったんだけど……この作戦、まずいよ」

「どういうことだ。フィギュアを盗むのがまずいのは最初からわかってるが」

「いや、それとは別の問題。もし計画が成功したとして、部長は貧乏な僕たちがどこから資金を捻り出したのか疑うよね。フィギュアが偽物だとばれるのも時間の問題になる。そうなったら、ロボバトどころの話じゃない。僕たちは良くて退部、悪くて逮捕……」

「部長にそこまでの推理力があるか？」

「あんまり侮らないほうがいいよ。あの人、自分の不利益に関しては敏感だから……」

ううむ、と唸る。沼木の読みは的を射ていた。

「だったら、ロボバトの資金はどうする。自腹で払えるのか？」

「出場は諦めよう。どうせ僕たちじゃ工作部に勝てない」

言われなくてもわかっていたことだった。

百人の部員が役割を分担し、長年にわたり蓄積されたデータに基づいて最高の機体を作り上げる。そんな強固なシステムを備えた工作部に、付け焼き刃の自分たちが敵《かな》うわけがないのだから。

一真は頷くことも突っぱねることもできなかった。沼木もそれ以上は何も言わず、二人とも無言で残りの道程を歩いた。

部室には火野一人しかいなかった。部長は午後から講義があるらしい。この時間帯は火野も講義に出ていたはずだが、たまたま休講になったのだという。

一真はちらりと3Dプリンターに視線を向ける。

「今回もまた、失敗したんだな」

ああ、と火野はゴミ箱から黒い塊を出した。よく見るとスピンドル仮面の上半身だった。胸から上は歪んだ網目状で、ほつれた靴下のようになっている。

「わざわざ早起きして来たってのに、これだよ。グロいだろ」

「火野、この作戦に欠陥があると思うか」

「は？」

フィギュアを売って資金を調達したところで、その出処を部長に知られたら一巻の終わりなのだと一真は説明した。ロボバト出場を諦めることも考えている、と。

火野は顎を撫でながら考え込むと、一真の顔を真っ直ぐに見た。

「月浦、諦めるつもりなんかねえんだろ。顔に書いてあるぜ」

図星を突かれ、一真は頬を引き締める。

「ああ。ロボバトに出るためなら、多少のリスクを冒してもいいと思ってる」

「月浦……」沼木は信じられないといった様子だった。「なに馬鹿なこと言ってるの？」

「おいおい、落ち着けよ」

火野は沼木を軽く宥めると、薄ら笑いを浮かべて一真に視線を戻す。

「それにしても、どうして急にロボバトに出たくなったんだ？　おまえ、そういう熱血キャラじゃなかっただろ。工作部もあっさりやめたしさ」

真凜との約束を説明しようとしたが、言葉は喉元で詰まって出てこなかった。自分でも理解できないことを他人に説明するのは難しい。

火野は顎を撫でつつ考え込むと、それなら、と指を立てた。

「こうすりゃいい。まず、工作本部としてロボバトに出場するのは取りやめる。計画通りフィギュアは盗むけど、分け前は三人で分配するんだ。もし五十万円で売れたら、えーと、だいたい十六万円ずつ貰えるだろ。おまえはそれを工作部に寄付して、部長が与えた損害を補塡する。そうして恩を売ってから、晴れて工作部に再入部すればいい」

目から鱗の衝撃だった。

土御門が追放された最大の原因は、何十万円もする備品を破壊したことだ。その狼藉に対してそれなりの弁償をすれば、「土御門派」である一真への反感も和らぐ。しかも、最悪すべてが露見したとしても、工作部がこちらの味方をしてくれるだろう。損害賠償を盾にされたら土御門は動けない。

「そして、工作部としてロボバトに出場するってことか」

「単にロボバトに出たいだけなら、工作本部にこだわるより、工作部に戻ったほうが手っ取り早い。月浦、この部に長居するつもりはないんだろ」

火野の言う通り、成り行きで入部した工作本部に執着はなかったし、卒業を待たずしていずれはやめるつもりだった。工作本部を踏み台として利用することに罪悪感を覚えつつも、一真は大きく頷いていた。

「賛成だ。沼木もそれでいいか？」

「……別にいい」沼木はふてくされたように返事をした。「駄目って言ってもやるんでしょ。だったら分け前をもらったほうが得だし……でも、工作部には戻らない。この部室、ゲーム部屋として気に入ってるから。火野は？」

「俺は戻る。そろそろ部室で駄弁るのも飽きてきたしな。部長のお守りは任せたぜ」

冗談交じりに言ってから、火野は少しばかり神妙な顔になる。

「あんな奴だけど、そんなに嫌いじゃねえんだ、部長のこと」

「ああ」

「俺たちがいなくなったら、部長、落ち込むだろうな」

ゴム製のハートを持ってるらしいから大丈夫だろう、とは言わなかった。

部長が帰宅した後、三人は例のごとく部室に集合した。昨夜失敗した上半身のデータを3Dプリンターに入力し、翌朝の回収当番を決める。それだけの簡単な会合のはずだった。棚に近づいた一真が驚きの声を上げるまでは。

「俺の下半身がない！」

「何言ってんだ。あるじゃねえか」

火野はお手本のような突っ込みを入れると、表情を引き締めた。

「隠しておいたパーツがなくなってたのか？」

一真は頷いて、スチール棚の上を指さした。下からでは天板に隠されて見えないが、棚に近い段ボール箱に乗ると見通せる。昨日、ビニールにくるんで置いたはずのフィギュアの下半身が綺麗さっぱり消えていた。

ＰＣに向かっていた沼木がこちらを振り向く。

「最後に見たのはいつ？」

「昨日の夕方に確認して、それきり見てない。火野は？」

「俺も、昨日見せてもらったきりだ」

「部長がやったんじゃないの？　たまたま見つけて、僕たちの計画に勘付いたとか……」

それはない、と一真は沼木の説を否定する。

「だったら昼間に俺たちを問い詰めるはずだ。それに、部長の身長じゃ棚の上は見えない。偶然見つけたっていうのは無理がある」

「だったら、犯人はパーツの隠し場所を知ってた奴ってことか」

火野の台詞が場を凍りつかせた。パーツの隠し場所を知っていた人物とは、ここにいる三人のことに他ならない。この中に犯人がいると言っているのだ。

部室に立ち込めてきた嫌な空気を払拭しようと、一真は声を上げる。

「待て、どうして盗む必要がある？　あれは人形本体じゃなくて、ただの複製したパーツだろ。そんなものを欲しがる奴がいるのか？」

「犯人はスピンドル仮面を完成させたくないのかもな」

「フィギュアを盗む計画に反対している、と」

「それだったらまだいいけどさ、抜け駆けするつもりかもしれないぜ。パーツが揃えばスピンドル仮面は完成するし、それをダミーに使って本物を盗めるからな」

一真はアクリルケースに視線を向けた。そこには変わらずスピンドル仮面が拳を構えて立っている。第六感とでも言うのだろうか、とても嫌な予感がした。

工具箱を跨いで近づき、ケースに顔を近づけて観察する。

質感の豊かな変身スーツ。盛り上がった筋肉。握りしめた拳——

拳を作った指が、醜く潰れてくっついている。

思わず鳥肌が立った。

スマートフォンを取り出し、先日撮影した写真を確認する。明らかに違う。写真と突き合わせて見ていくと、指以外にも細部の違いがたくさん見受けられた。しかも全体的に造りが粗く、色合いも微妙に異なっていた。

一真は長く息を吐き、二人を振り返った。

「スピンドル仮面が盗まれた」

三人はケースを開けて中身を確認した。手に取ると以前よりはるかに軽い。３Ｄプリンターによる造形物特有の細かな溝が水平方向に走っているのもはっきりと確認できる。

「確かに偽物だな。いつからすり替わってた？」

火野から受け取ったフィギュアをいじりつつ、沼木は言った。

「少なくとも、月曜の夜に確認したときは本物だった……と思う」

今日は木曜日だから、犯人は三日間のうちにフィギュアをすり替えたことになる。

火野は不可解そうに首を傾げた。

「いや、絶対無理だろ。こんなの作れるわけねえよ」

「3Dスキャンしたデータはpcにあるから、勝手に作ったんだと思うけど……」

「製作時間の問題だ。下半身は十二時間、上半身は十三時間かかるんだぜ。最近はプリンターを一晩中動かしてたし、昼間は部長がいるし、二十五時間もプリンターを動かす時間なんてあるもんか」

「他所のプリンターを使ったとか……」

「工作部に頼み込んだってのか？　賠償金で釣ったとしたらあり得なくもないけどな」

今どき3Dプリンターなど珍しくもない。個人的に所有している学生もどこかにはいるだろう。しかし、外部のプリンターが使われたという説には違和感を覚えた。

「たぶん、その線はない」と一真は言った。「他所のプリンターを使える奴なら、リスクを冒して下半身のパーツを盗む必要がない。犯人がパーツを盗んだのは、一から全身を作る余裕がなかったからだ。つまり、犯人は部室の3Dプリンターしか使えない奴で、盗んだ下半身を使ってスピンドル仮面のダミーを作った」

「上半身はどうしたんだ。十三時間はどこから持ってきた？」

「部長が講義に行ってる隙に作るしかないな」

三人は記憶を突き合わせ、今日までの四人の行動を振り返った。

月曜にロボバト出場を決めてからというもの、話し合いで四人が部室に来る回数は増えており、部長がいないときでも常に二人以上が部室にいることが多かった。もちろん一人でいる瞬間は各人にあったが、それらの隙間時間を掻き集めたところで一時間にも満たないだろう。十三時間には到底届かない。

(部長は毎日八時入室、十八時退室。ダミーの下半身をA、上半身をBとする)

月曜日　十八時半：Aプリント開始(翌朝六時半に完成予定)

火曜日　六時半　：Aプリント失敗(沼木)

　　　　十八時半：Aプリント開始(翌朝六時半に完成予定)

水曜日　六時半　：Aプリント成功(月浦)

　　　　十八時半：完成したAを三人で確認後、部室に保管

　　　　　　　　Bプリント開始(翌朝七時半に完成予定)

木曜日　七時半　：Bプリント失敗(火野)

　　　　八時～十三時　：部長・沼木在室

　　　　十三時～十四時半：火野在室

十四時半〜十八時：月浦・火野・沼木・部長在室
十八時半　：A&フィギュア盗難発覚

ノートに書き出した時系列表を一瞥し、沼木は結論を口にした。

「日中に作るのは不可能……やっぱり、夜中に作ったんじゃないかな」

「だが、夜中はプリンターが動きっ放しだ。割り込む余地がない」

一真の指摘に対し、沼木はいつになく棘のある口調で応じた。

「プリントに成功したならそう言えるけどね。月浦は下半身のパーツを実際に作ったんだから、上半身を作れないのは確実……でも、『プリントに失敗した』って言っただけじゃ、本当にプリンターが使えなかったのかわからない。失敗したと見せかけて、適当な樹脂の塊を見せればいいだけなんだから」

なぜ沼木はここまで自信満々なのだろうか。

「確か、沼木も失敗したんだろ」

「まあね……だけど、僕が犯人じゃないことなら証明できるよ。もし僕が犯人なら、犯行に及べるのは今日だけだ。そうでしょ？」

「ああ。下半身のパーツは昨夜まではあったし、合鍵は火野が持ってたからな」

「でも、僕には今日、犯行に使える時間がなかった」

部長は今日も八時に部室に来て、午前中いっぱいは在室していた。同じく午前中に講義がなかった沼木も部室にいたが、部長はたまにトイレに立つくらいなので、作業に費やす時間はなかったという。昼食もコンビニの菓子パンを部室で食べていたらしい。あくまで沼木の言い分だが、部長の習性を考えると信憑性のある話だった。

「下半身のパーツを回収して、上半身のパーツと接合して、塗装して、最後にケースの本物と入れ替える……これだけの作業を済ませるには最低でも一時間は欲しいけど、僕の持ち時間はせいぜい十分……でも、一時間半も使えた人間がここにいる」

「それは――」

「犯人は火野だよ」

沼木はパサついた長い髪を掻き上げ、無気力な目で火野を見据えた。

「上半身が失敗したって嘘をついて、完成したパーツを隠し持ってたんだ。火野は三限が休講で、ずっと一人で部室にいた……ダミーを完成させて、本物とすり替える時間は十分にあったはずだよ」

火野は目を剝いて反論する。

「馬鹿言うな。それだけの作業、一時間半でも短すぎるだろ」

「使える時間はもっと長いよ。昨晩は火野が鍵を持ってたんだから、忍び込んで下半身の塗装ができる。朝方、上半身が完成したら、八時までさらに作業を進められる」

火野は怒りを抑えるように息を吐き、沼木に指を突き立てる。

「おまえは最初の夜、下半身じゃなくて、本当は上半身を作ったんだろ。俺たちが解散した後、部室に引き返して上半身のプリントをやり直した。なぜなら上半身が先に欲しかったからだ」

急に矛先を向けられた沼木は、やや狼狽《うろた》えながらも反論した。

「何でそんな面倒臭いことを……最初に作るのが上半身でも下半身でも関係ないのに」

こいつをよく見ろよ、と火野はダミーのフィギュアを指さす。

「下半身はほとんど黒一色だし、素材は黒の樹脂だから塗装は簡単だ。だけど、上半身は細かい装飾が多いから、本物そっくりに仕上げるには時間がかかる。おまえたちは上半身のパーツを早めに手に入れる必要があったんだ」

「……おまえたち？」

火野は沼木を、そして一真を鋭く睨んだ。

「おまえたちはグルなんだろ。沼木が隠れて作った上半身と、月浦が作った下半身を組み合わせれば完全なダミーを作れる。そして昨日の夜、おまえたちは部室に忍び込んでフィギュアをすり替えたんだ」

「待て、俺も沼木も部室の鍵を持ってないぞ」

一真は困惑しつつもどうにか言い返したが、火野は意に介した様子もなく、小馬鹿にするように鼻を鳴らして自説の開陳を続けた。

「いいか、これはおまえが沼木と組んでなきゃ不可能な作戦なんだ。重要なのはプリントにかかる時間だ。下半身は十二時間、上半身は十三時間かかる。前日の午後六時半にプリントを始めたとしたら、下半身は翌日の午前六時半、上半身は七時半に完成する計算だ。部長は八時には部室に来るから、上半身を作った日はそれ以外何も作れないことになる。でも、下半身の場合は違う。部長が来るまでに一時間半の余裕がある。この時間で作れるものが一つあるじゃねえか」

部室の鍵だ、と火野は語気荒く言い放った。

「鍵はちょうど一時間で作れる。月浦は下半身を作った後、余った時間で部室の鍵を作ったんだ。俺が担当の夜、部室に忍び込んで、俺に罪をなすりつけるためにな」

「そんなことをして俺たちに何のメリットがある？」

「分け前を増やしたかったんだろ。計画が失敗したふりをして、実際はフィギュアを売った金を二人で山分けにした。もし部長にばれたとしても、フィギュアを盗んだのは俺だと話せば、おまえたちの身は安泰だ。ほんと、よくできた作戦だな」

出口へ歩いていく火野の背中に向かって、一真は力なく訊いた。

「俺たちが本当に、そんなことをすると思うのか」

「……知らねえよ」

叩きつけるようにドアが閉まる。その振動で、机に置いていたダミーのフィギュアがぐらりと傾いた。そのまま机とスチールラックの隙間に落ちていく。

ばきん、と嫌な音がした。

一真は無言で机の下の暗がりに手を突っ込み、フィギュアをつかみ出した。そして嫌な予感が的中したことを知った。

「……真っ二つか」

スピンドル仮面の身体は、ベルトの下で一直線に断ち切られていた。

「なあ、沼木」

「何」

「俺たちはグルなのか？」

「違うけど……そんなこと訊く必要ある？」

沼木はフィギュアの切断面に接着剤を塗りながら答えた。

火野の推理は筋が通っていたものの、実際のところ、二人は火野が言ったような裏取引などしていなかった。一真と沼木に犯行が不可能である以上、消去法で火野が犯人ということになるが、この論理にはどこか据わりの悪さがあった。

――知らねえよ。

火野の捨て台詞が耳にこだましている。自分たちは互いのことをあまりに知らない。半年以上同じ部にいるのに、ただ同じ空間を共有するだけで、まともな交流を一切行ってこなかったせいだ。だが、それでも――

喉の渇きを覚えながら、一真は口を開いた。

「もし火野が犯人だとしたら、俺が計画を中止しようと言い出したとき、どうして賛成しなかったんだ？　計画が中止になれば、フィギュアがとっくにすり替えられてることに誰も気づかない可能性もあるし、火野にとってはそのほうが理想的じゃないか」

「どうかな……後々のことまで気が回らなかったのかも」

「そうかもしれないが、どうも不自然な気がする」

ふうん、と生返事をした沼木は、フィギュアを両手で握りしめている。接合面がずれないようにしているらしい。長い前髪のあいだから上目遣いに一真を見た。

「つまり月浦は、火野が犯人じゃないと思ってる……」

「今のところはな」

「じゃあ、犯人は月浦だね」

突然の名指しに一真は言葉を失った。沼木は含み笑いをして続ける。

「だってそうでしょ。火野が言った通り、月浦には鍵を作る時間があったんだから……月浦は今朝、火野より先に部室に来て、完成した上半身を盗んだ。そして別の場所でダミーを完成させると、隙を突いて入れ替えた……」

「それは反則だろ。フィギュアを入れ替えるのがそんなに簡単なら、沼木のアリバイだってなくなるじゃないか」

「まあ、確かに無理がある話だね……フィギュアを倒さないようにケースを上げ下げするのは大変だし、二人がかりでやっても何度か失敗したし……」

一真たちはケースの中身を復元するのに十分以上悪戦苦闘していた。一人でやろうとすればその倍はかかるだろう。経験からして、部長がたいした用事もなく十分以上部室を空けることは滅多にない。

「最大のネックはそこだな。昨日の夕方に下半身のパーツを確認した後、フィギュアをすり替えるチャンスがあったのは火野だけだ。それはどうしても動かせない」

「動かせないなら、それは本当のことじゃないの？」

「だが、そうすると火野の言動がおかしなことに――」

「ねえ、副部長さん」

沼木は聞き分けの悪い子供を諭すように言う。

「人間は機械じゃない。たまには理屈に合わないことだってする……それに、月浦は火野の何を知ってるの？ ろくに部活に来ない人のことなんて、わかるわけがないよ」

――その通りだ。俺は何も知らない。

一真は火野や沼木がどんな人間なのかを知らない。部長についても知ってるようで知らないし、鬼界に至っては一切が謎のままだ。実在する彼らのことより、虚構の存在であるスピンドル仮面のほうをよく知っているというのは皮肉に思えた。

幼いころ、彼の活躍をテレビにかじりついて見ていた。弱きを助け、強きをくじく正義の味方。自分が傷つくことも厭わず、格好よく戦う彼の背中に憧れた。

片や今の自分は、先輩を騙して金を調達しようとするちっぽけな人間だ。正義の味方の輝きは、今や何光年もの彼方に遠ざかり、その光はもう届かない。

正義のヒーローに憧れることすらできなくなった自分を思い、感傷的な気分になっていたとき、不意に部長の言葉がよみがえった。

――一番弱いところから壊れるのはモノも組織も同じってわけ。

なぜこの台詞を思い出したのだろう。

一真は自分の思考を冷静にたどっていく。自分はどうやら何かに違和感を覚えているらしい。壊れた組織といえば、まさに工作本部の現状だ。部員三人が疑心暗鬼に陥り、そのうち一人が出ていってしまった。誰かがフィギュアの本物とダミーのパーツを盗んだせいで。

しかし、そもそもの原因は火野が提案したフィギュアをすり替える計画であり、それは鬼界が先週3Dプリンターを部に寄贈したことに端を発する。すべての発端は3Dプリンターなのだ。あの機械こそ、工作本部を破壊へと導く「切り欠き」だった。

そしてもう一つ、壊れたモノがある。ダミーのスピンドル仮面だ。

なぜ壊れたのか。床に落としたからだ。なぜ真っ二つになったのか。上半身と下半身が別のパーツなので接合部が弱いからだ。破壊は一番弱いところから始まるのだから。

その瞬間、一真は違和感の正体に思い至った。

「沼木、フィギュアを貸してくれ」

半ばひったくるようにフィギュアを手に取ると、顔を寄せて観察する。

ベルトの少し下に、腰をぐるりと取り巻くように刻まれた溝があり、塗ったばかりの接着剤がわずかにはみ出していた。

そこから上に視線をスライドさせる。

ベルトよりやや上、腹のあたりにうっすらと細い溝が走っている。溝は腹から背中へと回り込み、胴体を水平に一周していた。腹の溝からおよそ三センチ上がったところにも溝が見える。そこからさらに三センチ上にも。

等間隔の溝は頭頂部まで続いていた。

「犯人がわかった」

一真は小さく呟いて、沼木を見た。

「もう少し早く気づくべきだった。破壊は一番弱いところから始まるんだからな」

沼木は口元を引き結び、無言で一真を見返している。

「俺たちが作ってたダミーのフィギュアは、ベルトの上を境にして二つのパーツに分割してた。接着剤を塗ったばかりの接合部は構造的に一番弱くなるから、ダミーが床に落ちたらベルトの上で真っ二つになるはずだ。なのに、こいつはベルトの下を境に割れてる。そこもパーツ同士が接着されてたってことだ」

一真はフィギュアを掲げて、腰回りにある溝を指差した。

「犯人がわざわざ完成した下半身のベルトから上を切断したとは考えられない。そんなことをすれば切り口が汚くなって、こんなふうに綺麗にくっつかないからな。これは最初からそう作られたんだ。犯人は分割する位置を下にずらした別の3Dモデルを使い、この下半身をプリントした」

なぜなら、犯人はベルトから上をすでに持っていたからだ。

「犯人はおまえだ、沼木」

名指しされても沼木は表情を変えなかった。一真は続ける。

「おまえは俺たちの計画がスタートする前、鬼界が3Dプリンターを持ってきたときから、部室で一人になるタイミングを見計らって、少しずつパーツを作り続けてきた。フィギュアを頭のほうから三センチずつ分割して。そうやって完成したのがこの上半身だ」

真面目に講義に出ている一真や、あまり部室に寄りつかない火野と違い、沼木は講義をサボって部室でだらだらゲームをしていることが多かった。部長が講義に行っているあいだは、最低でも一時間半、3Dプリンターを自由に使える。万が一、一真や火野に見咎められるのを防ぐなら、部室に鍵をかけておけばいい。部長がたまたま外出していると思われるだけだ。

沼木は細切れのパーツを根気よく製造していき、とうとう上半身が完成した。

彼にとっての誤算が生じたのはそのときだ。

「俺たちがフィギュアをすり替える計画を始めて、おまえは慌てた。早くしないと先に獲物を奪われてしまう。そこで、俺たちの計画を利用して抜け駆けすることにした。ダミーの回収当番に名乗り出て、完成した下半身を回収し、失敗したと嘘をつけばいい。月曜の夕方、俺たちの前でプリントを始めたモデルにはベルトがあったから、俺たちが帰った後、別のモデルに差し替えてプリントを始めたんだろう」

ここでようやく沼木は重々しく口を開いた。

「……ダミーをどこで分割するか決めたのは僕だ。僕が犯人だったら、モデルを差し替えるなんて面倒なことせずに、最初からベルトの下でモデルを分けるよ」

「プリントにかかる時間の問題だ。ベルトの上でモデルを分けた場合でも、上半身は十三時間必要なのに、ベルトより下の部分まで含めれば、部長に見られずプリントできる限界を超える。そんな分け方をすれば俺と火野に怪しまれる」

言い返せないのか沼木は口をつぐんだ。

「火曜日の朝、おまえは足りない下半身のパーツを手に入れ、余った一時間半でダミーを完成させ、フィギュアをすり替えた。この時点で犯行は終わってたんだが、まだやるべきことは残ってた。俺たちの計画を中止にして、ダミーの発覚を可能なかぎり遅らせることだ」

今日、計画に欠陥があると言い出したのは沼木だ。もし火野が別案を示さなかったら、そのまま計画は中止になり、沼木製のダミーの存在も闇に葬られていたかもしれない。

「今日、棚の上のパーツを盗んだのも沼木だ。部長の目を盗んでフィギュアをすり替えるのは無理があっても、パーツを回収するだけなら一瞬でできる。それによって火野に罪をなすりつけるとともに、下半身のパーツが二つ存在することを隠した」

――俺も下半身が二つあったらよかったのにな。

あの火野の冗談は、奇しくも絶妙なラインで現実をなぞっていたのだ。

「……それで？」

一真の告発を暗に認め、沼木は冷ややかな表情で先を促す。

「ここからは動機の話だ。おまえがフィギュアを盗んだ理由は、少なくとも工作部に弁償するためじゃない。もしそうだとしたら、俺と火野に隠す必要はないからな。つまり、おまえは何らかの私的な理由から五十万円ほど金が入り用で、それを他の人間に知られたくなかった。違うか？」

「違うよ」

沼木の返事には迷いがなかった。どうやら嘘はついていないらしい。

予想を鮮やかに裏切られて、一真は急に不安になった。もしや自分は完全に的外れな告発をしていたのではないか。そんな疑いを抱いたところで、

「僕がフィギュアをすり替えて売ったことも、その方法も、月浦の言った通り……でも、『工作部に弁償するためじゃない』ってところだけが違う」

「本当なのか？」

「うん。五十万円あれば損害分は綺麗に埋められる……というか、埋まった。これで工作部との因縁もチャラになったし、いつでもあっちに戻れるよ」

到底納得できる話ではなかった。一真はなおも追及する。

「それが本当ならありがたいが、どうして俺たちに話してくれなかったんだ。俺たちを工作部に戻れるようにしてくれるっていうのに、何か後ろ暗いことでもあるのか？　それは火野を犯人扱いしてまで隠したいことなのか？」

火野の名前を出すと、沼木の表情がわずかに歪んだ。

「こうでもしないと、おとなしく工作部に戻ってくれないと思って……部長を残していくのが気がかりみたいだったから。犯人扱いされて、居心地が悪くなったらさすがにやめるだろうと思ったんだけど……」

一真は目を瞠《みは》った。今日の昼、火野がぽつりとこぼした言葉を思い出した。

――俺たちがいなくなったら、部長、落ち込むだろうな。

「だが、本当に全額弁償できたんだったら、部長も工作部に戻れるんじゃ――」

「戻らせないよ」

普段はどんよりと濁っている沼木の眼に、鮮やかな怒りが宿る。

「あいつは僕たちのチームのPCを壊して、数年分の貴重なデータを吹っ飛ばした。先輩たちが大切に使ってきた3Dプリンターも壊した。あんな奴を工作部に戻したりはしない……何のために僕がここにいると思う？　あいつの首輪を繋ぎとめて、監視して、二度と工作部に近づけさせないためだよ」

一真は理解した。沼木はすでに降伏点を過ぎてしまったのだ。追い出されてもなお工作部に尽くしているのは、土御門への怒りによって彼の心が塑性変形したからだ。

誰にも知られないままに、彼の破壊は静かに進んでいた。

「沼木、本当に戻らないのか」

「僕は残るよ。ここをゲーム部屋として気に入ってるのは本当だから……いつかあいつのフィギュアを全部ABS樹脂に変えてやるって目標もあるし」

復讐を果たしたというのに、沼木の怒りはまだ収まっていない。このままずるずると延伸していけば、いずれは破断という名の破滅を迎える。そんな気がしてならない。

「そういえば、フィギュアはいくらで売れたんだ?」

「思ったより少し安くて、四十八万円……そのうち、損害分の四十五万円はもう工作部に寄付してるから、もう三万円しかない」

「それ、いくらか部費に入れてもいいか」

「全部入れるよ。何に使うの?」

「俺と火野の送別会。みんなで焼肉でも食いに行こう。そういうの一度もやったことないだろ」

「自分で提案するんだ。別にいいけど……」

人間は複雑すぎて面倒だ。その考えは今でも変わらない。

恨んでいるなら面と向かって罵ればいいし、それができないなら黙って離れればいい。たまたま同じ部にいる他人の行く末を気にして、不必要な回り道を繰り返すなんて無駄の極みだ。かつて真凜が話していた「合理的な人間」とはかけ離れている。

部を去る者が残る者を気にかけるのもまた、非合理な行為なのだろう。

それでも、と思う。

どんなきっかけでも構わない。二人の関係が少しでも良くなってほしい。たとえ真っ二つに割れた金属でも加熱すれば必ずくっつくのだから、決して不可能な話じゃない。

一真は足元に置かれたままのアクリルケースを見下ろした。

「とにかく、こいつを元通りにして帰ろう」

総崩れになった五体のフィギュアを丁寧に並べ、二人がかりでケースを持ち上げる。そろそろと棚に収めていく途中で、視界の端に見慣れないものが映り込んだ。ケースを仕舞った後で目を向けると、ちょうどケースの横に握り拳くらいのサイズのフィギュアがあった。怪訝《けげん》に思って沼木に訊く。

「これ、前からあったっけ」

「先週くらいから置いてあるよ。部長にしては珍しい趣向だよね」

ああ、と同意を示してフィギュアに顔を近づける。アニメや漫画、ゲームなどの版権物のフィギュアを好む部長のことだから、このフィギュアも何らかの元ネタがあるに違いないが、部長の好みからは外れているような気がした。

「部長、ロボットのフィギュアはあんまり好きじゃないからな」

つぎはぎの粗末な人型ロボットは、すべてを見透かすような笑みを湛えている。

＊

「さあ、どうする？」

部室棟の裏、日中でも薄暗い木立で、〈鬼界〉は目の前の男に訊いた。

長髪の男は息を吐き、ポケットに両手を突っ込んだまま力なく頷いた。

「……わかった、鬼界さんの言う通りにする。だけど、なかなか信じられないよ。うちの部に入ったのも、3Dプリンターを寄贈したのも、全部このためだったなんて……」

「それが最も効率的な手段だったからに過ぎないよ」

「よくわからないんだけど……どうしてあいつをロボバトに出したいの？」

すると、〈鬼界〉はおもむろに空中の一点を指差した。

「ここにボールがあるとしよう」

「え？」

「ボールは平らな床の上に静止している。重力と垂直抗力が釣り合って動かないから、観察するだけではその質量や摩擦係数を得ることはできない。ただし――」

〈鬼界〉は見えないボールを、ぴん、と指で弾いた。

「もし外力を与えて運動させれば、入力と出力、すなわち力積と速度からボールの質量を求められる。また、ボールが最終的に止まった位置から、床とボールのあいだの摩擦係数も求められる。人間も同じだよ。目的なくその場に留まっている人間より、一つの目的に向かって行動している人間のほうが解析しやすい」

冷たい風が枯れた木々の枝をざわめかせた。

男はぶるりと身体を震わせ、畏怖に満ちた視線を〈鬼界〉に向けた。

「君が何を言ってるのかよくわからないけど、わかりたくない気もするよ……」

二進数の密室

情報端末とはヒトの脳そのものだ、と月浦紫音《つきうらしおん》は思う。

人間はもはや、スマートフォンをはじめとする情報端末抜きでは生活できない。元々は独立した生物だったはずが、細胞内に取り込まれて一つの小器官と化したミトコンドリアのように、情報端末は人間の外部化された脳としての役割を果たしている。

生体としての脳は言うまでもなく生命維持に必須で、非常にデリケートな器官だ。だからこそ硬い頭蓋骨で覆い、外界の脅威から守らなくてはならない。脳を守ることは生物的な本能と言える。

ならば、「外部の脳」である情報端末に関しても同じことが言えるのではないか。

端末を奪われること、覗かれること、壊されること――そのような外部からの侵襲を、己の肉体への攻撃のように感じても不思議ではないし、それで非難されるいわれもない。

そんなことを史夏《ふみか》に話すと、彼女はしばしば視線をさまよわせて、

「ミトコンドリアって、なんか美味しそうな名前だよね」

「美味しそう？」

「ミート、コーン、ドリア」

参ったか、と言わんばかりに水城《みずき》史夏は堂々と三本指を立てる。

反応に困っていると、史夏は先程の頼みごとをもう一度口にした。

「それで、スマホ貸してくれない？」

史夏の屈託のない笑顔を見て、貸せない理由ならさっき説明したと言い返すのに躊躇《ちゅうちょ》した。ポニーテールを高い位置で結び、白い歯を見せる彼女は爽やかで、異世界の住人に思えた。話すのが初めてということもあり、距離感が上手くつかめない。というか、話したことすらないクラスメイトになぜスマートフォンを貸さなくてはならないのか、納得のいく説明を受けていなかった。

「どうして貸してほしいのか、もう一度教えてくれる？」

「さっきも言ったけど」史夏は特に気分を害したようでもなく応じる。「今日、彼氏と約束があるんだけど、スマホ家に忘れちゃってさ。あ、彼氏ってうちの高校じゃないから、スマホがないと困るわけ。待ち合わせ場所とか決めてないし。だから、連絡用にちょっとだけ貸してほしいの。連絡取れたらすぐに返すから」

「誰か友達に借りたら？」

すると、史夏はさっと周囲を見渡す。放課後の廊下にはちらほらと人影があったが、三年一組の生徒はいない。それから秘密を囁くように小声で言った。

「あたしが他校の男子と付き合ってるの、みんなには内緒にしてるから」

クラスメイトとろくに喋らない紫音なら、「みんな」に秘密を洩らすこともないと考えているのだろう。三年一組では友達の多い史夏に恩を売っておくのは悪くないアイデアに思えたが、それが「自らの脳を危険に晒す」行為なら、残念だが受け入れられない。

紫音は相手の気持ちを逆撫でしないように、慎重に言葉を選んだ。

「二年のとき、スマホを盗まれた」

「あー、たまにあるよね。ミホもスマホと財布盗まれてた」

ミホが誰なのかはともかく、この高校の校舎はゲタ箱がなく土足で入れるし、常に校門が開いているので誰でも自由に出入りできる。開放的というかセキュリティが緩いので、時折物盗りがトンビよろしく生徒の私物を攫《さら》っていく。三月に盗まれたスマートフォンは結局戻ってこなかった。

「あのときは大変だったから、スマホを人に預けるのは怖い」

「あたし、盗んだりはしないよ?」

「そういう問題じゃない」

紫音はそう言ってから、言葉が強すぎたのではないかと不安になった。紫音は普通に喋っているのに怒っていると勘違いされることが昔から多い。

そっと上目遣いに史夏を窺うと、彼女は困り果てたように眉を曇らせていた。そこまで深刻な頼みごととは思っていなかったので動揺する。罪悪感が胸を刺した。

これではまるで、私が彼女を苛めているみたいだ。

「やっぱり貸すよ」

渋々ながらそう申し出た途端、史夏の表情がぱっと晴れる。

「ほんとに？　ありがと」

「電話を使う？」

「番号知らないからメールする。アドレスなら知ってるし」

紫音は鞄からスマートフォンを取り出す。インカメラに顔を向けると自動的にロックが解除された。この機種には顔認証と指紋認証の機能がある。顔認証はそれほどセキュリティの高い方式ではないが、顔を見せるだけで解除されるのはやはり便利なので、結局そのまま使っている。利便性が高すぎるのも困りものだ。

端末を受け取った史夏は、視線を気にするようにちらちらと紫音を見ながら、メーラーを操作する。文面には駅名や時刻が見えるので、待ち合わせ場所を指定しているようだ。

メールを送信すると、すぐさま短めの返信が届いた。せっかちな男なのか。

「ありがとね」

端末を返し、史夏は「じゃあね、また明日」と笑顔で手を振って離れていく。

紫音も中途半端に持ち上げた手を、宙を掻くように曖昧に振る。

——また明日、か。

明日になったら、クラスの片隅にひっそりと住む地味なクラスメイトの存在など、彼女の中から綺麗に消えているだろう。だが、たとえ社交辞令だったとしても、優しい言葉をかけてくれたことはシンプルに嬉しかった。

そんな予想に反し、史夏とはほどなくして再び会話を交わすことになる。

高三の春は終わりかけていて、校庭の桜はもう青葉を茂らせている。若草の匂いのする風が窓から吹き込んで、新聞紙の上に並んだ仮面を揺らした。骸骨、ゾンビ、片目の腫れた女の幽霊——

紫音は風でめくれた新聞紙の端に、余った粘土を載せて重しにした。乾いた絵の具がこびりついた手の甲で額の汗をぬぐい、椅子に腰かける。

「お、いい感じだ」

振り向くと、シャツの袖をまくった小太りの男子、北岡《きたおか》が歩いてくるところだった。脱いだ学ランを小脇に抱え、もう一方の手にはコーラのペットボトルをぶら下げている。

「そうでもない。これなら買ったほうがいいと思う」

「いや、ああいうパーティーグッズは高いからね。予算に収まらないんだよ」

北岡は中身が半分ほどに減ったコーラを差し出して、「飲む?」と訊いてくる。紫音は首を横に振った。逆に、どうして飲むと思うのか。

彼の後ろから史夏が現れた。なぜか黒いマントのような衣裳を着ている。

「この仮面、紫音が作ったの? 凄いじゃん」

「そのマントは史夏が作ったの?」

「うん。これ着て仮面被ったら、暗闇に顔だけ浮いてるみたいになるでしょ」

史夏は床に置いた骸骨の仮面の一つをぱっと取り上げ、顔に当てた。教室が明るいので微妙だが、暗闇の中、ライトで照らせば確かにそう見えるだろう。

「絵の具、まだ乾いてない」

「うわっ」

史夏は慌てて仮面を放り出したが、顔は白い絵の具で汚れていた。頬のてっぺんについた白丸が漫画チックだ。北岡は手を叩いてげらげらと笑っている。

この高校では五月に文化祭を行う。

先月、最後の年だから何か思い出に残ることをやろうと、学級委員がクラス会議を開いた。紫音が机に頬杖をついてぼんやりしているうちに、クラスでの出し物はお化け屋敷に決まっていた。

陳腐だな、と思った。準備も面倒くさそうだ。

とはいえ、会議に参加すらしなかった人間にとやかく文句を言う権利はない。何とか無難に乗り切ろうと覚悟を固めていると、仕事の割り振りが始まった。部や実行委員の仕事がある生徒が除外され、残った生徒たちがいくつかの製作グループに分かれる。

紫音が入ったのは小道具を作るグループで、その中には史夏もいた。

同じグループになったのは偶然だろうが、端末を貸してもらった恩義を感じているのか、あるいは彼氏の秘密を固く守っていることに感謝しているのか、史夏は紫音に対して妙に距離を詰めてきた。一緒に作業を始めて一週間ほどで、下の名前を呼び合う仲になるというのは、紫音の人生経験において異例の事態だった。

それだけではなく、次第に他のクラスメイトにも声をかけられるようになってきた。紫音はこれまで「いつも黙っていて何を考えているかわからない、怖めの女子」と認識されていたのだが、史夏との交流によって周囲の誤解が解けたらしい。おかげで気安く会話できる相手が増えてきた。

史夏が濡れタオルで顔を拭いているあいだ、北岡は並んだ仮面を眺めていた。

「これって何？　ロボットみたいだけど」

北岡が指さしたのは、メカニックな鬼のようなデザインの仮面だ。

「粘土が余ったから作った。スピンドル仮面の、NCボマー」

「あー、そんなのあったな。何とかボマーってのは知らないけど、スピンドル仮面は知ってるよ。まあ、僕は全然見てなかったけどね。変に小難しくてつまらなかったし」

「おいこら、北岡」

と、戻ってきた史夏が北岡の脛《すね》を軽く蹴った。

「スピンドル仮面を悪く言うのは、あたしが許さないから」

「痛《い》て。何だ、水城さんもファンなの？」

「まあね。結構好きだったかな」

史夏は紫音を見ると、急に顔をしかめ、芝居がかった口調になる。

「私は死なない！　この世界の法則となって生き続ける！」

幼い日に聞いた台詞が飛び出して、紫音は驚きのあまり固まった。

NCボマーとは、工作機械をモチーフにしたヒーローアニメ、『スピンドル仮面』に登場した敵役だ。機械の肉体を持ったサイボーグであり、電子機器を操り爆破させる能力でスピンドル仮面を苦しめた。最後には倒されるが、肉体が滅んで情報生命体となってからは主人公たちの心強い味方になる。自我を失っているにもかかわらず、自らに設定されたプログラムに従って敵を排除していくのだ。

史夏が口にしたのは、NCボマーが死の直前に発した台詞だ。

「――いつの日か、正義と悪が消滅するまで」

紫音が小声で続きを言うと、史夏はにっと口角を上げた。

「いい台詞だよね。ダークヒーローって感じで」

「お化け屋敷に使えるくらい顔は怖いけど」

「まあ、元は敵役だから。でも、スマホの待ち受けにするくらい好きなんでしょ」

頬が紅潮するのを感じた。前にスマートフォンを貸したとき、ロック画面と待ち受けを見られないように気を遣ったはずだが、実際は見られていたのだ。

動揺する紫音をよそに、史夏はマントの中からスマートフォンを取り出した。

「記念写真撮ろうよ」

写真を撮られるのには慣れていなかったので、とっさにNCボマーの仮面を顔に当てる。生乾きの絵の具で指がぬめり、湿っぽい匂いが鼻を突いた。

「仮面は駄目だって。そういうのはナシ」

史夏は笑いながら言ったが、紫音は頑なに外さなかった。すると、仮面を持っていた手首をつかまれて、無理やり顔から外された。

顔を上げると、思いのほか真剣な眼差しとぶつかった。

「ちゃんと顔を見せて。可愛いんだから」

不意に、オレンジのような甘酸っぱい匂いがした。

史夏は手首を放し、腕を紫音の肩に回した。右腕を伸ばしてスマートフォンを高く掲げる。

画面の中には満面の笑みを浮かべる史夏と、頬をこわばらせた紫音、やや離れてピースサインをする北岡が小さく収まっている。史夏の親指が撮影ボタンを押す。

ばしゃり、ばしゃり、ばしゃり、ばしゃり——

シャッター音は執拗《しつよう》に繰り返される。

さすがに枚数が多すぎるのではと思ったが、史夏は笑顔で何枚も撮り続けた。彼女と触れ合っている身体の左半分が、体温でうっすらと汗ばんでくる。

北岡が怪訝そうに史夏のほうを向いた。

「……あのさ、そろそろいいんじゃない？」

「待って、アングル変えるから」

レンズを紫音に近づけると、史夏はさらに身体を寄せてきた。今にも頬が触れそうだ。彼女の髪から漂うオレンジの香りが、眩暈《めまい》がするほど強く、濃密になった。

ばしゃり、ばしゃり、ばしゃり、ばしゃり——

もういいよ、と北岡が痺《しび》れを切らすまで、謎の撮影タイムは続いた。

奇妙な事件が起こったのは、文化祭の前日だった。

その日は準備に充てられているので授業がなく、三年一組の生徒たちは会場となる化学実験室で忙しく働いていた。椅子や段ボールを繋いで通路を作り、カーテンの隙間をガムテープで埋める。生首や血糊などの小道具を配置し、雰囲気作りの音楽を流すスピーカーをセットする。

大半の作業は午前中に終わったので、リハーサルを行うことになった。

お化け役が配置についた後、客の役が順番に実験室へと入っていく。紫音は客の役だった。

前の小柄な女子は幼い子供のように肩をすくめ、おそるおそる進んでいく。

「うぅ、暗いよぉ」

紫音はその後を追って暗闇に足を踏み入れた。

――ちょっと暗すぎないか。

この暗さはお化け屋敷として標準的なのだろうか。本来は適度に照明を点けて調整するものではないだろうか。一寸先も見えず、壁に手をつけていないと怪我をしそうだ。

お経のBGMに紛れて、時折誰かの悲鳴が耳に届く。お化け役はどこに配置されているのだろう。文化祭のお化け屋敷に入ったことがないので勝手がわからない。恐怖は際限なく膨らみ、知らず知らずのうちに足が速くなっていた。

突き当たりを曲がったところで、正面にいきなり骸骨が浮かんだ。

「おうばあっ！」

そのへなへなした声で北岡だとわかった。懐中電灯で顔を照らし、ゆらゆらと揺れている。

驚いたには驚いたが、可愛い悲鳴を上げられるような修業を積んでいなかったので、ただ無言で立ちすくむことになった。

「駄目かあ……」

こちらの反応が不服だったのか、無念そうに言い残して骸骨は闇に消えた。客が来るタイミングに合わせ、明かりを点けたり消したりしているようだ。

突然、身体の前面に柔らかいものが当たった。前の女子にぶつかったのだと思い、慌てて後ろに下がろうとしたら、間近で甲高い悲鳴が上がった。

「放して！」

そんな叫びが聞こえた。ばきばきと段ボールが折れる音に続いて、何かが衝突する鈍い音、誰かの呻《うめ》き声がした。

「何だ？」「どうした！」と男子の怒鳴り声が響く。

わけがわからないうちに天井の照明がついて、眩《まぶ》しい光が一気に闇を拭い去った。

通路の先にうずくまっている女子がいた。前を歩いていた彼女だ。短めのスカートから伸びた白い脚を折り、膝小僧を抱えてうつむいている。

「どうしたの？」

歩み寄りながら訊くと、彼女は目に涙を溜めてこちらを見上げた。

「……手、触った？」

質問の意味がわからずに首を振った。

通路の前方からゾンビがやってきて、「園村《そのむら》さん、大丈夫？」と心配そうに声をかけた。紫音はそこで初めて彼女の名前を知った。ほどなくしてどやどやと彼女の友達がやってきて、背中を撫でたり優しい言葉をかけたりしながら廊下に連れ出した。

やがて落ち着きを取り戻した園村は、目の端を赤く染めてこんな説明をした。

「お化け屋敷の中で、誰かにいきなり手を握られたの」

犯人は彼女の指に指を絡ませ、とても嫌らしい手つきで引っ張ったという。

お化け役の演出にそんなものはないし、接触はNGだ。それを許したら痴漢が横行しかねない。とはいえ、手を引っ張られた程度ではせいぜい悪戯の範囲であり、現場にはどこか弛緩した空気が漂っていた。

だが、いまだ悄然とした園村を取り巻く三人の女子たちは、仲間を傷つけられた怒りの矛先を向ける相手を探しているようだった。

「北岡じゃない？　だってあいつ——」

三人の女子のうち誰かが囁《ささや》いた。大っぴらに非難するような証拠がないので、とりあえず仲間内の仮想敵を設定したという感じだ。納得するような相槌も聞こえた。北岡は多少無神経なところがあるから、過去に園村と何かトラブルがあったのかもしれない。

それだけなら些細な噂で済んでいただろう。

だが北岡は、よせばいいのにマントを翻して前に進み出た。

「いや、違う。僕は園村さんを驚かせた後、その後ろにいた月浦さんを驚かせたんだ。通路はすれ違えるほど広くないから、僕が園村さんに近づいたりはできないよ」

正論だが、正論が悪手になる場面というものはある。

「ねえ、月浦さん。そうだよね」

巻き込まれてしまった。

北岡が持った骸骨の仮面をちらりと見て、紫音は考えを整理する。

通路の途中にはビニールの幕を垂らしただけの抜け穴がいくつもあるので、他のエリアのお化け役がこっそり園村に近づくことはできたが、北岡が立っていた通路のくぼみに抜け穴はない。そして、紫音が通路で北岡を追い越したのも確かだ。彼が闇に乗じて先行していたらさすがに気配でわかるし、他の抜け穴から回り込むのも時間的に無理だろう。少なくとも北岡は犯人ではない。

とはいえ、下手に肯定すれば園村の取り巻きと対立しかねない。この場は曖昧に口を濁し、そのまま逃げ切るのが最善の策だった。

だが、気がつけばシミュレーションと違う台詞を口にしていた。

「確かにそうだった。北岡くんは犯人じゃない」

園村たちの敵意が一気に自分に集まってくるのを感じた。ぞわりと背筋が寒くなり、遠い日の記憶がよみがえった。突き放したような少女の声が耳元で響く。

——月浦さん、何でいるの?

そのとき、別の方向から声が上がった。はっきりとしてよく通る、放送部員のように快活な声。

「ごめん! あたしが犯人」

マント姿のNCボマーは、いや史夏は手を合わせて謝った。

無言の驚きがさざ波のように広がって、廊下がしんと静まり返る。

あっけに取られたように園村が言った。

「……え、何で?」

「何ていうか、だんだん怖がらせるのが楽しくなってきたんだよね。まさかこんなことになるとは思ってなくて、ちょっとやりすぎちゃった。ごめんね」

仮面を取って平謝りする史夏に、園村たちは毒気を抜かれたようだった。

北岡や紫音を庇ったようにも取れるが、誰もそうは解釈していないのがわかった。自由気ままに振る舞いながらも、誰にも憎まれないのは史夏の特権だ。つくづく得なキャラクターだと思う。

「そういうわけだから、解散。持ち場に戻るぞ」

学級委員の発言を皮切りに、集まっていた生徒たちはぞろぞろと実験室に戻った。園村は保健室に連れていかれた。史夏はマントを脱ぎもせずその後を追った。

急にがらんとした廊下に残された紫音は、隣にいた北岡に訊いた。

「史夏が言ったこと、本当だと思う？」

「どうだかね。まあ僕は、本当でも嘘でも驚かないよ」

ほとんど当事者である北岡ですら、すでにことの真偽への興味を失っているのだ。本当に史夏が犯人だと信じているわけではないが、かといって史夏の無実を信じているわけでもない。「水城史夏がそう主張しているのだから、そういうことにしておこう」と思考を放棄している。もし他の誰かが同じことを言っても、きっとこうはいかなかっただろう。

だから史夏は、罪を告白したにもかかわらず、罰を逃れた。

――でも、私は知っている。

制服の袖をそっと顔に近づける。園村の悲鳴が上がる直前、前を行く誰かにぶつかったあのとき、暗闇に漂ったオレンジの匂いがまだ残っている気がした。


――他人は怖い。何を考えているかわからないから。

下校途中、赤信号で自転車を止めた紫音の隣に、ランドセルを背負った少女が二人いた。活発で可愛い子と、大人しくて地味な子。彼女たちは楽しそうにお喋りしている。どうやら活発な子がお誕生日会か何かのパーティーを開くので、誰を招待するか話し合っているらしい。

「ユーコは？」「呼ぶ」「あとは？」「誰がいたっけ」「マサ」「えー男子呼ぶの？」「だってマ

モルと仲いいし」「じゃあスズキくんも」「好きなの?」「違うって」

他愛のない会話を聞くともなく聞いていたら、大人しい子がこんなことを言った。

「あれ、メグは呼ばないの?」

「呼ぶわけないじゃん。あんな暗いやつ」

心臓をぎゅっと握られたような痛みとともに、一人の少女のことを思い出す。

ハル。小学六年生のときのクラスメイトだった。

クラスの人気者であるハルにはたくさんの友達がいた。特に仲良しなのがアーちゃんとルミ。彼女たちほど親密ではないものの、紫音もハルの友達の一人だと思っていた。

放課後、ハルはよく仲のいい子たちを引き連れて遊びに行った。それは公園やゲームセンターといった子供らしい遊び場だったり、ブティックやスイーツ店のような大人びたスポットだったりした。

ハルがどこかに行こうと言い出すたびに、紫音はその後についていった。遊びの中で、紫音はハルや他の子たちとよく喋っていたし、一緒になって楽しんでいた。自分は「みんな」の一員だと、何の疑いもなくそう思っていた。

その日の放課後は、みんなでハルの家に行くことになっていた。彼女の家は広くて綺麗で、お菓子作りが趣味の母親が美味しいケーキを出してくれると聞いて、歩道を列になって歩きながら紫音は心を躍らせていた。

一番前でお喋りをしていたハルは、あるとき急に立ち止まると、振り向いて一番後ろにいる紫音を見た。その表情にはこれまで見たことのない酷薄さがあった。

──月浦さん、何でいるの？

意味がわからなかった。何かの冗談だと思ってまわりに目をやって、ぞっとした。

他のみんなもハルと同じ表情で紫音を見ていたからだ。

──迷惑だから、帰ってくれない？

体育でいつもペアを組んでいた子も、ノートを貸してあげたことのある子も、ついさっきまでお喋りをしていた子も、誰一人としてハルの発言に異議を唱えることなく、ただ異物を見るような目を紫音に向けていた。

紫音はぎくしゃくと回れ右をして、一人来た道を戻っていった。

この期に及んで事態を呑み込めていなかった紫音は、怒りも悲しみも感じることなく、ひたすらに恐怖していた。豹変したハルたちの言動が理解不能だったからだ。

家に帰った後、当時中学生だった二つ上の兄、一真にたどたどしく今日の出来事を説明した。話を聞き終えると、兄はどことなく哀しげな顔で呟いた。

──怖いのと、悲しいのと、どっちがいいんだろうな。

怖いのは嫌だ。紫音がそう言うと、兄は残酷な推測を口にした。

ハルは紫音のことを「月浦さん」と呼ぶ。他の仲良しの子たちは綽名《あだな》や下の名前で呼んでいるので、ハルは紫音と一定の距離を置きたいのだと考えられる。友達を自宅に招くというのは、一緒に遊びに行くより「距離感の近い」行為だ。本当に仲良しな友達以外は家に上げたくなかったから、図々しくついてきた紫音が目障りだった。
あるいは、誰も態度に表さなかっただけで、以前からハルたちは紫音を疎ましく思ってい
て、自宅への招待をいい機会に、仲良しグループから追放することにした。みんなの態度か
ら察するに、こちらの可能性のほうが高い――と。
紫音には兄の話は難しかったが、自分がハルたちと友達ではなかったことは理解して、と
ても悲しい気持ちになった。紫音は泣きながら訊いた。
――どうしてそんなことするの？
兄は困ったように眉を寄せ、ティッシュ箱を差し出した。
――さあ、俺にもわからない。他人の気持ちなんてわかるわけがない。でも、わかろうと
しなきゃいけないんだ。面倒でも、そうしないと生きていけないから。
兄のどこか投げやりな言葉を聞いて、彼も自分と同じなのだと紫音は知った。
以降、だんだんと人間不信の傾向を深めていく紫音が、兄にだけ心を開くことができたの
は、彼の中に自分と同じ、他人への恐怖心を見ていたからだ。
今思えば、紫音はハルのグループで明らかに浮いていたし、察しの悪さと空気の読めなさ
で周囲を苛立たせていた。追い出されても仕方がなかったのかもしれない。それに、グルー
プを抜けた後で嫌がらせを受けたりはしなかったから、客観的に見ればたいして酷い目に遭
ったわけでもない。中学以降に経験した、より直接的かつ陰湿な仕打ちに比べたら可愛いも
のだ。

それでもあの一件は、他者への恐怖を紫音に深く刻み込んだ。

他人は怖い。何を考えていても、それを胸のうちに隠してしまえるから——

はっと我に返ったときには信号は青に変わっていて、二人の少女は横断歩道を渡り終えるところだった。慌ててペダルを踏み込み、二人の横を通り過ぎる。

「やっぱりメグ呼ぶ？　意外と面白いし」

「だね」

そんな声が聞こえた。やっぱり人間はよくわからない。


『それで、おまえは何が知りたいんだ？』

兄からの返信にはそうあった。

紫音は帰宅した後、今日のお化け屋敷の事件と、史夏の気になる言動について、なるべく簡潔にまとめたメッセージを兄に送っていた。兄は今では機械系の学科に通う大学生で、妙な名前の部活でロボットを作っているらしい。

紫音はベッドに寝転んだまま素早くテキストを入力した。

『史夏の様子がおかしい気がして、その理由が知りたい』

しばらく間があって、返信が来た。

『俺が思いついた仮説が二つある。可能性が高くてもっともらしい仮説と、可能性が低くて疑わしい仮説だ。どっちが聞きたい』

『可能性が高いほう』

『わかった。まず前提として、史夏さんはおまえが好きなんだろう』

『好き？』

『恋愛対象として好ましく思っているということだ』

紫音は自分の中になかった新しい解釈に戸惑う。今や同性愛が珍しくもないのは承知しているが、自分がその対象になるというのは簡単には受け入れがたい話だった。

『その上で、史夏さんはおまえにアプローチをかけている。同じ製作グループに入り、スピンドル仮面が好きなことをアピールしたり、一緒に写真を撮ったりして、積極的に距離を縮めた。スピンドル仮面が好きというのはたぶん嘘だ』

『嘘にしては知識量が凄かったけど』

『スマホを貸したとき、待ち受け画面のNCボマーを見られたんだろ。八年も前の子供向けアニメの脇役キャラを待ち受けにするのは、偏執的なアニメオタクしかいない。史夏さんはおまえと仲良くなるため、頑張ってスピンドル仮面を勉強したんだ。涙ぐましい努力だな』

スピンドル仮面が好きだと語り、NCボマーの名台詞を暗唱してみせた史夏。あれが演技だったと思うとショックだった。偏執的なアニメオタク、と兄に評されたのも微妙にショックだ。

『私はアニメオタクじゃない』

『極めつけは、お化け屋敷の事件だ』

兄は紫音の反論には取り合わずに続ける。

『史夏さんは暗闇に紛れ、園村さんという女子の手を握った。それも、とても嫌らしい手つきで、だ。これには二つの解釈が成り立つ。一つは、史夏さんはおまえと間違えて園村さんの手を握ってしまったという説だ。まあ、暗いから間違えても無理はない』

『そもそも、どうして私の手を握ろうとしたの？』

『握りたかったからだろうな。おまえが相手にしてくれないから、ついむらむらと』

『そんな痴漢みたいな』

『二つ目の解釈は、あえて園村さんを狙い、おまえの嫉妬心を煽って、結果的に二人の仲を進展させようと目論んだという説だ。大胆な策だが、史夏さんには勝算があった。おまえに憎からず思われているという自信があったんだ。それもそうだろう。スピンドル仮面の件でもわかるように、史夏さんはおまえに好かれようと全力を尽くしているからな。だからこそ、押して駄目なら引いてみなの戦略を取ったわけだ』

私は史夏のことをどう思っているんだろう。

自分をクラスに引き入れ、世界を広げてくれたことに感謝しているのは確かだ。でも、友達として、あるいは友達以上の存在として好きなのかと言われると、よくわからない。人と深く関わることをひたすらに避けて生きてきたから。

——月浦さん、何でいるの？

他人の心の中なんて知りたくもない。自分が嫌われ、疎んじられているのに気づいてしまうのは、直接悪意をぶつけられるよりも恐ろしい。だから他人との関わりを遠ざけて、自分で情報をシャットアウトして、傷つくことから逃げ続けてきた。

しかし、兄の説が本当だったとしたら。

紫音に好かれるためにひたむきな努力をする史夏は、心の底から紫音が好きで、そこに偽りはない。表も裏もなく、ただ真っ直ぐな感情だけがある。

『おまえは史夏さんのことをどう思ってるんだ』

兄からのメッセージが届いた。

紫音は少し迷った末、親指を動かした。

『わからない』

『そうか。ただ、俺の説は単なる想像だ。真偽を確かめるには、実際におまえが動くしかない。例えば、史夏さんの他校にいる彼氏を調べてみるとかな。もし存在しなかったら、彼氏の話はおまえに近づくための口実だったことになる』

『わかった、ありがとう。それで、もう一つの仮説って？』

兄とのやりとりを終えると、紫音はファイル管理アプリを開いた。内部ストレージに慎重に隠されたフォルダの中に、暗号化された圧縮ファイルが収まっている。

『NCbomber_ver.2.1.zip』

電子の密室で眠っているこの自作ソフトウェアは、長いあいだ紫音の心の拠り所だった。

ブラックボックスな他者に傷つけられるたび、手のひらに心強い味方がいることを思った。「彼」の存在は兄にさえも教えていない。スマートフォンのセキュリティと紫音の脳、二重の密室に包まれて「彼」は何年も眠り続けている。

紫音はしばらくファイル名を見つめて、一つ息を吐き、アプリを閉じた。

決して戻れない一線を越えるつもりはない。

今度はメーラーを開き、送信済みフォルダの中から一通のメールを探し出した。一ヶ月前、史夏にスマートフォンを貸したとき、他校の彼氏に送信されたメールだ。

件名には『史夏です』とある。

もし私だったら、と紫音は考える。他人の端末に自分の書いたメールが残るのは耐えられない。しかも彼氏とのプライベートなやり取りなのだから、端末を返すときにはきっと完全に削除する。それを返信も含めてそのまま返したのは、わざとメールの中身を見せつけるためではないか。

メールの文面を読む。史夏は知らないアドレスでメールを送ったことを詫び、スマートフォンを他の人に借りたと説明している。その後、駅前の広場で待ち合わせしようと提案した。文中には彼氏の名前もあった。

『鬼界くん』

珍しい名前だ。本名なのか、あるいは適当につけた偽名なのか。

その鬼界という男子からの返信は、史夏がメールを送信した数秒後に届いていた。メーラーの自動返信機能を使ったのだろう。鬼界のメールは簡潔だったが、情報生命体でもないかぎり数秒で書き込める文章量ではない。

鬼界のアドレスをコピーし、メールを作成する。

『突然メールして申し訳ありません。C高校の月浦紫音といいます。水城史夏さんの友達です。不躾なお願いで恐縮ですが、水城さんのことで相談したいことがあるので、直接会ってお話しさせていただけないでしょうか――』

慣れない敬語に四苦八苦しながら文面を書き上げ、何度も読み返して送信する。

スマートフォンが短い電子音を鳴らしたのは、その一時間後だった。

ベッドでうたた寝をしていたので、鬼界からの返信が届いたと気づくまでに数秒かかった。横になったまま腕を伸ばし、手探りで指紋認証パネルに指を当てる。画面を見ることなくロックを解除し、メーラーを開く。

身を起こして端末に向き合ったとき、紫音は軽く目を瞠った。

『金曜日　午後七時　C公園東屋《あずまや》』

メールに書かれているのは、ただそれだけだった。


「一日目終了、お疲れ様！」

学級委員の女子が声を張り上げると、生徒たちは「おう」とも「うぇい」ともつかない歓声を教室に轟かせた。

地学部の展示室として使われている三年一組の教室は、太陽系の模型や鉱石コレクションで混沌としていた。わざわざ地学部のテリトリーと化した教室に集まったのは、段ボールの通路だらけの実験室ではまともに集会ができないからだ。

いくつかの事務的な連絡の後、「明日も頑張ろう！」と解散になった。

教室を出てしばらく一人で歩いていると、軽快な足音が近づいてきて横に並んだ。その振る舞いだけで誰が来たのかわかった。

「疲れたね」

そう言いつつも、疲れ知らずの史夏の声はエネルギーに満ちていた。たくさんの友達を教室に残してきているはずで、そちらの関係性は大丈夫なのかと心配になる。

「うん。あんなにお客が多いなんて思わなかった」

「あんなにぞろぞろいたら驚けないよね。ラーメン屋の行列みたいでさ。やっぱり、ある程度は入場制限かけたほうがいいんじゃないかな」

二人並んで薄暗い階段を下りていく。紫音は横を向いて、陰に隠れた史夏の横顔を見た。見られているのに気づくと、ポニーテールを揺らしてこちらを向く。史夏の照れたような笑みが、うっすらとした輪郭の中に浮かび上がる。

「鬼界くんとはまだ付き合ってるの？」

不意を突いたつもりだった。狙いは当たり、史夏は明らかに動揺していた。

「……えっと、まあ、一応」

「だったら文化祭に来たりするかな。どんな人なのか、一度会ってみたいと思って」

「どうかな……文化祭とか、そういうのは好きじゃないと思うし」

「そうなんだ」

「それに他校の制服って目立つから。あたし、彼氏のことみんなには隠してるし、会いに来られるのも困るっていうか、ね？」

紫音は曖昧に頷き、そこで追及を打ち切った。

自転車置き場の前で二人は別れた。史夏は電車通学、紫音は自転車通学だ。

「じゃあね、また明日」

大きく手を振る史夏に、「また明日」と手を振り返し、サドルに跨がった。

校門を出て、街灯が灯り始めた坂道を立ちこぎで駆け上がる。

ペダルを踏みながら、先程の史夏とのやり取りを回想する。

「招待状」が来た以上、鬼界はまったくの架空の存在ではないはずだが、史夏の反応を見るかぎり、紫音には会わせたくない人物なのだろう。鬼界が史夏の彼氏ではなく単なる協力者だとしたら、メールの送信に協力した経緯を聞き出すことができれば、史夏の行動の謎に迫れるかもしれない。

公園に着いたときにはとっくに日が暮れていて、まばらな照明の灯る広場の一画に、鉛筆の先のような六角形の東屋のシルエットが見えた。屋根に光を遮られて、内部は深い闇に沈んでいる。

これはちょっと、怖い。

女子高生を呼び出すには不穏当な場所と時間帯だ。鬼界は普通の高校生だろうと漠然と想像していたが、よく考えてみればそんな保証はないわけで、突然むくつけき大男が現れて闇に引きずり込まれてもおかしくはない。

腕時計を確認する。六時五十分。約束の時間は近い。

周囲を警戒しつつ、ゆっくりと東屋に近づく。

「あのー、すみません」

ゆらり、と東屋の中で人影が動いた。紫音は足を止め、闇に目を凝らした。

東屋から歩み出てきたのは学ランを着た少年だった。紫音よりひとまわり小柄で、中学生に見紛うほど身体の線が細い。暗い色のニット帽を目深に被り、ポケットに手を入れて歩いてくる。街灯の逆光になって顔はよく見えない。

「君は月浦紫音だね」

男子にしてはやや高めの声だと思った。

「はい。あの、あなたが鬼界さんですか？」

「そうだ」

「史夏と付き合ってるっていう……」

「そうだ」

鬼界の声は不気味なほど平板で、合成音声のように機械的だった。

「本当ですか？」

「どうして疑うんだ？」

逆に訊かれて紫音は答えに窮した。

彼はあくまで史夏の彼氏だと言い張るつもりらしい。疑わしい根拠を上げて説明してもいいが、あいにく決め手に欠ける。それに、見ず知らずの女子のためにわざわざ来たのに、ただ疑われては気分が悪いだろう。ここは「友達の彼氏に相談をしに来た女子」の役に徹することに決める。

「ごめんなさい。一応確認したかっただけなんです。史夏が本当に男子と付き合ってるなら、ちょっと事情が変わってくるので。実は――」

そこで紫音は唾を呑み込み、勇気を振り絞って口を開く。

「史夏は、その、私のことが好きなんじゃないかと思うんです」

「なるほど」鬼界の反応はまるで他人事のように淡白だった。「それで、僕に何を訊きたいのかな」

「……私の考えが当たってるのか、鬼界さんに教えてほしくて」

「どうして僕がそれを知ってると思うんだ？」

「史夏の彼氏だったら、私より詳しいはずじゃないですか」

「僕は確かに、彼女について多くを知っている。君が知らないことも、彼女自身すら知らないことも含めて。僕は水城史夏というシステムのすべてを理解している。その上で君の質問に答えるなら、史夏は君のことが好きだ」

不意打ちの言葉が胸を突いた。

「そして嫌いだ」

嫌い？

「憎んでいるし、嫉妬している。愛しているし、崇拝している。名前のついている感情と名前のついていない感情、ありとあらゆる変数の総和が、史夏の君への気持ちだ。そんな複雑な脳の状態に、『好き』や『嫌い』のような画一的なラベルを貼るのは乱暴だと思わないか。言葉という不完全な比喩を使ったところで、君は決して史夏を理解できないし、君自身の感情すら理解できない。それが人間の限界だ」

「でも、鬼界さん、さっき史夏のすべてを理解してるって……」

それとも彼は、自分が人間ではないとでも言うつもりだろうか。

「僕は特別なんだ」

鬼界は何のてらいもなくそんな台詞を吐き、軽く顎を上げて紫音を見据えた。

「君は自分に感情があると思っているね。自由意志と同じように」

「それはそうですけど」

「本当は、意志も感情も虚構なんだよ。人は思考の結果として行動するんじゃない。自らの行動を後付けで解釈するために思考し、そこで感情という比喩を使う。自由意志なんてまやかしだ。人間は外界からの入力に反応して動くシステムに過ぎないし、思考も感情も行動の副産物でしかない」

過激な思想だと思ったが、その言葉は不思議なほどすとんと腑に落ちた。

本題に戻ろう、と鬼界は続ける。

「君は史夏の気持ちが知りたいと言った。でも、感情というのは虚構だ。人は感情という概念を使って自分の行動にストーリーを与える。つまり、君が史夏のことを知ろうと行動したとき、『史夏への好奇心』が初めて発生する。君が史夏に直接それを伝えれば、史夏の中に『月浦紫音への感情』が生じる。ここまではわかるかい」

だんだん混乱してきたが、何とか話を呑み込んで頷く。

「つまり、君が史夏のことを知ろうとしなければ、そしてそれを史夏に伝えなければ、君の悩みは消えるんだよ。というより、初めから悩みなんてものは存在しない。それは君が史夏について調べているときに生じた幻だ」

「……でも、どうやって？　自分の意志を自由にできないんだったら、悩みを消すなんて無理じゃないですか」

「簡単だ。適切な入力を与えればいい」

紫音がその意味を訊き返そうとしたとき、鬼界は間髪を容れず言った。

「実は、僕は史夏と付き合っていない」

「え……」

「史夏とはただの友達で、彼氏の振りをしてほしいと頼まれたから協力した。あと教えておくと、史夏に彼氏はいないよ。これまで男子と付き合ったこともない。この情報から何を想像するかは君の勝手だけど――」

暗闇の中、鬼界の両眼はレンズのような冷たい光を放っている。

「君は史夏のことをどう思っている？」

「わかりません」

「それでいい。君は行動しない。だから考えない」

鬼界は興味を失ったように顔を背け、歩き出した。そこに照明の光が当たって、思い描いていたより幼い横顔が垣間見えた。

変な人だ、と思う。ちょっと危ない人でもある。

それでも彼との会話を通して、いくらか肩の荷が下りたような気がした。どうも自分は知る必要のないことを知ろうとして躍起になっていたようだ。とはいえ、あと一つだけ知りたいことが残っている。

「鬼界さん」

遠ざかっていく背中に声をかけた。鬼界は足を止め、ゆっくりと振り返る。

「ずいぶん史夏のことに詳しいみたいですけど、あなたは史夏をどう思ってるんですか？」

「人間だよ」

素っ気なく答えて、鬼界は歩み去っていった。

帰り道、紫音は自転車を飛ばしながら、ＮＣボマーのことを考えた。

情報生命体となったNCボマーは、プログラム上の存在なので意志も感情もない。スピンドル仮面のピンチに颯爽と現れて、機械的に敵を排除する彼は格好良かった。あんなふうに何事にも動じず、決して迷わない人間になれたらいいのにと思っていた。

プログラミングを学んだのは、憧れのNCボマーに近づきたかったからだ。中学に上がり、親に買ってもらった中古のPCにフリーの統合開発環境をインストールしてから、長い時間をコードの世界に浸かって過ごした。コンピュータプログラムの世界はすべてが自明で、あらゆる事柄が論理式に従って整然と実行される。現実世界とは違う単純さが心地よかった。

私もプログラムだったらいいのに。小さなことで悩んだり、苦しんだりせずに、どんな物事に対しても機械的に対処できたらいいのに。ずっとそう思っていたから、鬼界の思想は危ういほどに魅力的で、抗いがたいものに感じていた。

考えなくていい。悩まなくていい。思考とは虚構なのだから。

規則的にペダルを踏みつつ、流れていく街の灯をぼんやり眺めた。

その夜、紫音はなかなか寝つけなかった。ベッドで何度も寝返りを打ち、暗闇の中で目を開けた。充電中のスマートフォンの赤いランプを見つめる。

すべての問題は解決されたはずなのに、今も頭の片隅で小さな火種がくすぶっている。早く眠って明日の文化祭最終日に備えなければならないのに。

考えなくていい。何も考えなくていい。

自分にそう言い聞かせ、固く瞼を閉じたものの、勝手に動き回る思考を止めることはできなかった。やがて眠りを妨げるものの正体に気づいた。

不安。

ベッドから手を伸ばしてスマートフォンを取り、兄からのメッセージを読み返す。

史夏は紫音のことが好きで、紫音に好かれるために様々な努力をしている、と兄は書いていた。可能性が高くてもっともらしい仮説として。そして――

紫音は目を閉じた。四角形の光が瞼の裏に残った。

いつか史夏との関係が決定的に変わってしまう日が来る。そうなったら最後、彼女と友達ではいられなくなる。それが不安でたまらないのだと気づいた。

もう何もしないと決めたはずだったのに、指先が動いていた。

『人は行動しないと考えないって本当だと思う？』

兄にメッセージを送ると、すぐに返事があった。

『考えないと行動できないだろ』

紫音は小さく笑ってスマートフォンの画面を消した。

――そう、私は考える。だから行動する。

化学実験室の二つ隣にある化学講義室は、お化け屋敷のバックヤードで、三年一組専用の荷物置き場になっていた。並んだ長机の上には生徒たちの鞄が置かれている。お化け役や案内役が交代の際に休憩しに来るだけのスペースなので、一時間単位のシフトの中ほどである今はがらんとして誰もいない。

紫音は引き戸のほうを向いて、深く息を吐いた。

少し時間をかけすぎた。トイレに行くと言って抜けてきたので、早く戻らないとまずい。

紫音は椅子に座ったままマントの裾をからげ、足元に屈みこんだ。

がらり、と戸が開く音がした。

「あ、こっちにいたんだ」

北岡だった。戸口で立ち止まって紫音を見つめ、目をぱちぱちさせる。

「何で靴下脱いでるの？」

「……ちくちくしてるのが気になって」

「ああ、よくある。ちっちゃい木の切れ端とか小石が入ってるみたいな感じで、ずっと気になって鬱陶しいんだけど、靴下脱いでみたらどこにもない。あれって何なんだろうね」

知らないよと答える代わりに、話を逸らそうと試みる。

「案内役はいいの？」

「今は新しいお客さん来てないし、ちょっと休憩しようと思って」

北岡は机の上に置かれた、水滴だらけのコーラのペットボトルを取り、ごくごくと飲み始めた。それを横目に素早く靴下を穿《は》き、ローファーを履く。机の上に置いていたＮＣボマーの仮面を手に取り、立ち上がる。

「じゃあ、お先に」

「ん」

紫音は実験室に戻ってお化け役を無難にこなした。最初のうちは怖がらせようと声を出していたが、下手に声を出すより無言で現れたほうが怖い、という事実に気づき、かちかちと懐中電灯のボタンを押すだけの作業になった。

ON、OFF、ON、OFF。

自分が一つの論理回路になったような気分になっていると、ふっつりと人の列が途切れた。しばらく間を置いて、また前方から女子が来た。

ON。

「交代の時間だよ」

途端に天井の照明がついて、目の前に立っているのがお化け屋敷事件の被害者、園村の友達の一人だと気づいた。何となく気まずくて、手早く仮面とマントを脱いでいると、

「月浦さん、さ」

そう囁く声が聞こえて、背中に氷を当てられたようになる。

事件について何か文句を言われるのではないか。嫌な予感に身を固くしていると、予想外の言葉が聞こえた。

「最近、史夏と仲良いよね。でも、あんまり信用しないほうがいいよ」

マスクと仮面を渡しながら、彼女の顔を見た。両眉が心配そうに下がっているのを見て、

悪口ではなく、純粋な親切心からのアドバイスだとわかった。

「噂で聞いたの。中学のときだけど、あの子──」

彼女が急に口をつぐんだので、その続きを聞くことはできなかった。通路の先から噂の本人がやってきたことに遅れて気づく。

「あーお腹空いた。紫音、ご飯行こ」

史夏に連れられ、教室を利用したカフェテリアに二人で行った。

サンドイッチとケーキセットで腹ごしらえをした後は、各部活の展示を巡り、講堂で吹奏楽部の演奏を聞き、クラス企画のミニゲームなどに興じた。

毎度目立たない場所でじっとしているだけで、まともに文化祭を楽しんだことがない紫音には、目にするもの、体験することのすべてが新鮮で楽しかった。

体育館ではロック系のコピーバンドの演奏が行われていた。

パイプ椅子は埋まっていたので、後方で立ち見をしている大勢の観客に交じって立った。ちょっとした棚のように大きなスピーカーの音響や、生徒たちの足踏みが体育館の床を揺らす。ボーカルの叫びが増幅され、体育館の空気を震わせる。

味わったことのない刺激にくらくらしていると、右手に温かくて柔らかなものが滑りこんできた。指と指のあいだにするりと入り、ぎゅっと固定する。

手を握られている。

悟られないようにそっと右側に目を動かすと、史夏がいた。

暗い上に人が密集しているので見にくいが、史夏の眼がステージに向いていないのがわかった。少しうつむいて、人混みではぐれまいとする子供のように、ひたむきに紫音の手を握っている。

紫音は素知らぬふりをして、硬くてひんやりとしたものを指先に感じていた。

演奏の後、体育館を出てから二人は黙って歩いた。

史夏は紫音の横には並ばず、斜め後ろを歩いている。いつも活力に溢れていた史夏の表情は翳《かげ》り、どこか物思いに沈んでいるようだった。

「ごめんね。いきなり手握ったりして」

「私を怖がらせようとしたの？」

お化け屋敷の事件に引っかけて、紫音は冗談めかして言った。

史夏は小さく笑い、歩くスピードを速めて紫音の横に並んだ。

「ううん、違うよ。手相を見ようとしてたんだ。最近、占いに嵌まっててさ」

「あんなに真っ暗なところで？」

「暗闇だと手先が敏感になるでしょ。そういうことだよ」

どういうこと？　と紫音は笑う。だからそういうことだって、と史夏も笑う。

「私の運勢はどうだった？」

「金運と健康については上々だった。でも、学業とか勝負運についてはよく見えなかったんだよね。ほら、紫音も受験生だし、そのあたり知りたくない？」

「うん、知りたい」

史夏はさりげなく紫音の手を取った。指に指を絡める。

紫音は拒まず、握り返した。

「静かなところに行こうか。紫音の人相を見てあげる」

二人は生徒や一般来場者で混沌とした廊下を歩いていった。誰かに見られるのではないかという恐れは湧いてこなかった。周囲のお祭り騒ぎが遠ざかっていき、自分を導いていく柔らかな手の感触だけが残った。

気がつくと、紫音は階段の踊り場のようなところにいた。壁際に鉄製のドアがあって、少し高いところに光の差し込む窓がある。どうやら屋上の階段室らしい。

祭りの喧騒が遠く、微かに聞こえる。

ここは文化祭で開かれた学校の中に存在する、秘めやかな密室だ。

「紫音、こっちを向いて」

言われるがままに振り向くと、史夏と視線がかち合った。

二人は向かい合って立っている。その距離は互いの吐息が届くほどに近い。

ただの口実に過ぎないと知りながらも、一応訊いてみる。

「私の人相はどんな感じ？」

「凄く可愛い」

「史夏も綺麗だよ」

「ありがとう」

史夏のはにかんだ笑みには、強い覚悟が滲んでいた。

「じゃあ、目を閉じて」

「何で？」

「何でも」

紫音は目を閉じた。心なしか呼吸を浅くして待った。待ち続けた。

瞼の裏を照らす温かな光はちらちらと瞬いた。ON、OFF、ON、OFF。静かで温かな暗闇に彼女の息遣いだけが聞こえる。

左肩に手が置かれる。オレンジの香りがだんだん濃くなってくる。

ON。

肩に触れていた手の重みが消えた。

史夏が短く息を洩らした。嗚咽《おえつ》混じりの湿った声だった。

「何で……」

すべてが終わってしまったことを悟って、紫音は目を開けた。

史夏は苦しげに表情を歪め、潤んだ瞳でこちらを見つめていた。彼女が胸の前で握りしめているそれが、兄の推理が正しかったことを証明している。

二人の関係を友達に留めておくためには、知らないふりをするべきだった。何も言わずに肩を抱いて、曖昧に励まして、今の出来事を無かったことにするべきだった。

——それでも、私は。

「史夏」

紫音はシミュレーションとは違う言葉を告げた。

「私のスマホを返してくれる？」


史夏の行動の謎について相談したとき、兄は二つの可能性を述べた。

一つは、「可能性が高くてもっともらしい仮説」。

史夏は紫音のことが恋愛対象として好きであり、様々な手段でアプローチを図っていると いう説だ。紫音もこちらの可能性が高そうだと思ったので、この説をもとに史夏の行動を解 釈してきた。

「でも、それだけじゃ説明のつかないことがあるのも事実だった」

二人並んで階段に座り、紫音はぽつりぽつりと説明を続けた。

「決定的だったのは鬼界くん——鬼界のこと。彼が文化祭に来るかどうかって話をしたとき、 史夏はこう言った。彼の制服はうちの学校のものと違うから、文化祭に来たら目立つ、って。 でも、私が会った鬼界は学ランを着てた。うちの男子の制服も学ランなのに。史夏がもしそ れを知ってたら、彼氏が文化祭に来てほしくない理由として、あえて制服の違いを取り上げ たりはしないと思う。つまり、史夏は鬼界の学校を知らないうえに、彼の制服姿を見たこともなかった。なのに」

――僕は水城史夏というシステムのすべてを理解している。

「鬼界は史夏について色々知ってるみたいだった。史夏が男子と付き合ったことがないってことも。あの人の話を全部鵜呑みにするわけじゃないけど、本人に訊いたらすぐにばれる嘘をつくとは思えないし、史夏に詳しいっていうのはたぶん本当。すると、史夏は学校も知らない相手に個人情報を握られてることになる。これはおかしい」

鬼界は史夏の多くを知っているのに、史夏は鬼界について何も知らない。

この情報の不均衡は、何に由来するのか。

「私は、鬼界は史夏を脅してるんだと思った」

念頭にあったのは、兄が語ったもう一つの解釈――「可能性が低くて疑わしい仮説」。

「鬼界は史夏を操って、あることをさせようとした。史夏が私に近づいたのはそれをやり遂げるためでしかなかった」

紫音が高二の終わりに盗まれたスマートフォン。それがどんな成り行きか、史夏の手に渡っていたと仮定すれば、彼女の不可解な行動の謎が解ける。

「まず、最初に会ったときに私のスマホを借りたのは、私がロックを解除するのを見て、認証方法を確認するためだった。ＰＩＮコードを使ってたら、指の動きを盗み見する。指紋認証だったら、どの指を使っているかを見る。顔認証だったら、カメラの角度や顔との距離を見る」

肩越しに画面を覗く手法——ショルダーハックは原始的なハッキングの手段だ。

「あのとき私は顔認証を使ったから、そこにターゲットを絞った。文化祭の準備のとき、一緒に写真を撮ったのは、顔写真のデータがたくさん欲しかったから」

顔認証は便利だが、それほどセキュリティの高い認証法ではない。特定の機種では顔写真で突破できるという研究結果もあるくらいだ。

撮影のとき、史夏がやたらと身体を密着させてきたのは、カメラをなるべく紫音に近づけたかったからだろう。紫音の仮面を引き剝がし、顔を褒めてくれたのも、つまるところ仮面が邪魔だったからに過ぎない。

「写真ではロックを解除できなかったから、今度は指紋認証を狙った。指紋を偽装するのは難しいから、私の指を直接認証パネルに当てるしかない。お化け屋敷で暗闇に紛れて指紋を盗もうとしたところ、間違えて園村さんの手を握ってしまった。大騒ぎになったせいで、同じやり方が使えなくなった」

史夏を怪しんだ紫音は、鬼界に会いに行く。

疑われていると知った鬼界は、おそらく史夏に指令を下した。

強行突破せよ、と。

今日、史夏はなりふり構わずハッキングを試みた。体育館では手を握ったふりをして認証パネルを指に当てた。占いと称して目を閉じさせると、直に顔認証を行った。

「……でも、全部駄目だった」

史夏は弱々しく呟いた。

「天罰が下ったのかな。悪いことばかりしてきたから」

今年の二月、鬼界という人物からメールが送られてきたのだという。

「そのメールには、あたしが街中で人の財布をすり取った動画が入ってた。言う通りにしないと、この動画をネットで公開するって脅されたの」

「その動画は本物なの？」

「うん。財布の中には一万円札が何十枚も入ってて、それを抜き取ったところまで撮られてたから、言い訳のしようがなかった。……あたし、クレプトマニアなんだ」

窃盗症とも言うらしい。盗みたいという衝動をコントロールできず、窃盗や万引きを繰り返してしまう精神の病だという。

「駄目だとわかってるのについ盗んじゃう。昔からそうだった。中学のときに友達の財布を盗んで警察沙汰になったこともある。そういう悪い噂をまわりに知られたくなくて、わざわざ家から遠い高校に来たんだから、絶対にばらされたくなかった」

——噂で聞いたの。中学のときだけど、あの子——

史夏を信用しないほうがいい、と園村の友達が忠告しようとしたのは、中学のときの事件を知っていたからだろう。史夏がクレプトマニアだという事実は、それを隠したいという彼女の望みに反して、ある程度広まっているようだ。

嫌な想像が浮かんだ。

「盗んだ財布だけど、クレジットカードとか免許証は入ってた？」

「ううん、一枚も」

個人を特定できない、現金だけが大量に入っている財布。状況に作為を感じた。もし史夏の性質を知る誰かが彼女を誘導し、意図的に財布を盗ませたのだとしたら——

「史夏は、鬼界に嵌められたのかもしれない」

「そうかもね。……だけど、あたしは窃盗の常習犯で、これまで盗みを繰り返してきた前科もある。あいつに逆らうわけにはいかなかった」

脅迫メールを受け取った後、史夏は鬼界の指示通りに動いた。紫音のことを調べたり、こっそり尾行したりして、得られた情報を逐一鬼界に送っていた。そして三月、紫音のスマートフォンを盗めという指令が下されると、これも難なく遂行した。

難航したのはそれからだった。

盗んだスマートフォンのロックを解除しろ——それが鬼界の命令だった。そのためには紫音と親密になり、物理的に接触しなければならない。だからクラスで関わりのなかった紫音に話しかけた。文化祭では一緒の係になったし、他の友人たちを放り出しても紫音との付き合いを優先した。

「最低だね、あたし」

史夏は泣き笑いのような表情を浮かべた。

「紫音は私を友達だと思ってくれてたのに、あたしはずっと紫音を裏切ってた。過去の秘密がばれるのが怖いからって、顔も知らないやつに紫音の情報を売り続けた。それで紫音が危ない目に遭うかもとか、そんなことも考えなかった。ほんと最低」

自責の念に囚われているかのように膝を抱える史夏に、紫音は言った。

「史夏が最低なら、私も最低だよ」

紫音は右足のローファーと靴下を脱いだ。返してもらったスマートフォンの認証パネルに、足の親指を当てる。

ロックが解除され、懐かしいNCボマーの待ち受け画面が現れた。

史夏が息を吞む。

「あ、足の指？」

「足にも指紋はあるから。今日の午前中、史夏のバッグを調べてこのスマホを見つけた。史夏は園村さんの件で一度失敗してるし、暗闇の中でうっかり落とすリスクもあるから、お化け役をやってる最中はバッグに仕舞ってると思ったんだけど、やっぱり当たってた。それで、こっそり設定を変更した。指紋認証には足の指を登録して、顔認証にはNCボマーの仮面を登録した。指紋認証や顔認証の機能そのものを切ってもよかったけど、そしたらロック画面が変わって怪しまれそうだったから」

紫音はスマートフォンを操作しながら続けた。

「私は、史夏と友達になれて嬉しかった。この関係を壊したくなかったから、絶対にロックを解除できないように仕組んだ。これは最低なことだよ。史夏をこれからずっと苦しませようとしたんだから」

「そんなこと――」

「でも、鬼界のほうがずっと悪い」

紫音は端末の画面を史夏に見せた。二進数の密室で眠っていた圧縮ファイル。

『NCbomber_ver.2.1.zip』

「これは私が中学のときに作ったソフトで、トロイの木馬っていう方式のマルウェア。自己増殖はしないけど、特定の端末に侵入して遠隔操作のためのバックドアを開けられる。これで鬼界の端末を乗っ取れば、史夏の動画を削除したり、逆に鬼界の弱みを握ったりできるかもしれない」

そんなの無理だよ、と史夏は弱々しく応じた。

「鬼界が紫音のスマホを開けようとしてたのは、そのソフトを狙ってたからだと思う。だったら向こうも対策してるはずだし、通用するわけない」

「もし鬼界がNCbomberを手に入れたいんだとしたら、その詳しい構造や性質までは知らないはず。それなら十分鬼界に通用する。そもそも、鬼界がNCbomberのことを知ってるわけがない。私のスマホを狙ってたのには別の理由があるんだと思う」

「何でそう言い切れるの？」

「……私は結局、誰も信用できなかったから」

NCbomberを作ったのは、武器が欲しかったからだ。

紫音を傷つける他人。紫音に嘘をつく他人。紫音の理解の及ばない恐ろしい他人たち。彼らの分厚い皮を切り裂き、その中身を覗くためのナイフが欲しかった。とはいえ生身の脳を読むことはできないから、情報端末という「外部化された脳」を狙って電子のナイフをデザインし、憧れのダークヒーローの名前をつけた。

中学生の紫音はひとしきり達成感に酔いしれ、すぐに後悔した。

不正な動作を行うソフトウェアであるマルウェアの作成および使用は法律で固く禁じられている。プログラミングしただけで罪に問われるし、漏洩させたらさらに罪は重くなる。そんなわが身を破滅させかねない代物を手にしているのが急に怖くなった。

何ヶ月にも及ぶ努力の結晶を削除したくはなかったが、どこかに保管するとしても適当な場所を思いつかなかった。PCはきっと誰かに覗かれるし、フラッシュメモリやハードディスクは盗まれる。両親はもちろん、唯一信頼している兄にも相談できなかった。彼が友人たちにうっかり話してしまうリスクを無視できなかったから。

他人は信じられない。本当に信じられるのは自分だけだ。

そう考えたから、NCbomberを自分のスマートフォンに隠した。常に自分の手元に置いておけば安全だと思った。結局、不注意で盗まれることにはなったが、セキュリティロックと厳重な暗号化のおかげで秘密は守られた。

これまで頑なに他人を信じなかった自分を褒めてあげたいと初めて思った。

そのおかげで、たった一つの武器を失わずに済んだのだから。

「なるべく早いうちに鬼界に攻撃を仕掛けようと思ってる。史夏が作戦に失敗したのを鬼界に気づかれる前に。だから、史夏にも協力してほしい。作戦が続いてると見せかけて鬼界を油断させるために」

「そんなことしたら、紫音も鬼界の敵になっちゃうけど、それでもいいの？」

「私は鬼界に初めて会ったときから、あの人の敵だよ」

嘘だった。

鬼界が真に憎むべき敵に変わったのは、史夏の涙を見たときだったから。それを言葉にするのが気恥ずかしくて、つい嘘をついてしまった。嘘をつく他人を何よりも恐れてきたはずの自分が。紫音は内心苦笑しながら続けた。

「とにかく、私はNCボマーを信じてる。彼が鬼界なんかに負けるわけがない」

史夏は少し目を見開いて、頰を緩めた。

「わかった、協力する」

「ありがとう」

「あと、同盟結んだわけだし、あたしと付き合ってくれない？」

さらりと言われたので条件反射で頷きそうになったが、それが意味することに気づいて硬直する。すっかり笑顔を取り戻した史夏にこわごわ訊いた。

「……あの、男子と付き合ったことがないって本当？」

「女子とはあるけどね」

そんなまさか、と思わず天を仰ぎたくなった。

兄の「もっともらしい仮説」が偽だと判明したときから、史夏が自分に気があるように見せかけているのは作戦の一環だと思い込んでいた。史夏の露骨なアプローチを拒まず、あえて乗っかったのは、史夏が諦めるまでロック解除に取り組ませるためだ。たとえ人気《ひとけ》のないところに連れ込まれても、たいした事態にはならないと高をくっていた。

——まさか、そんなきわどい状況だったとは。

紫音の表情を読んだか、史夏は不思議そうに言った。

「え、駄目なの？　まんざらでもない感じだったのに」

「そういうのは……うん、やめとこうか。友達ってことで」

「振られちゃったかー」

ごめん、と紫音は苦笑いをして手を差し伸べた。史夏は残念そうな顔をしながらも、しっかりと握り返してきた。その手は温かく、力強かった。

祭りの終わりを告げるチャイムが鳴り響いた。

＊

夕焼けに染まる部屋の中、〈鬼界〉はスマートフォンの画面を見つめている。

表示されているのは先程届いた一通のメールだ。

『ごめんなさい。今日も失敗しました。明日こそは成功させます』

一行にも満たないメッセージの末尾には『水城』とシンプルな署名がある。

突然画面が切り替わり、返信メールの編集画面が立ち上がった。テキストが一定の速度で自動的に入力されていくのを、〈鬼界〉は指一本動かさずに眺めている。

『嘘をついても意味はないよ。もう僕に従うつもりはないんだろう。適切でない入力が君のシステムを歪めているようだ。おそらくは白河真凜の亡霊が。

汚染された以上、君をシステムの構成要素から排除しなければならない』

文末でしばらく点滅していたカーソルは、不意に進行方向を反転させ、すべてのテキストを拭い去った後、短い一文をそこに記した。

『次の指示まで待機するように』

メールが送信される。

戦車と死者

「呪われてるかもしれないって言うんです」

一コマ分の授業が終わった後、寺内照樹《てらうちてるき》は担当教師の月浦一真に言った。

帰り支度をしていた月浦は、リュックサックから顔を上げて訊き返してきた。

「呪い？」

「はい。僕は呪いなんて信じてないけど、そう言ってる奴がいて」

壁の時計は七時五十分を示していた。この個別指導塾では五十分の授業の後に十分の休憩を挟む。八時までは休憩時間なので、私語をしても気は咎めない。

念のため、照樹は立ち上がって教室の中を見渡した。背の低いパネルで細かく仕切られたブースには、制服姿の中学生や私服姿の小学生がめいっぱい詰め込まれている。話を聞かれたくない相手の姿はなく、大声でお喋りをする不届き者もいない。好都合だ。

改めて椅子に腰を下ろし、ポケットに手を突っ込むと、やや声を低めて話し始めた。

「近所に住んでる同級生の女子で、アリスっていう奴なんですけど――」

「外国人？」

「あ、ただの綽名で、日本人です。アリスもこの塾に通ってて、いつも下校した後に家から自転車で来てるんです。塾は丘の反対側だから、上りはきついけど、てっぺんを過ぎれば楽に下りられるから。最近、アスファルトが綺麗になって走りやすくなったし」

「ああ、そういえば工事の音がしてたような」

「その長い坂道の途中に空き家があるんです。数年前から住人がいなくて、雑草だらけで不気味な感じの。で、その家の前に差しかかったところで急に自転車がおかしくなるって言うんです。ハンドルがガタガタ震え出して、倒れそうになるって。ブレーキを掛けると収まるけど、それが毎日起こるから、アリスはめちゃくちゃ怖がってて」

「なるほど、それが呪いのせいだと」

「その空き家っていうのが、コータっていう、僕たちが小学校のときに亡くなった男の子の家なんです。もう誰もいないはずなのに、二階の窓から誰かが見てるような気がするって」

「そのアリスさんには、呪われる心当たりがある？」

「……なくもない、っていうか」

そうか、と月浦は呟くと、顎を撫でつつ机に視線を落とす。

この塾の教師は大学生のアルバイトがほとんどだ。照樹を担当することが多い月浦もQ大学の学生だと聞いていたが、他の教師と比べると優秀なほうだと感じていた。教え方はわかりやすく、質問への対応も的確だった。ぴしりと着こなしたスーツとストイックな黒の短髪は、大学生はちゃらちゃら遊んでいるものだという照樹の認識を覆した。

ほんの一、二分の沈黙を経て、月浦は言った。

「その現象って、もしかして、坂を上るときには起こらないんじゃないか？」

「あ、そうみたいです」

「だったら、たぶんシミー現象だな」

「染み？」

「照樹くんは中二か。固有振動数とか、共振のことは知ってる？」

「ええと、二つの振り子の片方を揺らしたら、もう片方も一緒に揺れる、みたいなのですよね」

「そう。あらゆる物体には固有振動数があって、それと同じ振動数の外力が加わると、振幅は指数関数的に増加するんだ。これを共振といって、シミー現象も似たような原理で起こる。正確に言えば、共振じゃなくて自励振動なんだが」

「全然わかりません」

そりゃそうか、と月浦は苦笑する。

「タコマ橋の崩壊っていう、工学の世界ではかなり有名な事件があるんだ。完成したばかりの長い吊り橋が、風が吹いただけで壊れてしまった。原因は自励振動で、横風によって生じたねじれ運動がどんどん増幅され、しまいには崩壊に至ったってわけだ」

照樹の表情を見て理解が追いついていないと悟ったか、月浦は少し考えこんで、

「もっと簡単に言えば……ブランコかな。たぶん体験したことがあると思う。ブランコを揺らすとき、タイミングよく漕げば、そんなに力を入れなくてもどんどん揺れが大きくなるだろ。あれと同じだ」

小学生のころ、ブランコから靴を飛ばして遊んでいたときのことを思い出す。たいして漕いでいないのにみるみる揺れが大きくなって、鎖が切れたら死ぬんじゃないかと怖くなったのを覚えている。

「シミー現象は、タイヤの重心の不釣り合いや路面との相性が原因だ。まず、タイヤの重心が偏っていると、回転とともに振動が生じる。さらに地面の凹凸がうまい具合に固有振動数と一致すると、車体は激しく振動する。ブランコで言えば、乗ってる人間がちょうどいいタイミングで漕いでいるのと同じ状態だ」

「ああ、だから揺れが——自転車の震えがどんどん大きくなったんですね」

その通り、と月浦は説明が通じて一安心したように頷いた。

「重力に従って長い坂道を駆け下りれば、スピードは毎度変わらないだろうし、振動数も同じになる。その『呪い』が始まったのはいつから？」

「最近って言ってました」

「アスファルトを張り替えたのも最近だったな。路面の凹凸が変化して自転車の固有振動数とたまたま一致したのか、あるいはスポークが歪んだのか。どっちにしても自転車を買い換えたら治まると思う」

流れるように披露された推理に、照樹はすっかり感心していた。

「凄いですね。大学生って、みんなそんなに賢いんですか？」

「大学生と一括りにされてもな。ひたすらフィギュアを買いあさってる奴とか、部室に引きこもってゲーム三昧の奴とか、色々変なのがいるんだ。俺は比較的マシなほうだが」

頭の中で、大学生は遊びまくっている、という認識がにわかに復活する。

「じゃ、そろそろ」

月浦は腰を浮かした。時計を見ると、もう次のコマが始まる時間だった。

照樹は慌てて礼を述べてから、遠慮がちに訊いた。

「あの、また今度、相談に乗ってもらってもいいですか」

「また呪いの話？」

「もっとハードなやつです。バラバラ死体が出てきます」

月浦はおぞましい単語に首をすくめて、「君も相当変な奴だな」と苦笑した。

塾の一階まで狭い階段を下りると、玄関ドアの向こうに小柄なセーラー服姿の女子が見えた。夏の夜空を見上げているのか、白い顎が心持ち上を向いている。背中に垂れた黒髪は腰に届くほど長い。照樹がドアを開けると、横目遣いにこちらを見た。

「テル、遅い」

アリスは無愛想に唇を尖らせ、さっさと短い階段を下りて先に歩き出す。その後ろ姿を追いかけながら照樹は弁明した。

「ごめん、先生に質問してたんだ。色々わからないことがあって」

「すごく怖かった」

「何が？」

「さっき、あっちの道から男の人が歩いてきたの。服を着てなくて、全身真っ赤だった」

明らかに常軌を逸した目撃談に、照樹はうんざりしながら答えた。

「それってコータの霊？」

「ううん、違うよ。もっと大人の霊」

「何で真っ赤なんだろう。ペンキを被ったとか？」

「血に決まってるでしょ。きっとナイフか何かで刺されて死んだんだと思う。自分が死んだことを知らないと、新しい生命として生まれ変われないまま、魂だけでさまよう羽目になるの」

「このあたりで殺人があったって話は聞かないけど」

「まだ見つかってないだけ。死体はどこかに埋められてる」

「それは大事件だ。警察に教えないと。どんな顔だったか思い出せる？」

警察という単語が出た途端、アリスの声が弱々しくなる。歩みも遅くなった。

「ええと、顔も血だらけだったから、わかんない」

「どこを刺されたら顔まで血がつくんだろう。傷痕とかは見えなかった？」

「……やっぱり、首無しだったかも」

「あれ、顔は血だらけじゃなかったの？」

それに首がなかったとしたら、まず最初にその情報を伝えるだろう。話を大事《おおごと》にしたくなかったにしても、幽霊を首無しにして描写を矛盾させたのは悪手だ。

「だって、遠くからちょっと見ただけだし――」

厳しく追及されたアリスは声を震わせ、面白いほどに狼狽えていた。もう少しからかってみようかとも思ったが、可哀想になってきたのでここで打ち止めにする。

「そっか。遠かったらしょうがないか」

「ほんとに怖かったの」

「わかったよ」

「もう遅れたりしないでね」

「わかったって」

ようやく追いついた照樹は、アリスの横に並んだ。すると、アリスは照樹から逃げるように足を速めた。二人は再び縦一列になる。

「あんまり寄らないで。誰かに見られたら、勘違いされちゃう」

そもそも一緒に帰ってほしいと頼んできたのはアリスのほうだ。この扱いはさすがに理不尽だろうと思ったが、照樹は文句を言わなかった。下り坂の幽霊の正体がわかったのに、それを教えないことに後ろめたさを感じていたからだ。

ふと、人間にも固有振動数があるんじゃないかと思う。会ったばかりなのに心の底から打ち解けられる人と、何年経ってもいまいち仲良くなれない人。両者の違いは固有振動数が一致しているかどうかなのではないか。

だとしたら、アリスは後者だ。自分とアリスの固有振動数は完全にずれているのだろう。

二人が共振することはない。決して好きではないが、憎むほど嫌いではない。照樹にとって
アリスとはそういう人間だった。

駐輪場でママチャリに跨がり、照樹たちは夜の街へと走り出す。駅前通りを離れ、住宅街
に入っていく。

上り坂にさしかかると、体力のないアリスは次第にスピードを緩め、やがて自転車から下
りた。先に進むと文句を言われそうなので、照樹も自転車を押して歩く。

縦一列で路側帯を歩いていると、突然、がさっ、と葉擦れの音がした。

「ひっ」

アリスがしゃくりあげるような悲鳴を洩らし、身体を凍りつかせた。

照樹が音の出所を探って左を向くと、一軒の民家があった。

明かりの灯った住宅街の中で、そこだけが暗闇に沈んでいる。表札は撤去され、庭に生い
茂った背の高い夏草が、街灯に照らされて外壁に不気味な影を落としていた。

その茂みの中で何かが動いている。目を凝らすと、ちらりと白い尻尾が見えた。

「野良猫だよ」

照樹はそう伝えたが、アリスは足を止めたまま縋《すが》るように言った。

「……もうちょっとこっち来て」

「いいの？　人に見られたら勘違いされるよ」

「そんなのいいから、お願い」

照樹が横に並ぶと、アリスはようやく歩き出した。何かに耐えるように唇を引き結び、一心に前だけを見て進んでいる。虚言の多い彼女だが、「あの家」に対する恐怖は本物らしい。それでもこの道を選んでいるのは、きっと比較的街灯が多くて広い道だからだ。他の道は細くて暗いのでさらに恐ろしいのだろう。

「昔の人って、他人に自分の本名を明かさなかったらしいの」

恐怖を紛らわすつもりか、唐突にアリスは話し始める。

「本当の名前、真名《まな》を知られたら、それを悪用されて呪われるかもしれない。今で言うとパスワードみたいなものだったのかも。だから他人を呼ぶときは地名とか官職名を名前の代わりにしてた。つまり、綽名を使ってたの。アリスとか、テルみたいに」

アリスは自分の綽名に倣《なら》い、他人も西洋風の綽名で呼ぶ癖があった。といっても本名を少しひねっただけなので、カタカナ風と呼ぶべきかもしれない。アリスの命名した綽名の数々を、照樹もいつしか自然に使うようになっていた。

アリス、コータ、そしてマリー――

「名前には魔力が宿ってる。悪い使い方をしたらしっぺ返しを受ける」

闇に沈んだあの家を見た。かつて功太《こうた》が住んでいた家を。

「――だから、コータは私を呪うの」

照樹はアリスの言葉を否定できなかった。

三年前、呪いとしか表現できない奇妙な状況で彼が死んだからだ。

功太にはマリーという年の離れた従姉《いとこ》がいた。

照樹のすぐ近所に家があって、同じく家が近いアリスや功太とも日頃から交流があった。

機械工作が趣味という変わった人で、古いガレージを改造した工房には、ごつい工具類や自作ロボットがずらりと並んでいた。

マリーのガレージは、小学生時代の思い出の大きな一角を占めている。マシンオイルの匂いに満ちたあの場所で、照樹は機械の魅力を知った。ガレージに入り浸り、工具の使い方を学んだり、マリーの助けを借りてロボットを作ったりした。

マリーが高校の友達に貰ったガラクタを分解し、部品を取り替えて復活させてみせたときは、思わず脚が震えるほどの感動に襲われた。

——ほら、機械は生きてるの。

小さな機械を手のひらで愛でながら、マリーは優しく微笑んでいた。

マリーが大学三年生で家を出る直前、その不可解な事件は起こった。

＊

マリーのガレージはコンクリート製の直方体だった。

正面のシャッターは閉め切られ、右側の壁にあるドアが母屋の玄関へと通じていた。ドアの横のスチールラックの下部には、ケースに仕分けされた部品や工具、上部には自作ロボットが陳列されている。

向かって反対側の壁には広いスチールデスク。その上の壁には額入りのポスターがある。カラフルな抽象画で、円や直線が複雑に組み合わされていた。

フェルナン・レジェの『機械的要素《メカニカル・エレメンツ》』。

機械への崇拝が云々とマリーが話していたが、照樹にはこの絵の意味がよくわからなかった。それでも絵をじっと眺めていると、自然と心が浮き立ってくる気がした。縦横無尽に走る灰色や黒の線が、ピストンやロボットアームのように見えたからかもしれない。きっと作者も機械が大好きなんだろうな、とシンパシーを抱いたりもした。

その日、照樹は学校が終わった後、ランドセルを背負ったままガレージに来た。

鍵のないドアを開けると、アリスとコータの姿があった。とことこと歩き回るコータの後ろを、アリスが四つん這いで追いかけている。

「何やってるの？」

「鬼ごっこ！」

狭い部屋でフェアに鬼ごっこをするために四つん這いなのか、とぼんやり考えていると、アリスが棚のあたりで急に悲鳴を上げ、ごろごろと床を転がった。

「痛い、いたいっ」

膝で充電器を踏んづけたらしく、膝を抱えて転がっている。コータは我関せずとばかりに先へ進んでいく。

無様な姿を晒したアリスは、恨めしそうな涙目で照樹を見上げた。

「……マリー、まだ来ないの？」

「今日は大学だと思うけど」

「ふーん、つまんないの」

アリスはそれきり照樹を無視して、コータとの遊びを再開した。

照樹はランドセルを置き、スチールデスクに着いた。机上には作りかけのロボットがある。テレビで見たロボバトの試合を参考にして組み立てたもので、骨組みが露出した不格好なものではあるが、四輪のタイヤとバネを使った打撃装置を備えている。

さっそくノートを広げ、鉛筆で書きこんだ設計図を確認した。

ロボットはおおむね完成に近かったが、まだ打撃装置の調整を済ませていなかった。たとえ威力が強くても、反動で自分の機体がひっくり返ってはどうしようもない。かといって、威力が弱すぎると相手をスタジアムの外に押し出せない。

試しにロボットを壁に向け、コントローラのボタンを押した。

勢いよくハンマーが壁を打ち、機体はごろんと後方に転がった。机から滑り落ちそうになったところを危うくキャッチすると、背後から声がした。

「テル、何の音？」

アリスとコータがこちらを見ていた。照樹はロボットを掲げて説明する。

「ハンマーをテストしてた。ほら、ここで相手を吹っ飛ばすんだ」

「ロボバトに出るの？」

「出ないよ」

アリスは小首を傾げた。「だったら、何でロボット作るの？」

照樹がロボットを作っていたのは、ある野望のためだった。

——このロボットで〈ピュリスト〉に勝つ。

マリーが高校生のときに作った〈ピュリスト〉は、円筒形のシンプルなボディに凄まじい破壊力を秘めたロボットだった。振り子を思わせる独自の機構でハンマーによる反動を打ち消し、未開封のペットボトルを数メートル吹っ飛ばせる。ロボバトなら優勝レベルのロボットを「作ってみたかったから作った」というのだから恐ろしい。

もし〈ピュリスト〉を倒せたら、マリーを超えたことになる。機械工作の天才であるマリーに憧れつつも、その才能を羨んでいる照樹は、何らかの形で彼女に勝ちたいとずっと思っていた。

「——別に、作りたいから作ってるだけだよ」

「それ、マリーもよく言うけど、全然わかんない。何が面白いの？」

マリーを姉のように慕い、一緒に遊ぶためにガレージに通っているアリスは、機械工作にまったく興味がない。照樹の三つ年下で、まだ幼かった功太も同じだった。

「自分で作ったロボットが動いたら、楽しいだろ」

「ロボットを動かしたいだけなら、一人でゲームでもしてればいいでしょ」

「わかってないな。それとは全然違うんだよ。そっちこそ、タロットカードの何が面白いの？　占いなんて昔の人が作ったでたらめなのに」

当時のアリスはタロットカードに嵌まっていて、毎日のようにマリー相手に占いを見せていた。というのも、自他ともに認める「霊感少女」のアリスはクラスメイトに煙たがられていて、せっかくの腕前を披露する相手にこと欠いていたからだ。

アリスという綽名自体、「不思議の国の住人」という揶揄から生じているのだが、そこに込められた悪意に気づかないアリスは、この可愛らしい名前を単純に気に入っていた。

占いを馬鹿にされて腹が立ったのか、アリスは顔を赤くして反論した。

「でたらめじゃない！　タロット占いは、何百年も歴史があるデントーテキな占いなの。そんなこと言うんだったら、絶対に占ってあげない」

「その代わり、僕のロボットにも触らせてやらないよ」

「そんなのどうでもいいもん。私、テルが将来不幸な目に遭うのがはっきり見えてるんだけど、聞きたくないの？」

「別にいいよ。というか、絶対に占わないって言ったろ」

アリスは不機嫌そうに頬を膨らませてそっぽを向いた。

「もう、何があっても知らないから」

毎度のように繰り返される喧嘩だった。アリスが照樹のロボット趣味にケチをつけると、照樹がアリスのオカルト趣味を否定する。逆もまた然り。

互いを敵視するほどではないにしろ、二人のあいだの溝がなかなか埋まらないのは主義主張の違いのせいで、その裏にはマリーに対する幼稚な独占欲があった。

マリーには他人を拒まず受け入れる度量の広さがあり、それは彼女の自我の薄さと表裏一体と言えた。好きな音楽も映画も芸術も、すべて親や友達の趣味のコピーで、彼女固有のものは機械工作の趣味だけだった。

マリーは以前、こんなことを話していた。

――機械はシンプルで空っぽなの。だから好き。私も空っぽだから。

そんなマリーと比べると、アリスの自我の強さは際立っていた。

読書家の両親のもとに生まれ、幼いころから物語の世界にどっぷり浸かっていたアリスは、現実とフィクションの区別がつかない夢見がちな少女に育った。彼女は絵本に登場するお姫様や魔法使いのように、自分が他人とは違う特別な存在であり、特別な力を宿していると信じて疑わなかった。オカルトに傾倒するようになった理由は知らないが、おそらく自分がお姫様でも魔法使いでもないと気づいたアリスが、もっと現実寄りの領域に自分の特別性を見出そうとしたからだと思う。

自らを空っぽだと語ったマリーは、アリスの色にも容易《たやす》く染まった。もちろん分別ある大人だから、幽霊や占星術にまつわる怪しい話題を頭から真に受けているわけではないだろう。

それでも興味津々といった態度で耳を傾けるものだから、理解者が得られたとアリスは喜び、すっかりマリーの家に入り浸るようになってしまった。

その前からマリーと仲が良かった照樹は、マリーとの時間を奪われて面白くなかったし、アリスのほうも同じ気持ちなのだろう。あまりに子供じみた理由だと思いつつも、潔く引き下がれるほど照樹は大人ではなかった。

気詰まりな沈黙を破るように、ドアが開いた。

「こんにちは。テルくんとアリスちゃん、もう来てたんだね」

マリーはいつもの少女趣味の装いではなく、珍しく黒のパンツスーツを着ていた。塾のバイトに応募していると言っていたから、その関係だろうか。

途端にアリスは機嫌を直し、満面の笑みを浮かべた。

「コータもいるよ」

と、アリスはコータの両脇に手を入れて持ち上げてみせる。コータは嫌そうに首を振っていた。こんにちは、とマリーは彼に手を振ったが、その笑顔にほんの少し陰が差したような気がした。

ふと、マリーは机の上のロボットを目に留めた。

「あ、テルくんのロボット、もう完成したの？」

「もうほとんどできてるけど、まだハンマーを調整しないと。一発撃ったらすぐにひっくり返っちゃうんだ」

マリーはロボットを手に取り、矯《た》めつ眇《すが》めつ観察した。その表情は玩具に熱中する少年のように真剣で、どこか興奮の色があった。

「ちょっとハンマー打ってみて。そのあたりの壁でいいから」

言われた通り、照樹はロボットを床の上に置き、ハンマーを発射した。先程と同じようにごろりと後ろに転がる。

マリーは得心したように頷いた。

「やっぱり重心が高いんだと思う。だから簡単に後ろにひっくり返るの。機体の底に隙間があるから、そこに重りを入れたらどうかな」

マリーに勝つと意気込みながら、実際は彼女に助けてもらってばかりだ。もしこのロボットで〈ピュリスト〉を倒せても、マリーに勝ったことにはならない気がする。

――まあいいか。

「重りって、粘土とか？」

「密度的に、粘土より金属がいいかも。あっちの箱に鉄のプレートがたくさんあるから、使っていいよ」

照樹はDIYで使うような正方形の穴開きプレートを重ね、束にして機体の底部に詰め込んだ。テープで固定してプラスドライバーで蓋を閉じる。マリーは照樹の手元に屈みこんで、鼻先をくっつけるようにしてその様子を見つめていた。

マリーの視線に気を取られていたせいか、ドライバーの先端がつるりと滑って、指にちくりとした痛みが走った。

「大丈夫？」マリーは表情を曇らせた。

「全然平気。血も出てないし」

ちょっと待ってね、とマリーはスチールデスクの引き出しを開けた。絆創膏でも出すのかと思ったら、差し出されたのはドライバーだった。

照樹が使っていたものより寸詰まりで、透明なプラスチックの柄はやや細い。表面にマジックペンで書き込まれている「M４」はネジの規格だろう。

「こっちのほうが小さくて持ちやすいと思うから」

マリーのくれたドライバーに持ち替えてみると、細い柄がよく手に馴染み、スムーズにネジを回すことができた。回しやすいよと照樹が言うと、マリーは微笑んだ。

「道具は自分の手に合ったものじゃないとね。私が最初に買ってもらったドライバーなの。結構長く使ってたけど、もう手に合わなくなっちゃったから、照樹くんにあげる」

「いいの？　思い出がありそうなのに」

「道具は思い出として大切に仕舞われるより、人に使われてるほうが幸せだと思う。だから、遠慮なく使ってあげて」

うん、ありがとう、と照樹が答えたとき、不満そうなアリスの声が割り込んできた。

「ねえ、マリー、タロットしようよ」

「コータとすれば？」照樹は手元から目を逸らさずに言った。

「コータにできるわけないでしょ。ねー、マリー」

マリーは膝を伸ばして立ち上がった。

「いいよ。上に行こっか」

ガレージの床は土間で、カードを広げるのにちょうどいいテーブルもないので、タロットをするときは母屋に行くのが常だった。普段なら何も思わないが、勝ち誇ったようなアリスの笑顔に苛立ち、照樹は思わず立ち上がっていた。

「マリー、勝負しようよ」

「勝負?」

「〈ピュリスト〉と、このロボットで」

マリーはきょとんとして照樹を見ていたが、その表情には静かな興奮が兆していた。

きっとマリーもこの日を心待ちにしていたのだろう。彼女の中にいる機械好きの少女は、思う存分に機械を駆って、本気でぶつかり合える相手を求めていたのだ。

「アリスちゃん、ごめんね。ちょっと待ってて」

マリーは一言謝って、ちょうど彼女の顔の高さにある棚から、〈ピュリスト〉の隣に置かれたロボットを手に取った。〈ピュリスト〉によく似ているが、サイズがひと回り小さく、機体からはみ出したリード線の処理も雑なロボット。

マリーが〈ピュリスト〉の試作品として作った、〈キュビスト〉だ。

「何で〈ピュリスト〉じゃないの?」

「こっちのほうが出力が小さいし、危なくないと思って」

最強の〈ピュリスト〉と対決するつもりだったので拍子抜けした。危ないからと言い訳しているが、実のところマリーは照樹のロボットを壊したくないのだろう。

マリーは良識ある優しい大人だ。しかし、子供扱いされるのは嫌だった。

「わかった。でも、僕が勝ったら〈ピュリスト〉と戦わせて」

「いいよ」

徹底的に勝って〈ピュリスト〉を引きずり出してやる、と心に誓う。

ガレージの横には砂利敷きの広い庭があり、マリーはそこにアウトドア用の折り畳み式テーブルを展開した。テーブルは正方形で、ガレージの中には広げられない大きさだ。

「これがスタジアムね。公式戦だともっと広いんだけど」

と、マリーはテーブルの端に〈キュビスト〉を置いた。照樹も倣って反対側にロボットを置く。二つの機械が一メートルほどの距離で睨み合う。

「本体の電源を入れてみて。混信しないか確かめるから」

ゲーム機型のコントローラとロボットに内蔵された通信モジュールは、どれも市販品で同じ規格なので、設定が不十分だと片方のコントローラの電波が両方のロボットに干渉することがある。マリーはコントローラを両手に持ってジョイスティックをぐりぐりと動かすと、

「うん、大丈夫」と片方を照樹に返した。

「ところで、そのロボットってなんていう名前なの?」

「……〈チャリオット〉」

周囲にアリスの姿がないことを確認し、ずっと温めていた名前を小声で答えた。「格好いいね」とマリーに褒められて腹の底がくすぐったくなる。

「それでテルくん、ルールはどうするの?」

「公式戦と同じにする。相手をスタジアムから落としたら一ポイント。制限時間十分でポイント数の多いほうが優勝。行動不能になったらその時点で負け」

「本格的だね」

マリーが微笑んだところで砂利を踏む足音がした。コータを連れてふらふらと歩いてきたのは仏頂面のアリスだ。

「何で来たの?」

「……コータが見たいって言うから」

アリスはもごもごと歯切れの悪い返事をして、やや離れた地面に膝を抱えて座った。じっとりと湿った目つきでこちらを見ているので、やや気が散る。

気を取り直して、照樹はスタジアムに向き直った。

「じゃあ、試合開始!」

掛け声と同時に、照樹はジョイスティックを前に強く弾く。

ギアが甲高く唸り、加速度を与えられた〈チャリオット〉が矢のように駆け出す。スタジアムを真っ直ぐ縦断し、敵機へと急速に接近する。

先手必勝——それが照樹の戦略だった。

マリーのロボットは確かに強力だが、彼女自身に操縦の才があるかは疑わしい。おっとりした性格と、日ごろの行動から窺える鈍臭さからして、反射的な動作には弱いのではないかと踏んでいた。そこで照樹は、マリーが狙いを定める前にさっさと急襲するという戦略を立てたのだった。

案の定、〈キュビスト〉はろくに動けないまま、〈チャリオット〉の接近を許した。

二機が接触した瞬間、照樹はハンマーの発射ボタンを押す。

撓《たわ》んでいたスプリングが解放され、金属音とともに〈キュビスト〉が弾き出される。テーブルを後方に滑っていき、砂利の中にどさりと落下した。

「やった！」

思わず快哉の声が洩れた。マリーはロボットを拾い上げて苦笑する。

「強いなあ。あっという間に負けちゃった」

「マリー、ちゃんと本気で来てよ」

「本気でやってるんだけどね。次は負けないよ」

ふと横に目をやると、アリスは先程より近づいているように見えた。無表情でスタジアムを見つめてじっとしている。やはり居心地が悪い。

「始め！」

試合が再開すると、やはり照樹は〈チャリオット〉を突進させた。〈キュビスト〉はこちらの手の内を読んだのか、身をかわすように斜めに前進した。〈チャリオット〉はその軌道を読み、スピードを緩めつつ弧を描くように走る。〈キュビスト〉の側面に狙いをつけ、ハンマーを構えて接近する。

が、突然〈キュビスト〉がその場でくるりと回転した。

――しまった。

自動車型の〈チャリオット〉と違い、円筒形の〈キュビスト〉は非常に小回りが利く。無防備に横腹を晒していたはずの敵機は、今や凶悪なハンマーを〈チャリオット〉に差し向けていた。

ブレーキをかけようとしたが、もう遅い。

先程とは比べ物にならない衝撃音が響き、〈チャリオット〉が吹っ飛んだ。回転しながら宙を舞い、ガレージの壁に叩きつけられるのがスローモーションで見えた。

あまりの衝撃に頭がぼうっとしていた。

マリーは慌てて〈チャリオット〉を拾い上げ、機体の裏を覗いていた。

「テルくん、コントローラ貸して」

言われるがままに差し出すと、マリーはその場に屈み、スティックをいじりながら車輪の動きを確認していた。その動きは見るからにぎこちなく、可動域が狭かった。

足元の地面がぐらぐらと揺らいで、周囲の世界が遠のいていく。

マリーは今にも泣き出しそうなほど哀しげに眉を歪め、照樹を上目遣いに見た。

「あの、ごめんなさい。……テルくんのロボット、壊しちゃった」

〈チャリオット〉は満身創痍《そうい》だった。

ギアボックスが壊れ、重要な部品がいくつも折れたり割れたりしていた。修理するには一から作るのと同じくらいの労力と時間がかかるだろう。この惨状を理解するにつれて、マリーに勝ちたいという心がすっかり挫けてしまった。

〈キュビスト〉でさえ歯が立たなかったのに、さらに強い〈ピュリスト〉に勝てるわけがない。負け戦だと知りながら、また半年近くをロボット製作に費やすことを考えると、そんなことをして何になるのかと気持ちが萎えてしまう。

対決の翌日、照樹はガレージの床に胡座をかいてコントローラを握っていた。

操縦しているのは〈ピュリスト〉だ。ガレージに誰も来ていないのをいいことに、何の目的もなく、ただくるくると走らせていた。椅子を巡り、テーブルの脚をくぐり、この小さな世界を探検する。

「何やってるの?」

そんな声が聞こえて振り返ると、アリスが入ってくるところだった。埃が舞ったせいか盛大にくしゃみが出た。

「……遊んでるだけだけど」

「あのロボットは直さないの？」

「もう直せないよ。ぼろぼろだし。っていうか、アリスには関係ないだろ」

アリスは黙ってランドセルを下ろすと、ぺたんと床に座った。特に何をするでもなく虚空に視線をさまよわせる。気味悪いなと思いながら〈ピュリスト〉に視線を戻す。

「テルって、学校に友達いるの？」

唐突に訊かれて、照樹は思わずアリスをまじまじと見た。アリスはうつむいて、スカートの膝のあいだに顔を埋めた。

「……いるよ。何人か」

「放課後、遊んだりする？」

「だいたい毎日ここに来てるから、あんまり遊ばない。休みの日はたまに遊ぶけど」

アリスと学校のことを話すのは初めてのような気がした。クラス替えで分かれたこともあって、今の学校生活についてはお互い知らないままだ。

そっか、とアリスは呟いた。

「私は、マリーしかいないの」

その言葉に果てしない孤独と寂寥《せきりょう》を感じて、照樹は何も言えなくなった。クラスに一人も友達と言える人がいないのは、どれほど寂しいことなのか想像もつかない。

「マリー、今夜はデートなんだって」

話に脈絡がないせいで、アリスの台詞を咀嚼《そしゃく》するのに時間がかかった。

「……ええと、マリーって彼氏がいるの？」

「同じ大学の人とちょっと前から付き合ってるんだって。その人、学校の近くにマンション借りてるの。だから、一緒に住もうって誘われてるみたい」

マリーがこの家を出る──

アリスが心ここにあらずな状態でいる理由がわかった。唯一の友達を失うショックも照樹には想像がつかないことだ。

「でも、どうしようもないじゃないか。もう大学生なんだし、いつか家を出るのはわかってたんだから」

すると、アリスは顔を上げた。潤んだ目で照樹を睨みつける。

「テルだって、もうガレージを使えなくなるんだよ。マリーに工作を教わったり、ロボットで遊んだりもできなくなるんだよ。嫌だと思わないの？」

「あ……」

アリスの指摘にはっとする。このガレージはマリーの好意で使わせてもらっているだけだから、当の彼女がいないのに他人が占領していいはずがない。それに、離れて住むマリーに工作の助言を貰うのは難しいし、昨日の再戦を申し込むのも容易ではないだろう。

マリーがいなくなる。

その事実が冷たく胸に染み入って、目の前が暗くなってきたような気がした。

アリスはランドセルを探って、タロットカードのケースを取り出した。

「私だって、マリーには幸せになってほしいよ。だから、マリーの彼氏がどんな人か、ちょっと占ってみたの。そしたら、これが出た」

アリスは一枚のカードを掲げる。

黒いマントを着て、大きな鎌を持った骸骨の絵。ローマ数字の十三。

「――『死神《デス》』が暗示するのは、終末、破滅、そして死の予兆。きっとその男はマリーに不幸を運んでくる死神なの。どうにかしないと、マリーが大変なことになる」

いつもの照樹なら、そんなのは嘘だと一笑に付していたはずだ。マリーと離れたくないがために、占いの結果を悪用して、見ず知らずの男性を貶《おとし》めているだけだ、と。

だが、照樹はその嘘の中に一縷《いちる》の希望を見た。

「どうにかするって、具体的にどうするの？」

「マリーに占いの結果を話して、その後で不思議な現象を起こすの。死神の災いがマリーに降りかかる前に、偽物の災いを起こすってこと。そうすれば、マリーもタロットの導きを信じてくれるでしょ」

マリーが死神の災いを信じるとは思えないが、やってみる価値はある。

「不思議な現象かあ。どうしたらいいかな」

「幽霊を呼べたら一番手っ取り早いんだけど、私は幽霊を操れないの。だから、トリックを仕掛けたらどうかなって……ポルターガイストみたいな」

ポルターガイストについては、前に心霊番組で見たことがあるので知っていた。夜、部屋のドアが勝手に開いたり、棚から皿が落ちたりする怪奇現象だ。モノが運動している以上、あくまで物理現象なので、何らかのトリックで再現するのも可能だろう。

アリスは縋るように照樹を見つめた。

「テル、手伝ってくれる？」

――マリーが男と別れたら、再戦までの時間を稼げる。

それはマリーの気持ちを無視した、とても卑劣なアイデアだとわかっていた。それでも照樹は頷いた。マリーと再びロボットで戦う、それだけのために。

「わかった。手伝うよ」

その結果、本物の呪いを招き寄せることになるとは露ほども思っていなかった。

まず、照樹は半壊した〈チャリオット〉からバッテリーと通信モジュール、ハンマーを含む打撃装置の一部を抜き取った。プラスチックの基板にそれらを並べて固定すれば、遠隔で動作する「ポルターガイスト装置」ができあがる。

新品の部品を使っても良かったが、ストックの減りをマリーに見抜かれそうだったので、部品はなるべく再利用することにした。おかげで〈チャリオット〉はバラバラ死体じみた姿に変わり果てたが、どうせ設計からやり直すのだからと割り切った。

一時間ほどで完成した装置をしげしげと眺めて、アリスは訊いた。

「どうやって使うの？」

「これを部屋のどこかに隠して、マリーがいるときに動かすんだ。ハンマーで壁を叩いて音を鳴らせる」

「でも、装置が見つかったら、すぐにばれちゃうんじゃないの？」

「見つかる前にこっそり回収すればいい」

アリスはしばし思案するように目を閉じて、それから首を傾げた。

「どうやって？」

照樹もしばらく考えに耽り、そして同じ角度に首を傾げる。

「……どうやって？」

装置を作っているときは意識していなかったが、改めて考えてみると、なるほどこれは難問だ。マリーは小学五年生とは身長が違うし、部屋のどこにも目と手が届く。この程度の仕掛けなど簡単に見破られてしまうだろう。

顔を突き合わせて延々と首を捻っていると、アリスが妙案を口にした。

「装置が自分で動けるようにすれば？　タイヤでもつけて」

「ロボットが走る音なんてマリーなら聞き慣れてるよ。……ああでも、音がしなければいいのか。タイヤじゃなくて、糸で引っ張ったりして――」

そう言いながら新たなアイデアが頭の中で弾けた。

「わかった、糸だ！」

「糸？」

照樹は頷くと、〈チャリオット〉からモータを一個引き抜いた。

――やっと終わった。

母屋の二階にあるマリーの自室で、照樹はぐったりと座り込んだ。

天井を見上げると、壁に沿って走る細い線がうっすらと見える。線はクローゼットの扉を起点として、ベランダに面した窓のカーテンレールに潜り込み、反対側から出ると、雑多なモノが詰め込まれた棚や壁の額縁をジグザグに結ぶ。

ポルターガイスト装置はクローゼットの中に仕掛けた。

モータの回転により糸が巻き取られると、棚のモノが派手に音を立てたり、額縁が落下したりする。糸を使ったのは装置本体が発見されにくいようにするためだ。ポルターガイストが起こった後、マリーが「勝手に動き出したモノ」を調べても、仕掛けとなった糸はすでに回収されている。現場に証拠を残さず、怪奇現象を完璧に演出できるのだ。

と、言葉で表すのは簡単だが、仕掛けを作るのは想像以上に大変だった。

まず、糸を天井近くに張らなくてはならない。椅子の上にクッションを重ねるという危なっかしい体勢で作業していたので、何度も命の危険を感じた。さらにモータがそれほど強力ではないので、ほんの少しの力で仕掛けが作動するよう、糸の張り方に細心の注意を払う必要があった。

そんなわけで、照樹は疲労困憊《こんぱい》していた。本当は一度テストしてみるつもりだったが、また糸を張り直すことを考えて諦めた。ぶっつけ本番で行くしかない。

すでに日は落ちて、部屋の中はすっかり暗くなっていた。

そして、誰もいない。

「アリス？」

作業を見守っているのに飽きてガレージに戻ったのだろうか。壁の時計を見ると、もう六時近い。先に帰ったのかもしれない。

装置の調整に使っていた、マリーに貰ったプラスドライバーをポケットに仕舞う。最近は学校でも休みの日でも常にポケットに入れて持ち歩いていた。いつでもネジを回せるのは便利だし、何より指先でいじっていると、硬くひんやりとした感触と適度な重量感が心地よかった。

立ち上がると身体がふらついた。頭が重くてぼうっとする。照樹は一つくしゃみをすると、部屋を出て階段を下り、キッチンに立っていたマリーの母親に会釈した。

「お邪魔しました」

「あら、テルくん。まだいたの？　漫画、見つからなかった？」

マリーの部屋の漫画を借りていく、という名目で二階に上がらせてもらっていた。

「見つかりました。もう全部読んじゃったけど」

「あはは、そうなの」

それから彼女は、マリーによく似た愛嬌のある顔を少し曇らせた。

「あのね、テルくん。――コータくんのことなんだけど」

照樹は反射的に身構えた。何を言われるかは想像がついたので、先手を打つ。

「アリスが勝手に呼んでるだけです。全然本気じゃないんです」

それならいいんだけど、と彼女はスープか何かを混ぜていたお玉を振った。

「あの子の両親の耳に入らないか、ちょっと心配だったから」

お邪魔しました、ともう一度頭を下げて、照樹は玄関を出た。

ガレージに入ると、棚の前にアリスが立っていた。こちらを見てぱっと身を翻す。がしゃんと硬質な音を立てて何かが床に落ちた。

「何?」

「何でもない。それで、仕掛けは済んだの?」

うん、と訝《いぶか》りながらも頷いたところで、アリスの足元に落ちているのがコントローラだと気づいた。端のほうが少し欠けた、先日、マリーが試合で使っていたものだ。今しがたアリスが落としたのはこれだろう。

何やってるんだよ、と非難しながら拾い上げる。

「あんまり数ないんだから、大切に扱わないと」

「ほんとにこれで、家の外から装置を動かせるの?」

「僕の部屋からなら電波が届くと思う。同じ二階で隣同士だし。それに、本番で使うのはこっちだから」

と、机の上に置いていたもう一つのコントローラを指さした。照樹のお気に入りで、マリーのものより真新しいため、何となく電波強度が高いような気がしていた。

ふうん、とアリスは興味がなさそうに応じる。

「じゃあ、私は何もしなくていいの？」

「いや、いきなりポルターガイスト起こしても意味がわからないから、アリスは明日、マリーを占うんだ。彼氏と付き合ったら災いが起きるってアピールする。そして明日の夜、僕が装置を動かす。そうしたら怪奇現象と占いが結びつく」

「テル、寒いの？」

気がつけば、照樹は長袖シャツの上から腕をさすっていた。身体の芯は熱いのに、外側が冷たくて細かく身体が震える。今朝から風邪気味だったことを思い出す。

「……そろそろ帰る」

嫌な予感を覚えつつランドセルを背負った。

翌日、照樹は学校を休んだ。

朝から身体がだるいので体温計で測ったら三十八度の熱があった。母親に連れられて病院に行くと、ただの風邪だとわかり、午後からはずっと自室のベッドで寝ていた。

いつもなら発熱の苦しみ半分、学校を休めた喜び半分で、降って湧いた休日を悠々と寝そべって過ごすところだったが、今回はそわそわして落ち着かなかった。

もう作戦は動き出していたからだ。

アリスはちゃんと作戦通りマリーを占っているだろうか。部屋の仕掛けがばれたりしていないだろうか。すぐ隣にあるマリーの家に行けないのがもどかしい。

それでも睡魔はやってきて、布団の中でうつらうつらとしていると、階下でインターホンが鳴った。やがて階段を上る音がして、部屋のドアが開いた。

ランドセルを背負ったアリスが立っていた。

「占い、上手く行ったよ。マリーも怖がってるみたい」

「……そっか」

マリーを信じ切っているアリスの感想はあまり当てにできない。半身を起こした照樹が曖昧に頷くと、アリスはランドセルを探って何かを取り出した。

「あとこれ。こっちのやつでいいんだよね」

差し出されたコントローラを照樹は受け取る。欠けのない真新しいものだ。

「マリー、もう塾に行った？」

「うん、十時には戻るって。……ねえ、大丈夫かな」

「わからないけど、やるしかないよ」

不安そうなアリスにそう答えたとき、マリーの母親とのやりとりを思い出した。

「あのさ、実際どこまで本気なの？」

「何が？」

「人は死んだら生まれ変わるとか、タロットで未来を予知できるとか、マリーの彼氏は死神だとか――どこまで本気で信じてるんだろうって」

アリスの頬がみるみる紅潮した。怒っているのだと気づき、慌てて取り繕う。

「いや、疑ってるんじゃなくて――マリーと彼氏を別れさせたいのは、呪いとかは関係なくて、ただマリーと離れるのが寂しいからなんじゃないかと思って」

「同じじゃない。私が嘘つきってことでしょ」

「コータのことだってそうだよ。アリスは――」

うるさい！　とアリスは首をぶんぶんと振り、こちらに背を向けた。

「テルなんてもう知らない！」

捨て台詞を吐き、アリスは部屋を飛び出していった。

足音が聞こえなくなって静かになると、照樹は掛布団に潜って息を吐いた。

あんな話を持ち出したのは間違いだった。でも、別にこっちも悪くないんじゃないかと思う。そもそも、マリーの彼氏が災いを呼ぶという占いの結果自体が疑わしい。そう信じたくて恣意的な読みをしたと勘繰るのは当然だろう。

それに、アリスは友達じゃない。

趣味は合わないし一緒に遊びもしない、たまたま同じガレージを使っているだけの、マリーを介した「友達の友達」。所詮、その程度の薄い関係性だ。

――こっちこそ、アリスがどうなったって知るもんか。

それでも作戦を打ち切るつもりはなかった。発案者はアリスとはいえ、結局は照樹が自分のためにやっていることだったから。

夜になるとベッドに腰掛けたまま、窓からマリーの家を監視した。

作戦を実行するには、マリーが本当に家に帰っているかを確かめないといけない。知らず知らずのうちに寝入っていて、額に触れる窓ガラスの冷たさではっと目が覚めることもあったが、意識を失っていたのはそう長い時間ではなかったと思う。

それなのに、ふと窓の外に目を戻したときには、そこにいた。

知らない男だった。

ガレージの壁に背をもたせて立っている。暗いのではっきりとは見えないが、黒っぽい服を着た細身の男だ。被っているニット帽の色も黒に近く、輪郭がほとんど闇に溶け込んでいた。

不審者だ、と思った。

こんな時間に他人の家の敷地に入って、何かを待つようにじっと立っているのは不審者以外の何物でもない。泥棒か、通り魔か、あるいは何らかの犯罪者か。

そんな確信をもって照樹は部屋を飛び出し、両親に知らせようと階段を下り始めたところで、はたと思い至った。

もしあの男が不審者じゃなかったら。

例えば、マリーが付き合い始めたという彼氏かもしれない。マリーの両親の親戚や知り合い、何かの用事で訪ねてきた近所の人というのもあり得る。話を大事にしてしまったらマリーに迷惑がかかるし、照樹がマリーの家を監視していたことがばれて、作戦に支障をきたすかもしれない。

よく考えれば、家にいるはずのマリーの両親に連絡し、男が何者なのか確認すればそれで済んだはずだが、そこまで頭が回らなかった。

とにかく正体を確かめないと。

両親がいるリビングを横目に廊下をそっと横切って、勝手口を開ける。サンダルをつっかけて外に出ると、家の裏を回り込み、塀の陰からそっと顔を出す。数メートル先にいる男はまるで彫像のように、さっきの姿勢から微動だにしていなかった。

そのとき、足音が聞こえた。男が動いたのかと思って身構えたが、足音は逆の方向から近づいてきた。

やがて現れたのはスーツ姿のマリーだった。

彼女はガレージの前にいる男を認めたのか、急に足を止めた。

「……キカイくん?」

と、マリーの声がした。やっぱり知り合いだったようだ。大事にしなくてよかったと照樹は胸を撫で下ろしつつも、彼女の声に不穏な響きを感じた。

「もう僕に協力しないというのは本当かい」

男が言った。ぞっとするほど人間味に欠けた、冷たい声だった。

「うん。私はもう、キカイくんの計画を手伝うつもりはないの」

「僕を信じられなくなったのかな」

「違うよ。キカイくんのやろうとしてることは正しい。人間は不完全で、この社会は歪《いびつ》だから。高校のころも、今もそう思ってる。でも、それ以上に――」

マリーは口ごもり、ややあって躊躇《ため》いがちに語り出した。

「……ケイタロウくんって凄いんだよ。今この瞬間を全力で生きようっていつも考えてるから、他のことは全然気にしないの。急にアイスが食べたいって言い出してスーパーに行ったら、一つに決められないからって全種類買って、そしたら食べ比べがしたくなったからって一気に全部食べて、結局お腹壊したりするの。おかしいでしょ？」

男はまったく反応を示さなかったが、マリーは笑って続ける。

「だけど私は、ケイタロウくんが好き。その不完全性も含めて――ううん、その不完全性を愛してる。人間の不完全なところがたまらなく愛おしいって気づいたから、良いところも悪いところも乱暴に均《なら》すようなことは、もう二度とやりたくない」

ケイタロウくんが教えてくれたの、とマリーは力強く言った。

「私は空っぽなんかじゃなかった、って」

わずかな沈黙を挟んで、男が口を開いた。

「これまで君はとても役に立ってくれた。高校のとき、僕の行為に『システム同定』の名前をつけたのは君だったね。おかげで僕は、この力の使い方を十全に理解できるようになった。

でも、君は計画の功労者であるとともに研究対象でもある。僕と縁を切りたいなら、それなりの手続きが必要だ」

「手続き?」

「君のシステムを同定する。あらゆる入出力を取得し、徹底的なデータ解析を行えば、これまで難しかった君の同定を成し遂げられるかもしれない」

しばらく逡巡して、わかった、とマリーは応じた。

「キカイくんの言う通りにする。だからこれまで通り、私のまわりの人たちには関わらないで。同定も制御もしないでほしい。私の好きな人たちを歪められたくないの」

「別に構わない。彼らには興味がないからね」

その代わり、と男は冷淡に告げる。

「今後、君は僕の庇護を受けられなくなる。もし君が何者かに傷つけられたり、殺されようとしたところで僕は介入しない。研究対象ではない君を守る必要はないからだ」

「殺されたりなんてしないよ」

「制御されていない人間の危険性は、君より理解しているつもりだけどね」

言葉を失ったような沈黙が下りる。

マリーは悲痛な思いを滲ませ、絞り出すような声で言った。

「……世の中にどうしようもなく悪い人がいるのは事実だよ。だけど、それだけで人間全体に失望するのは、やっぱり間違ってると思う。キカイくんを不幸な目に遭わせたのは、社会全体から見ればほんの一握りの、とんでもない悪人の仕業なんだから」

「ずっと前に言ったはずだよ。僕の言葉はすべて他者への制御入力だと」

「……私は、キカイくんを疑ったりしない」

男は何も返事をしなかったし、その表情も闇に紛れてよく見えない。だが、照樹は男がとてつもなく邪悪な笑みを浮かべているような気がした。

やがて男は去り、マリーも家の玄関へと消えていった。

照樹は忍び足で自室に戻った。ベッドに潜り込んだ後でさっきの会話を思い出そうとしたが、長く夜風に当たっていたせいか意識がぼんやりしていて、先程の出来事が現実だったのか、それとも発熱が見せた夢だったのかわからなくなっていた。

そして、午前零時。

照樹はそっとベッドから這い出し、向かいの家の窓を見た。

二階に見えるのはマリーの部屋だ。今、閉じたカーテンの向こうは暗い。五分前に確認したときは明るかったので、つい先程床についたところだろう。

窓を開け、冷たい夜風の中、最大まで伸ばしたコントローラのアンテナを目標に向ける。期待と緊張に手のひらが汗ばみ、心臓が早鐘を打つ。

いよいよ作戦実行だ。

大きく息を吸って吐き、それからジョイスティックを前に倒した。

その瞬間、昨日から電源が入っているポルターガイスト装置が始動する。モータはすぐさま回転を始め、部屋に張り巡らされた糸を巻き取っていく。

貯金箱が、ぬいぐるみが、ペン立てが、額縁が、次々に落下する。

賑やかな騒音が部屋に満ちていく。

マリーはベッドの上で恐怖に身を竦《すく》ませる。照明を点けた後、その惨状に目を丸くして、アリスが予言した「災い」のことを思い出す――はずだ。

照樹は固唾を呑んで、暗い窓を見つめた。

そのまま五分くらい経ったが、いまだに窓に明かりは見えない。

――おかしい。

あれだけのモノが落下して派手な音を立てたら、どれほど熟睡していても飛び起きるはずだ。それとも、仕掛けが作動しなかったのだろうか。糸が引っかかった、装置のバッテリーが切れた、装置の固定が外れた。失敗の原因はいくらでも考えつく。

もしかしたら、怖くて明かりを点けられないのかもしれない。

だったら大成功だ。ひとまずそう思うことにして、照樹はコントローラのボタンを押した。すると〈チャリオット〉の打撃装置を転用したハンマーがスイッチを倒し、装置自身の電源を切る。何かの弾みにモータが回転して、その音で装置が見つかることがないように用意した仕掛けだ。ハンマーのスプリングは切り詰めて弱くしているが、ほとんど音を立てずにスイッチを切れることは実験で確認済みだった。

「……作戦終了」

そう呟いて窓を閉める。冷えた身体を布団に押し込んで、照樹は目を閉じた。

明日、マリーがどんな反応をするか楽しみだ。


薬が効いたのか、翌日は熱が下がったので普通に登校した。

放課後はいつも通りガレージに直行する。アリスと会うのは少々気まずかったが、こっちは全然悪くないんだ、と気を張って心なしか大股で歩いていく。

マリーの家に着くと、意を決してガレージのドアを開けた。

照明は点いていなかったが、床に座り込んだアリスの小さな背中が見えた。薄暗い部屋の中で膝に顔を埋めている。ずずっ、と洟《はな》を啜る音がした。

「アリス?」

彼女はゆっくりと振り向いた。顔をくしゃくしゃに歪め、嗚咽混じりに言う。

「コータが……」

照樹はとっさに壁のスイッチを押した。白熱灯が点き、部屋が一気に明るくなる。

机の前に残骸のようなものが見えた。

小さくて細い四肢。ぽっこり膨らんだ胴体。そして、愛らしい頭。

バラバラになった身体のパーツが無造作に散らばっている。

呪い。災い。死神。

そんな言葉が頭の中を駆け巡って眩暈に襲われる。

「……コータが、死んじゃった」

かつてコータだったものの前で、照樹はいつまでも立ちすくんでいた。

しばらくして帰ってきたマリーは、ガレージの惨状を見て素っ頓狂な声を上げた。

「えっ、何で？　何でこうなったの？」

アリスは涙で汚れた顔を擦る。

「わかんない。ガレージに入ったら、コータがバラバラになってて……」

照樹はマリーに訊いた。

「最後にガレージを出たのはいつ？」

「昨日の三時くらいだったかな。アリスちゃんに誘われて母屋でタロットをすることになったの。そのまま塾に行ったから、それきりガレージには入ってない」

「アリスも？」

「私も占いの後、すぐ家に帰ったよ」

すると、マリーは不思議そうな顔をした。

「アリスちゃん、あれから母屋でコータと遊ばなかったの？」

「うん」

「じゃあ、テルくんと遊んだの？」

「遊んでないよ。テル、熱出してたって言ったでしょ」

「うーん、やっぱりあれキカイくんだったのかな。でもそんなわけないし――」

コータを襲った悲劇に動揺しているのか、マリーは要領を得ない独り言を口走った。キカイの名前を出すなら今しかないと判断し、照樹はすかさず訊いた。

「キカイってマリーの友達の？　その人がやったの？」

とんでもない、というようにマリーは首を横に振った。

「キカイくんはそんなことしないよ。それに、コータのことは知らないと思う」

「じゃあ、誰がこんな――」

ガレージに鍵はないから、その気になれば誰だって侵入できる。でも、ただの犬型ロボットを壊して得をする人間なんていないはずだ。

「……呪いよ」

アリスは唇を震わせてぶつぶつと呟いている。

「私がいけなかったの。あんな名前、つけるんじゃなかった。可哀想なコーター――」

＊

「――それで、どうしてコータって名前をつけたんだ？」

照樹が一通り話を終えた後、テーブルの向かいの月浦はそう訊いてきた。

土曜の夜のファミレスは賑やかだった。親子連れや学生のグループが多いせいだろう。照樹はポケットの中のものを指先でいじりながら、もっと静かな場所を選ぶべきだったなと考えていた。

コータの事件について話をしたい、と月浦に相談したのは昨日の授業終わりだった。長い話になるので授業の合間では収まらないと伝えたところ、塾の外のほうが落ち着いて話せるだろうと、塾の近所のファミレスで会う約束をしてくれた。ありがたい配慮だが、彼の誠実さに付け込んでいるのが心苦しくもあった。

「あの犬型ロボットは、マリーが高校の友達から貰ったらしいです。修理したら動くようになって、まるで命を吹き込んだみたいだった。そのとき、アリスが言ったんです」

――彼はコータの生まれ変わりなの。

「コータはマリーの従弟《いとこ》で、あの事件の半年くらい前に事故で亡くなりました。それでアリスがロボットをコータって呼び始めて、それが定着していきました」

「壊れたロボットが復活したのに感動して？」

「自分の霊能力をアピールしてるだけですよ。コータを選んだのは、僕たちに縁がある手ごろな死人だったから」

「手厳しいな。じゃあ、アリスさんは生まれ変わりを信じてないのか？」

「……よくわかりません」

これは本心だった。アリスは明らかに嘘が下手なのに、自分にしか見えていない霊の話をするときは実に素直で偽りのない話し方をする。

「でも、コータが壊れたときは、本気で怖がってたと思います」

「コータの呪い、か」

「アリスによると、名前には魔力が宿ってるそうです。コータと名付けたことであのロボットは名実ともにコータになった。そのせいで死の運命を招き寄せてしまった。その上、コータの名前を弄んだことで、アリス自身も呪われたって」

ドリンクバーのメロンソーダで口を潤し、いよいよ本題を切り出した。

「先生には、コータを壊した犯人を突き止めてほしいんです」

「アリスさんを安心させるために？」

「呪いなんて存在しないと証明して、アリスの目を覚まさせるために」

月浦は不思議そうな目でこちらの顔を覗き込んだ。

「アリスさん、坂道で自転車が震える現象を怖がってたんだろう。でも、あれはただの振動現象だった。彼女にそう伝えたんじゃなかったのか」

「……はい。それでも、まだ一人で坂を越えられないくらい怖がってます。大元の原因を絶たないと根本的な解決にはならない。アリスにとっても、僕にとっても、コータの事件は大きなトラウマなんです」

「わかった。やれるだけやってみよう」

「ありがとうございます。もう先生だけが頼りなんです」

期待が重いなと苦笑して、月浦は真面目な顔を作った。

「じゃあ、まず容疑者を絞っていこうか。ロボットのコータを知ってたのは何人いる？」

「僕を除いて、アリス、マリー、マリーのお母さんの三人です。ガレージは出入り自由ですけど、まったくの他人が壊したとは思えません。他に壊されたり盗まれたりしてるものはなかったので」

「泥棒の線は消えたか。逆に、動機があった人間は？」

「誰もコータを壊して得をする人はいないと思います」

「マリーさんとそのお母さんは、コータが亡くなった功太くんの名前で呼ばれるのを危ぶんでいたんだろう。コータを物理的に排除しようと、その二人のどちらかがやったのかもしれない」

「お母さんのほうはわかりませんけど、マリーは絶対、あんな残酷なことしません。機械のことが心から大好きで、モノを大切にする人ですから。もしコータを排除する必要があったら、あんな見せしめみたいなやり方はせずに、こっそり処分すると思います」

なるほど、と月浦は腕組みをして頷いた。

「ところで、照樹くんは誰が一番怪しいと思ってるんだ？」

照樹は少し逡巡したが、正直に答えることにした。

「……アリスです」

月浦は意味を考えるように少し沈黙して、突然吹き出した。

「君はアリスさんの恐怖を解消しようと俺に相談したんだろ。なのに、当の彼女が犯人っていうのはどういうことなんだ。前提が覆ってるぞ」

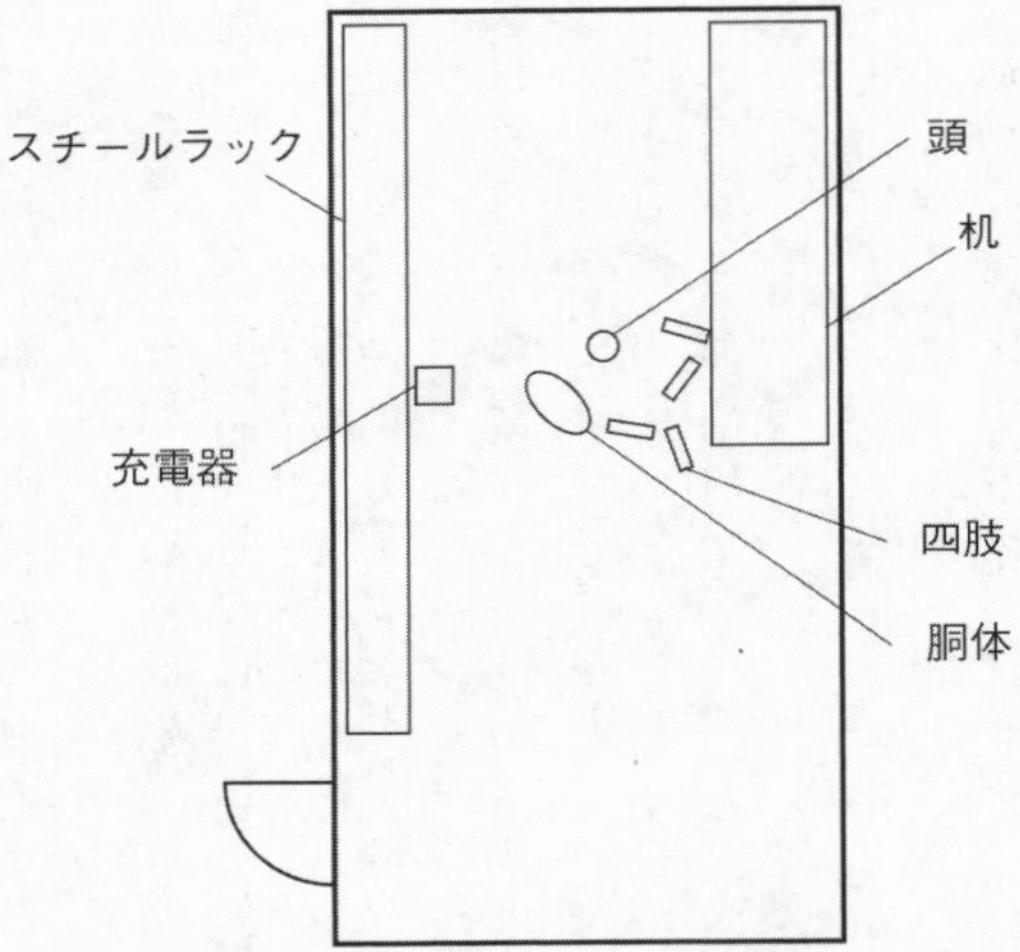

白河家ガレージ

「僕もおかしいと思います。でも、アリスは壊れたコータを最初に見てるんです」

「第一発見者を疑うのは捜査の鉄則、って言うからな」

「アリスは何かの弾みにコータを壊して、それを隠そうと呪いの話をでっちあげた。今でも呪いを怖がってるのは、事件の記憶が曖昧になって、自分のついた嘘が本当だと信じ込んでしまったから。そう考えることもできます」

「コータは、小五がうっかり壊せるようなロボットなのか？」

「別の部品を充てたり接着剤で補修したりしてるので、ジョイントはそれなりに弱いんですけど、最終的にコータが意図的に壊されたのは確かです。何度も床に叩きつけたりしないと、あんなふうにバラバラにはならないから」

「一度床に落としたくらいじゃ、ああはならない？」

「ならないです」

ガレージの図面がほしいと月浦が言うので、ノートに簡単な平面図を描いた。

コータのバラバラ死体は、棚と机のあいだに散らばっていた。

「パーツの位置は正確なのか。机側に寄ってるが」

「はい。ショックだったのではっきり覚えてます」

「でも、コータの充電器は棚の前にある。ペットロボットのことはよく知らないが、通常は誰かがスイッチを入れるまでここに待機してるんじゃないか」

「あ、そうです」

コータには充電器の位置を認識し、バッテリーが少なくなると自動的に充電を行う機能があった。夜間は充電したまま電源を切っておき、一緒に遊ぶときだけ本体のスイッチを入れるのが常だった。

「コータは基本的に棚の前にいるわけだから、その場で壊した場合、パーツは棚側に散らばるはずだ。それが机側にあったなら、何か理由があったと考えたほうがいい」

「コータは机側にいた、ってことですか」

「起動していて、そっちのほうを歩いてたのかもしれない。コータの本体のスイッチがどうなってたか、覚えてるか？」

照樹は目を瞑《つむ》って記憶をたどった。

あのとき、震える手でコータの胴体を拾い上げたことを覚えている。内部の電子回路が生きているか確かめようとして、スイッチをスライドさせた。かちりと一回。

「電源は切れてました」

「壊した後でわざわざ電源を切る必要はない。つまり、コータは充電中か、充電器から移動させられた後に壊された——」

「移動させられたんじゃないと思います。充電器にも新しい傷があったから」

「とすると、犯人は充電中のコータを壊して、そのパーツを机側の床に投げ捨てたってことだ。もしアリスさんが犯人なら、霊的なものに見せかけようとしたんだろう」

「ああ、ポルターガイストみたいに」

月浦は何かに気を取られたようにおざなりに頷いた。

「そういえば、ポルターガイスト作戦は結局どうなったんだ?」

「失敗しました。完全に」

コータ事件の衝撃で二人の計画は吹っ飛んでしまい、仕掛けの状態を確認したのはずいぶん後になってからだった。

マリーが彼氏との同棲を決めたというので、照樹は引っ越しを手伝おうとマリーの部屋に入った。部屋は装置を仕掛ける前と変わらず、天井を見上げても糸は見当たらなかった。あの出来事はすべて夢だったのではと疑いさえした。

荷造りをするマリーの隙を突き、クローゼットの中を確認すると、装置は確かにそこにあった。糸も綺麗に巻き取られていた。素早くポケットに隠すと、金属の塊が持つ確かな重みが伝わってきた。

「糸が巻き取られてたんだったら、仕掛けはちゃんと動いたんだな」

月浦は夢を見ているような、ぼんやりとした顔で言った。

それはいまだ解き明かされていないもう一つの謎だ。照樹は身を乗り出す。

「思えば、あの作戦が失敗したのもおかしいんです。自分が寝ている部屋で大きな音がしたら、まず何があったか確認しますよね。なのに、マリーは電気を点けもせずに放っておいた。電気を消してから数分しか経ってないし、そんなに早く熟睡したとも思えないのに。怖くてベッドから出られなかったにしても、まったく話題に出さなかったのはおかしいです」

そのとき、虚ろだった月浦の眼に光が宿った。

「――いや、話題には出してる」

「え?」

「コータのバラバラ死体が見つかった後、アリスさんは前日の行動を説明した。マリーさんが塾に行った後、すぐに家に帰ったと。するとマリーさんは彼女にこう訊いた」

――アリスちゃん、あれから母屋でコータと遊ばなかったの?

「アリスさんがそれを否定すると、今度は君と遊んだんじゃないかと勘繰った。マリーさんはアリスさんが母屋で遊んだと思っていた。正確に言えば、一人遊びじゃなくてコータや君と一緒に遊んだと思い込んでた。なぜか？　マリーさんの部屋が散らかってたからだ。それを見た彼女は、アリスさんが誰かと遊んだんだと考えた。一人遊びじゃたいして散らかりはしないからな」

「……どういうことですか？　だったら誰が散らかしたんですか？」

ポルターガイスト装置だ、と月浦は言った。

「マリーさんが塾から帰ったとき、装置はすでに作動してて、貯金箱やらぬいぐるみやらが床に散乱してたんだろう。マリーさんはそれを心霊現象だとは思わず、アリスさんの仕業だと考えた。その夜、君たちの作戦が失敗したのもこれで説明がつく。装置の糸はとっくに巻き取られてたんだから」

「そんなこと、誰が……」

そう呟いてから、該当する人物が一人しかいないことに照樹は気づく。

装置の存在を知っていて、寝込んでいる照樹にコントローラを届けた彼女。

「アリスがやったんですか。どうして、作戦を台無しにするようなことを――」

「アリスさんにそのつもりはなかった。計画が失敗したことを知って、君と同じように驚いたはずだ」

そういえば、と月浦は急に話題を変えた。

「照樹くんが作ったロボットの名前、〈チャリオット〉だったな。あれは『戦車』って意味の英語だろう」

「……そうです。戦うロボットだから、ぴったりな名前だと思って」

「だが、チャリオットは一般的な意味での戦車じゃない。昔、ヨーロッパのあたりで戦争に使われてた馬車のことだ。普通、戦車と言ったら『タンク』のほうを連想する。照樹くんはどうして『チャリオット』を使ったんだ？」

「アリスがマリーに話してたのを聞いたんです。『戦車』っていうタロットカードがあるって」

『戦車《チャリオット》』のカードは、勝利、成功、積極的な行動を暗示する。

「話を聞くかぎりだと、君はアリスさんにその名前を隠してたんじゃないか」

「そんなことよく気づきましたね」

照樹は感心半分、呆れ半分に応じる。

「知られるのが嫌だったんですよ。タロット占いのことは馬鹿にしてたから。でも、僕にとっては最高の命名だったし、他の名前をつけたくなかったんです」

「たぶん、アリスさんも同じだったんだ」

「同じ？」

「照樹くんがタロットカードへの関心を彼女に隠したように、アリスさんもロボットへの関心を君に隠していた。君が風邪で家にいるとき、アリスさんはガレージのロボットで——たぶん〈ピュリスト〉で遊んでたんだろう」

照樹とマリーが庭でロボットを戦わせた日、コータの横に座り込み、即席のスタジアムをひたと見つめていたアリスの眼差しを思い出した。

見ていたのに気づかなかった。あるいは、気づかないふりをしていたのか。

「ポルターガイスト装置は〈チャリオット〉の部品で作られた。そして、装置を作る直前に照樹くんは〈ピュリスト〉で遊んでいた。この二つは同じコントローラで動かせたわけだ。ポルターガイスト装置を仕掛ける前、装置にコントローラを登録した？」

「そういえば、してなかったような……」

「ロボットの知識がないアリスさんが、通信モジュールに特定のコントローラを設定する方法を知ってたとは思えない。つまり、例のコントローラは装置とロボットの両方に無線接続されていた」

「じゃあ、アリスが〈ピュリスト〉で遊んでたから——」

「ロボットを前進させるときも、糸を巻き取るときも、照樹くんはジョイスティックを前に倒してた。アリスさんは知らないうちに装置を作動させてたんだ」

コントローラの混信を気にするのはロボットを複数動かすときくらいだ。まさかアリスがロボットで遊ぶなんて考えてもいなかったから、完全に盲点だった。

ここに来てようやく、照樹にも推理の行く末が薄々見えてきた。

急に喉が渇いてくる。気の抜けたメロンソーダをがぶ飲みして、軽くむせた。

「そろそろ本題に戻ろうか。ガレージで起きた事件だ」

月浦は至極冷静に話を続けた。

「帰ってきたマリーさんがガレージに来て、ロボットで遊んでいたアリスさんは慌てたんだろう。ロボットに興味を抱いたことは、君だけじゃなくてマリーさんにも隠しておきたいことだった。だから、とっさに〈ピュリスト〉の電源を切らずに棚に戻してしまったんだ。ガレージの棚は上のほうに自作ロボットが並んでて、〈ピュリスト〉があったのはマリーさんの顔のあたりらしいから、たぶん一メートル半くらいの高さはあったはずだ」

あの夜、照樹は夜風に吹かれながら窓辺に立ち、コントローラを動かした。

ジョイスティックを前に倒した。

「午前零時、〈ピュリスト〉は棚を飛び出して落下し、真下にいたコータに衝突した。でも、それだけじゃバラバラにはならないし、コータの部品が机側の床に撒き散らされることもない。もう一度、強い衝撃が加わったはずだ」

「あっ……」

装置のスイッチを自分で切る機構には、〈チャリオット〉のハンマーを流用していた。

「照樹くんは糸の回収が終わったと思い、装置本体の電源を切るため、ハ、ハ、ハ、ハンマーのボタンを押した。すると、〈ピュリスト〉のハンマーが発射された。中身の入ったペットボトルを吹っ飛ばすすくらい強いハンマーが、コータをバラバラにしたんだ」

照樹はすっかり放心状態だった。

だとしたら、アリスが恐れる呪いの正体は、照樹が探している犯人は——

「僕だったんですか。コータを壊した犯人は」

月浦は首を横に振った。

「正確に言えば、君とアリスさんの共犯だ」

アリスは意図せずしてミサイルを準備し、照樹は意図せずして発射ボタンを押した。その上、二人は共謀して別の悪だくみを働いていたのだ。そう考えてみると、立派な共犯だと言える。

照樹がそんなことを口にすると、予想外の返事があった。

「それだけじゃない。君がこれまでロボットの関与を疑わなかった以上、コータの残骸が見つかったとき、〈ピュリスト〉は元通り棚に仕舞われていたんだろう。床に落ちた〈ピュリスト〉を見つけて棚に戻したのは、もちろんアリスさんだ」

だったら、と言い返す声は掠《かす》れていた。

「最初からアリスは全部知ってたってことじゃないですか。コータを壊したのがロボットだって知ってたのに、ずっとそれを隠して、呪いに怯える演技までしてたんですか？」

「アリスさんがとっさに偽装工作をしたのは、君が留守のあいだにロボットで遊んでいたのを知られたくなかったのと、自分のせいでコータが壊れたことを隠しておきたかったからだろう。そして、呪いに怯えていたのは演技じゃないと思う」

名前には魔力が宿っている、と月浦は言った。

「アリスさんはそう信じてる。彼女がコータと名付けたロボットは、亡くなった功太くんそのものになった。言ってみれば再び命を授けたわけだ。だがアリスさんは、新しく誕生したコータを自分のせいで死なせてしまった」

——私がいけなかったの。あんな名前、つけるんじゃなかった。

アリスは罪悪感に苦しんでいた。可哀想な功太を再び殺してしまったのだから。

「その罪悪感が呪いを生み出した。だから、アリスさんの恐怖はきっと本物だ」

話が終わると、重い沈黙が降りた。店内のどこかで男女の笑い声がする。

注文のチャイム音が鳴り響いたタイミングで、照樹は呟いた。

「同じだったんだ」

「え？」

「固有振動数です。アリスと僕は振動数がずれてると思ってた。でも、本当はぴったり同じだったんですね。だから、共振が起こった」

風による振動で橋が落ちるように、コータは二人の共振によって破壊された。

「ありがとうございます。おかげで、呪いが解けた気がします」

月浦は苦々しく笑う。

「よくわからないが、それはないよ。アリスさんにとってコータの事件は謎でも何でもなかったんだ。呪いの原因は彼女のオカルト信仰と、彼女自身の過ちにあるから、これを否定するのは難しいだろうな」

「そうじゃなくて、僕の呪いです」

「照樹くんの？」

「呪いなんてないってアリスには言ってたのに、あの事件があってから、ずっと心のどこかで怖がってたんです。本当は、この世界には呪いみたいな未知の力があって、何かのきっかけでコータみたいにバラバラにされちゃうんじゃないかって。でも、そんなことはなかった。この世には幽霊も呪いもないってことを、先生が解き明かしてくれたんです」

ありがとうございます、と照樹は深々と頭を下げた。謎を解いてくれたことへの感謝と、彼に対する裏切りへの謝罪、両方の気持ちを込めて。

月浦は薄く笑い、伝票を手に取った。

「存在しないものを否定することはできないんだ。もしかしたら呪いはないかもしれない。だが、あるかもしれない。絶対にないと言い切るのは、科学的な態度じゃない」

照樹はあっけに取られて、席から立ち上がった月浦を見上げた。

彼はちょっと照れくさそうな顔をして、伝票を向ける。

「ドリンクバー単品、二百八十円なんだが……二百円でいいよ」

八十円の見得に侘《わび》しいものを感じて、照樹は百円玉三枚を彼に渡した。

そしてポケットに手を入れ、ＩＣレコーダーのスイッチを切った。


「キカイって男の人、知ってる?」

暗い上り坂の途中、自転車を押しながらアリスが訊いてきた。

照樹はどきりとしながらも、動揺を悟られないように答える。

「前に一度見たことあるよ。マリーの……友達？」

「マリーはそう言ってたし、彼氏って感じじゃなさそうだった。でも、友達にしては変な気がするの。何だか不気味で、怖い人だったから」

「幽霊よりも？」

強く反論されるかと思いきや、アリスは妙に煮え切らない態度だった。

「うーん……幽霊の怖さの、ちょうど反対側って感じ？　目つきが鋭くて、鼻も尖ってて、何となく悪魔っぽい顔だから」

キカイの形容に微かな違和感を覚えたが、その追及は後回しにした。

「幽霊の反対って悪魔なの？」

「さあ。それでね、このあいだ学校の帰りにその人を見かけたの。道の向こうから歩いてきたんだけど、人違いかもしれないから、そのまますれ違おうとして。そしたらあの人、すれ違いざまにぼそっと言ったの」

――君の占った通りになったね。

「ねえ、テル。私のせいなの？　私がマリーを占って『死神』を出したから――」

「そうかもしれない」

こんなことを言うつもりじゃなかったのに、と照樹は自分の発言に戸惑っていた。アリスのせいじゃないと否定しようとしたのに。

傷ついたように黙り込んだ背後のアリスに、照樹は続ける。

「アリスも言ってたじゃないか。人の言葉には力があるんだ。呪いみたいな、あり得ないことを現実にする力が。だから僕は、マリーの言葉を信じてる」

二人がマリーと最後に会ったのは去年の暮れだった。彼女はあまり元気がなさそうに見えたが、ガレージで一緒に遊んでいるときは笑顔を見せ、最後にこう言い残した。

――また遊びに来るからね。

「きっと、また会えるよ。幽霊が見えるんだったらさ」

しばらくして振り返ると、アリスは少し離れたところに立ち止まり、一軒の家のほうをじっと見つめていた。それが功太の家だと気づいたとき、アリスはゆっくりとこちらを振り向いた。

こぼれるような笑顔を浮かべている。

「マリーがいる」

照樹はアリスが指さすほうを見る。夜に沈んだ家に生者の気配はない。

「ここにいるよって声がしたの。見たら、あそこに立ってて」

なだらかなカーブを描いて、アリスの頰を光る粒が走った。黒く濡れた瞳にきらめく街灯が映り込んでいる。その目には唯一の友達だったマリーが、今年の冬にこの世を去った白河真凜が見えているのだろうか。それとも――

自転車を回し、ゆっくりと坂を下ってアリスのもとへ歩み寄る。

照樹はシミー現象の存在についてアリスに話していないし、コータ事件の真相がわかったとしても最初から伝えるつもりはなかった。そうすれば一緒に帰る口実を失うからだ。アリスの孤独を、一人では耐えがたい苦しみを、照樹は知っていた。

――僕はアリスの友達じゃない。

彼女のオカルト趣味はいまだに理解できないし、自分勝手な言動に腹が立つことも多い。それでも、同じ痛みを分かち合うことくらいはできる。

照樹はアリスの隣に並んだ。夏の夜風は湿っているがひんやりとしていて気持ちがいい。彼女が泣き止むまで、しばらくここにいるのも悪くないかなと思う。

奥行きのない無明の闇に目を凝らして、アリスに訊いた。

「マリー、何か言ってる？」

「ありがとう――いつも一緒に遊んでくれてありがとう、って」

幽霊がいてくれたらいいのに。

死者が生者を見守って生きる、そんな美しい原理がこの世界を満たしていてほしい。照樹は生まれて初めてそんなことを強く願った。

「こちらこそ、ありがとう、マリー」

胸ポケットに挿したドライバーの重みを感じつつ、照樹は虚空に呟いた。

＊

夜、学ラン姿の少年が自転車を立ち漕ぎし、息を切らして長い坂を上っている。

坂を上り切ったところにはぽっかりと開けた公園があって、遊具の少ない殺風景な広場の端に、鉛筆のような六角錐の屋根を載せた東屋が建っていた。

少年は公園の入り口で自転車を止め、緊張の滲んだ面持ちでそちらへ歩いていく。

すると、暗い東屋の中から痩せた人影が歩み出た。

「謎は解けたかな」

前置きもなく言って、〈鬼界〉はおもむろに右手を差し出す。

少年はその手にポケットから出したICレコーダーを載せた。

「興味あるんですか？　本当にちっぽけな、どうでもいいような事件なのに」

「事件そのものじゃなくて、彼が謎をどう解いたのかを知りたいんだ」

鬼界さん、と少年は語気を強める。

「約束しましたよね。僕があなたの指示に従って、マリーを殺した犯人を突き止めるのに協力すれば、犯人についてわかってることを教えるって。なのに、あなたは関係のないことばかり僕に調べさせて、事件のことを何一つ教えてくれないじゃないですか」

「まだその時機じゃないというだけだよ」

「このまま約束を守らないなら、もうあなたの指示には従いませんから」

「でも君は約束通り、これを僕に届けてくれた」

〈鬼界〉がICレコーダーをかざしてみせると、少年はたちまち言葉を失った。

「言ったはずだよ。君はすでに同定され、僕の制御下にある。契約を果たさない僕に対して反感を抱くのも織り込み済みだ。君の反抗が口先だけで、実際は僕に逆らうつもりがないのもわかってる。言っている意味がわかるかな。——君には僕に逆らう自由も、僕に従う自由もない。そもそも、人間の意志に自由なんてないんだけどね」

少年は〈鬼界〉の言葉に怖気づいたようだったが、それでも歯を食いしばり、己を操る者に人差し指を突きつけた。

「——誰だ」

「僕は鬼界だよ」

〈鬼界〉がこともなげに応じると、違う、と少年は強く首を振った。

「三年前、鬼界って人がマリーと話してるのを見たことがあるんだ。遠かったからはっきりとは見えなかった。でも、アリスと話を突き合わせてわかったことがある。少なくとも鬼界はあなたじゃない。顔も身長も、全然違うんだ」

少年の震える唇から掠れた声が洩れる。

「あなたは、誰だ」

機械的要素

鉄と鉄が衝突し、火花が散るのを一真は見た。

硬質な音が広い空間に響き渡り、観客のざわめきの中に溶けていく。

円形のスタジアムの上、刹那に撃力を分かち合った二つの機械。

一方は黒と白のカラーリングを施したロボットだ。〈黒鯨《こくげい》〉という名が示すように、機体はずんぐりとして大きく、制限寸法という枷の中で最大限の駆動力と破壊力を生み出すよう、極限まで洗練された設計が施されている。工作部の豊富なリソースを感じさせるハイスペックな機体だ。

対するもう一方の機体は、〈黒鯨〉と比べるとやや小振りで、剝き出しの金属板を貼り合わせた装甲は粗っぽく、正直言って貧相だった。テストの段階で壊れた箇所はビニールテープと木片で補強されていて、より一層の哀愁を誘う。〈黒鯨〉と相対した姿は、まるで怖い先輩の前で首をすくめる下級生のようだ。

ともあれ、このロボットこそが工作本部の集大成、〈キカイキ〉なのだった。

「部長、攻撃来ます！　右に避けて！」

浅黒い肌の茶髪の男、火野が鋭く指示を飛ばす。

コントローラを握った巨漢、土御門部長はあたふたと太い指を動かした。

〈キカイキ〉は右折して〈黒鯨〉の突進を危うく避けた。そのままスタジアムの端まで猛スピードで走っていく。

この競技のルールは単純明快で、制限時間内に相手ロボットをスタジアムから叩き落とした回数の多いほうが勝つ。当然、自機が転落すれば相手のポイントとなる。

「止まってください……ああっ、落ちる……」

長髪の痩せた男、沼木が悲痛な声を上げる。夏風邪を引いたらしく今日はマスクをしている。暑苦しいのか首筋に汗が浮いていた。

〈キカイキ〉はブレーキをかけ、前輪を踏み外す直前で停止した。部長は「あれぇ？」とコントローラを矯めつ眇めつしている。

「旋回は左のレバーです。さっき使った奴ですよ」

一真は苛立ちが態度に表れないよう、努めて冷静に指摘した。

三人の部員が部長をコントロールし、部長が〈キカイキ〉をコントロールする。この非合理的なフォーメーションは、ひとえに部長が操縦をやりたいと言って聞かなかったことに端を発する。一真たちが渋々同意し、しっかり練習してくださいよ、ときつく念を押した結果がこの様だ。

「部長、本当に練習したんですか」

「やったよお！　ちょっと緊張してるだけだってば」

嘘だな、と確信する。こちらにも後ろ暗いことがあるので黙っていたが。

ロボットバトルコロシアム、地区大会予選第一回戦。相手はQ大学工作部。スタジアムの反対側には、冷静にコントローラを操る戦略チームのリーダー。その背後には太い腕を組んだ筋肉質な大男、乃木部長が仁王立ちしている。相手が弱小サークルだろうが手を抜くつもりはないらしく、その眼光は猛獣のように鋭い。

初《しょ》っ端《ぱな》から宿敵かつ最強の敵と遭遇した形だが、これはある意味幸運とも言えた。他チームと戦って普通に敗退するよりは、いきなり工作部にオーバーキルで叩きのめされたほうがかえって清々しいだろう。敗北を前提にしているのは情けないが、力量差はあまりにも歴然としていた。

それでも、犯罪に手を染めてまで作ったチャンスを無駄にはしない。

一真は背後に立つ火野に目配せし、それから部長に言う。

「今から部長に催眠術をかけます。潜在能力を引き出す術です」

「ええ？ ていうか、今？」

「勝ちたいんだったら、言う通りにしてください。目を閉じて」

「試合中だよ？」

「いいから」

一真が強引に押し切ると、部長は渋々目を閉じた。コントローラに素早く手を伸ばして、一つ手を叩く。

「はい、目を開けてください」

部長はぼんやりとした顔でスタジアムに目を向け、「あ」と声を洩らす。

加速した敵機が〈キカイキ〉に急接近している。

打撃装置を備えた凶悪な頭部が衝突する寸前——泡を食った部長がコントローラのジョイスティックを弾くコンマ数秒前、〈キカイキ〉はひとりでに動いた。ポンコツな操縦者を見放したように、機首を振って左前方に回避する。

「おおっ、行ける！」

鼻息を荒くして部長はスタジアムを睨む。

〈黒鯨〉の側方に回り込んだ〈キカイキ〉は、真横から突撃した。

文字通り横車を押す乱暴な突進が、六輪のタイヤの静止摩擦力を超え、敵機はじりじりとスタジアムの端へ追いやられる。さらに、〈キカイキ〉の尖った頭が機体の隙間に食い込み、前後への脱出も封じていた。

この攻撃に対し、〈黒鯨〉は無理やりハンドルを切り、〈キカイキ〉と繋がったままぐるりと旋回した。振り回され、半回転した〈キカイキ〉は円の縁に半身を乗り出した。

形勢逆転だ。

「うおおおおっ！」

部長がジョイスティックを思い切り倒す一秒前、〈キカイキ〉は動いていた。

何もない虚空に向けて、ハンマーを発射する。

衝撃で跳ね上がる機体。わずかに遅れてスタジアムから浮く〈黒鯨〉。床からの垂直抗力がほぼ零に低下した瞬間、〈キカイキ〉のモータが唸った。

重力を無視するように、〈黒鯨〉が宙に浮く。

そしてスタジアムを取り巻くマットに落下した。審判が鋭く笛を鳴らす。

「〈キカイキ〉、一ポイント」

「やったあ！」

快哉を叫ぶ部長を横目に、一真は背後の二人に親指を立てる。火野は後ろ手に持っていたコントローラをちらりと見せ、片頬だけで笑った。

部長に『催眠術』をかけたのは、目を閉じた隙にコントローラの電源を切るためだった。代わりに操縦を引き受けた火野は、見事に〈キカイキ〉を操ってみせた。部長が使い物にならなかったときの保険が役に立った形だ。

「ねえ、僕凄くない？　ハンマーの反動を使ってさあ」

「次、始まりますよ。まだ二分しか経ってないんですから」

やっぱり潜在能力って凄いなあ、と何も知らない部長は呑気に顔を綻ばせていたが、そんな幸運が長く続くことはなかった。マシン性能の格差は覆しがたく、立て続けに三度スタジアムから弾き出された。形勢を立て直せないでいるうちに、あっという間に制限時間の十分が過ぎて、〈キカイキ〉の予選敗退はあっけなく決まった。

試合の後、聞くに堪えない罵詈雑言《ばりぞうごん》を喚《わめ》く部長を競技スペースから押し出したところで、工作部員の一人が話しかけてきた。一真と同じ設計チームだった男子だ。

「月浦、久しぶり。びっくりしたよ、まさかおまえたちが出場してるなんてさ」

彼の表情は朗らかで、工作本部サイドへの微妙な感情などは窺えない。

「全然駄目だったけどな」

「そんなことないよ。十分善戦してた。序盤で吹っ飛ばされたときは、負けるんじゃないかって思ったし。……そういえば、あれの弁償してくれたのおまえたちなんだろ？」

「声が大きい」

「あ、ごめん。とにかく、ありがとな。あいつの尻拭いをしてくれてさ。でも、本当にうちに戻らなくて良かったのか？」

今年の春、土御門部長のフィギュアを売り払った金で、沼木はかつて部長が工作部に与えた損害を補填した。工作部の災厄たる部長は別にして、部員の三人が工作部に戻る算段はついていたし、一真と火野は途中まで本気で戻るつもりでいた。

「最初はそのつもりだったんだが、気が変わった。一回くらい俺たちだけでやってみたいと思ったんだ」

「おまえたちは立派だよ。土御門以外はな。どうせあいつ何もしてないんだろ」

まあな、と一真は曖昧に頷いた。

実のところ、工作本部のロボバト出場に最も貢献したのは部長だった。

フィギュア盗難事件が解決した後、一真の提案通りに焼肉屋で送別会が催された。一真と火野が工作部に戻ることを初めて聞かされた部長は、意外なことにさめざめと泣き出した。

知らなかったが泣き上戸らしい。工作本部に三人が入ってくれて嬉しかったのに、可愛い後輩だったのに、と哀れっぽく泣き続ける部長を見ていると、何だか妙な罪悪感が湧いてきた。しかも、お金ならいくらでも出すから、とまで言い出した。平時の彼であれば考えられない発言だったが、本当にロボバトの費用を負担してくれるなら問題は一挙に解決する。一真と火野は顔を見合わせ、どちらからともなく頷いた。かくして二人の工作部行きは白紙に戻り、工作本部のロボバト出場が決まったのだった。

とはいえ、アルコールの抜けた部長は自分の発言を後悔しているようで、色々と理由をつけては支払いを渋ったため、最終的な負担額は三人とそう変わらなかった。

一真は話を切り上げると、出口の脇にある階段を上がった。

この市民体育館の二階は、向かい合った二面が観客席になっていて、今は参加チームや観客たちがひしめいていた。ロボバトにはコアなファンが多いため、地区大会予選でも割と混み合う。

座席のあいだの狭い通路を縫うように歩いていき、三人のもとへたどり着いた。火野と部長、そしてもう一人。

「先生、お疲れ様です」

快活に笑ってみせたのは、個別指導塾で一真が受け持っている中学生、照樹だった。見慣れた学ランではなく、白いTシャツに短パンという格好なので、普段より一回り幼く見える。首からプラスチックの小さな双眼鏡を下げていた。

「楽しんでるか?」

「はい。テレビで見るより迫力があって面白いです」

二人のやり取りを聞いて火野はにやにや笑っている。

「わざわざ応援に来てくれるなんて、慕われてるよな。なあ、先生」

「先生はやめろ。……沼木はどこ行った?」

「トイレ。腹壊してるんだろ。試合の前もずっと籠ってたし。で、これからどうする。もう帰るか?」

「俺はしばらく試合を見るが」

「じゃ、俺も」と火野が同意し、「なら僕も」と部長はポテトチップスの袋に片手を突っ込んだまま応じた。一真は照樹の横に腰を下ろした。

一階ではすでに次の試合が始まっていた。

座席は後ろの列ほど高くなっているので、前から三列目の席でもスタジアムの様子はよく見えた。ロボットは虫のように小さいものの、時折響く衝撃音が臨場感を生んでいる。

「使いますか?」

照樹が双眼鏡を差し出してきたので、少しだけ覗かせてもらう。

他チームのロボットを観察し、その優れた機構に感心したり、独創的な戦法に膝を叩いたりしていたとき、丸い視界の端に人影が映った。たちまち目を奪われる。

その女は平行に並んだ二階席のちょうど反対側にいた。黒い半袖のシャツを着て、最後列の中ほどに座っている。そして、頭には紺色のニット帽。

端正な細面の顔。冷たく無機質な目元。

一真は双眼鏡を照樹に返し、とっさに立ち上がった。

「トイレ行ってくる」

女から目を離さないようにしながら、素早く座席のあいだを抜ける。突き当たりのドアを開けると細い廊下に出た。静まり返った廊下を駆けていくと、今しがた出てきたのと同じようなドアがあり、開けた先は二階席の反対側だった。こちらも観客がぎっしり詰まっていて見通しが利かない。一人で来たことを後悔する。

スマートフォンで工作本部のグループチャットにメッセージを送った。

『鬼界がいた。反対側の二階席だ。誰か来てくれ』

『鬼界って、あいつか?』火野が返信してきた。『俺が行く』

一真は観客たちに煙たがられながら、一番前の通路を進んでいく。

——鬼界。

今年の春、工作本部に入部してきた二年生の女子。3Dプリンターを部に寄贈した途端、煙のように姿をくらませた謎の部員。一真たちが作ったロボット〈キカイキ〉の名は、工作本部のロボバト出場に大きく貢献した彼女の名前を冠したものだ。

結局、あれから鬼界の正体はわからずじまいだった。行動に不可解な点が多く、工作部のスパイという説にも素直に頷けない。

鬼界はいったい何者なのか。

あれから四ヶ月間、胸にわだかまっていた謎の答えが、今目の前にある。

そんなことを考えた矢先、通路を塞ぐキャリーバッグの群れに行く手を阻まれた。遠征してきたどこかのサークルの荷物だろう。マナー違反に苛立ちつつ引き返したところで、火野が追いついてきた。後ろには部長もいる。

「どこにいる?」

「ここからは見えないが、もっと奥にいるはずだ。こっちは通れないから――」

と、そこでスマートフォンが鳴った。照樹からの電話の着信だった。

『メッセージ見ました。先生、鬼界を捜してるんですか?』

「……どうして君が鬼界を知ってるんだ」

グループチャットには照樹も招待していたが、これまで鬼界の存在に言及したことはなかったはずだ。個人的な知り合いなのだろうか。

『あいつの正体が知りたいんです。お願いします。捕まえてください』

鬼気迫った照樹の要請に面食らう。一真としては、もう一度鬼界に会って疑問を解消したい、という程度の気持ちだったのだが、こんなふうに頼まれては穏やかに済ませるわけにはいかなくなった。

「わかった。じゃあ、そっちから双眼鏡で捜してくれないか。たぶん最後列の――」

あ、と照樹が声を上げた。

『鬼界、見つけました。出入口の近くです』

やってきた道を引き返すと、ドアの近くで沼木に遭遇した。暑さに耐えかねたのかマスクは外していた。

「沼木、鬼界を見なかったか？」

「鬼界？」沼木は微妙に目を泳がせた。「ああ……いや、気のせいかも」

「それでもいい。どこにいた？」

「さっき、廊下ですれ違ったよ」

鬼界は火野が来るのとすれ違いに廊下に出たのだろう。一真は先陣を切って走り出した。ドアを通り、人のいない廊下を駆け抜ける。

スマートフォンが鳴った。走りながらちらりと画面に目をやって、唖然とした。メッセージの送信者は妹の紫音で、このタイミングで連絡してくるのも奇妙だったのだが、何より驚いたのはその文面だった。

『何で鬼界を捜してるの？』

あまりのことに足が止まったが、考えている暇はない。歩きながら素早く返信する。

『あいつには聞きたいことがある』

『鬼界の居場所なら、二階席の西側。前から三列目にいるよ』

自分たちが最初にいたのは確か西側だった。鬼界の足取りとしては符合する。

ドアを開けて三列目の通路へと進む。久々の激しい運動に息が上がってきた。観客の顔を隈なくチェックしながら歩いていると、向こうから照樹が近づいてきた。どこか上の空の表情だった。

「どうした？」

一真が声をかけると、彼はそこで初めてこちらに気づいたようにびくりと顔を上げた。

「何でここに……いや、たぶん気のせいです。鬼界は捕まらなかったんですか？」

「取り逃がした。こっち側に来てるって聞いたんだが」

「え？　あっちにいましたよ」

照樹が指さしたのは反対側——東側の二階席だった。

照樹の双眼鏡を借り、半信半疑で目に当てる。

「……いた」

最初に見たときと寸分違わず同じ席に、鬼界は座っていた。体育館をぐるりと一周した疲れなど欠片も覗かせず、凍ったような無表情を保っていた。

二階席の北端にある体育館内の階段を下りて、一階を突っ切り、東側の二階席に上がったのだろうか。直線距離は三十メートル程度とはいえ、人間に可能とは思えないスピードだ。その上、試合中のスタジアムの真横を走り抜けたら目立つだろうに、周囲の観客たちはいたって平然としている。ますます謎が深まっていく。

「照樹くん、ここで一階を見張っててくれ。鬼界が階段を下りて逃げようとしたら連絡してほしい」

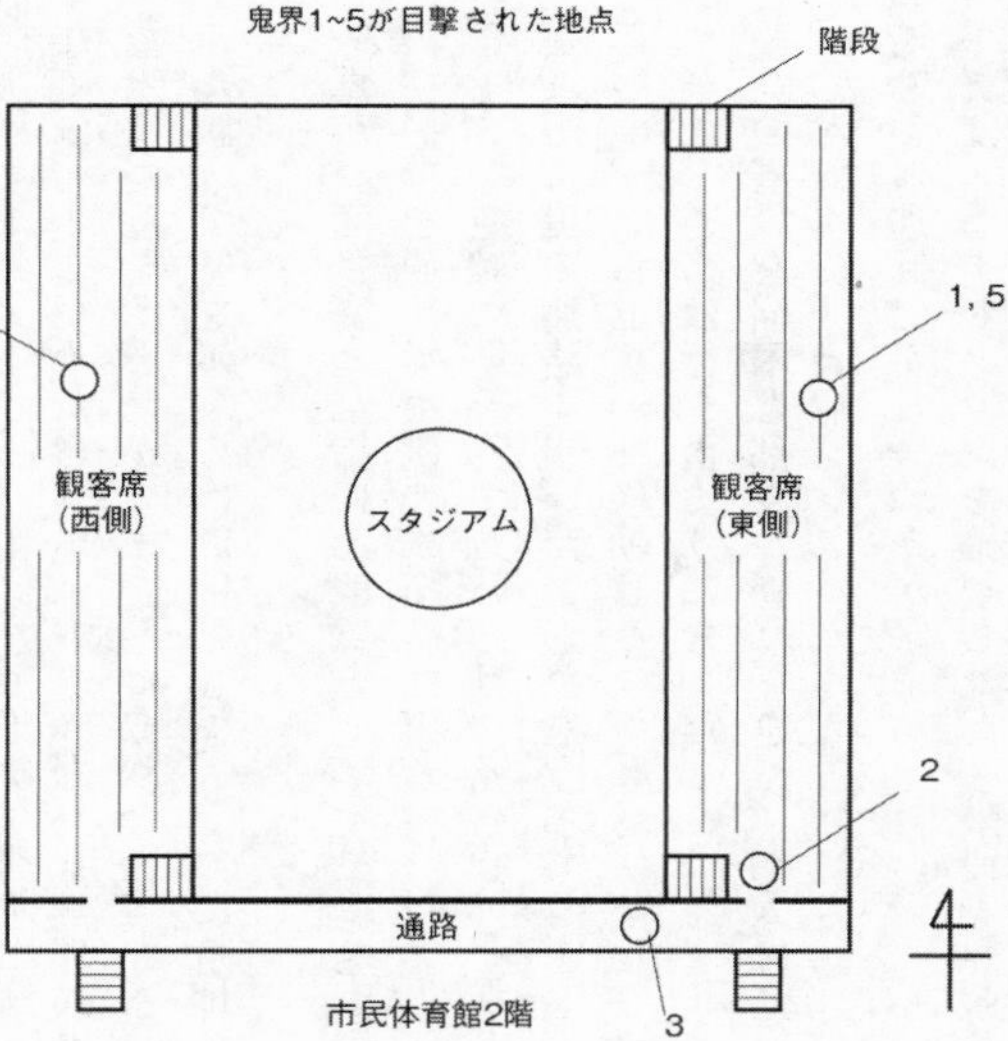

「わかりました」と照樹は生真面目な顔で頷いた。

一真は踵《きびす》を返してドアの方面へと向かう。慌ただしい往復に疲れ切って、その足取りは重かった。廊下に出ると、疲れた顔をした火野と沼木、部長と出くわした。

歩きながら三人に事情を話すと、火野は面白がるように言った。

「やっぱりあいつ、機械なのかもな」

「鬼界はキカイなのか」

「あいつが廊下を通ってたら俺たちも気づいたはずだし、階段を下りて一階を横切ったってのも時間的に無理がある。何より目立つしな。だったら、空を飛ぶしかねえだろ」

火野は人差し指を上に向け、放物

線を描いてみせる。

「観客はスタジアムに集中してるから、誰も上を見てない。鬼界はその盲点を突いた。めちゃくちゃな飛距離の大ジャンプで西側から東側に飛び移ったってわけだ」

「なるほど……だったらロボットじゃないと無理があるね」

沼木は同意を示したが、まともに取り合っているわけではないだろう。

「百歩譲って空を飛ぶのはいいとして、どこに着地するんだ。二階席は人で埋まってるんだぞ」

一真が真面目腐った指摘をすると、「だな」と火野はあっさり応じた。

再びドアを通って東側の二階席に出る。

今度こそ絶対に見落とすまいと目を光らせ、一真と火野は前から二番目の通路を、沼木と部長は一番奥の通路を歩いた。通路をうろちょろしている四人組に怪訝な目を向ける者はいるものの、立ち上がって移動したり、顔を伏せたりする者は見当たらない。

やがて、通路は行き止まりになった。

壁際の階段を沼木と部長が降りてきた。四人は互いに顔を見合わせる。

「いないな」

「階段から逃げたんじゃねえか？」

一真はスマートフォンを確認したが、階段を見張っていた照樹からのメッセージは届いていない。双眼鏡を持っている彼が鬼界の動きを見過ごすだろうかと訝りつつ、体育館の反対側、二階席の西側に目を向け、硬直する。

「どうしたの？」沼木が怪訝そうに訊く。

「照樹くんがいない」

五つ並んだ空席に人影はなかった。目を凝らして周囲を探ったが、照樹らしき人物は見当たらない。

――いったい何が起こっている？

一真が深く考えに沈んでいると、部長の間延びした声が聞こえた。

「まあつまり、照樹くんが持ち場を離れた隙に、鬼界さんは階段を下りたんだろうね。とっくに体育館を出てると思うよ」

「何か、おかしくないですか」

「大いにおかしいねえ」

部長は頰の肉を震わせて笑い、この状況の奇妙な点を列挙する。

「まず、先生から頼みごとをされたばっかりの照樹くんが、すぐさま任務を放棄するのは変だね。鬼界さんが物理的にあり得ない逃げ方をしたり、体育館をぐるっと一周した後、もとの席に平然と座ってたりするのもおかしい。廊下には階段もあるし、そこから外に逃げられたはずなんだから。あと、月浦くんの妹や照樹くんが鬼界さんのことを知ってるのも不可解だよね」

鬼界は意外と顔の広い人物なのだろうか。そこで火野が口を挟んだ。

「ちょっと思ったんだけどさ、月浦、メッセージを送ってきたのって本当に妹か？」

「妹のアカウントから来たんだが」

「アカウントごと鬼界に乗っ取られてるんじゃねえか？　あいつは妹のふりをして、月浦にメッセージを送ったんだ。それでおまえの行動を誘導した。メッセージの文面を思い出してみろ」

――鬼界の居場所なら、二階席の西側。前から三列目にいるよ。

『紫音』を名乗るアカウントはそんなメッセージをよこした。

「月浦は二階席の東側で、沼木が廊下で鬼界とすれ違ったって話を聞いた。その直後、鬼界が西側にいるって聞かされたもんだから、あいつが廊下から体育館に戻ったと思い込まされた。本当は、廊下の階段を下りて外に逃げてたんだ」

鬼界が西側に来ていなかったとしたら、人間の限界を度外視した大ジャンプを仮定する必要はなくなる。一瞬納得しかけたが、致命的な矛盾に気づいた。

「俺が西側に戻ったとき、鬼界は東側にいた。照樹と一緒に確認したんだから間違いない。おまえの話だと、とっくに廊下から外に逃げてるはずだ」

「そのときだけ席に戻って、月浦が視線を外した隙に逃げ出したんだろ」

「何でそんな面倒なことをするんだ。それに、紫音がアカウントを乗っ取られたりするわけがない。あいつはむしろ、人のアカウントを乗っ取るほうの人種だ」

それは知らねえけどさ、と火野は困惑気味に言って、

「少なくとも、空を飛んだってよりマシな説明だろ。それに、メッセージを送ったのは妹本人かもしれない。おまえの妹が、鬼界に協力したってわけだ」

反射的に言い返そうとしたが、言葉が出てこなかった。

今の状況が不自然であることに一真は薄々気づいていた。互いに矛盾する証言に、不可解な動きをする証人たち。一連の出来事には間違いなく、誰かの作為が働いている。

――誰かが嘘をついている。

「ここで言い合っても仕方ないよ。まずは鬼界を捜さないと……」

沼木の提案に従い、四人は廊下へ出た。

階段で一階のロビーに下りている途中、男女が言い争うような声が聞こえた。その一方が照樹の声だと気づき、慌てて駆け下りる。

出入口の脇で照樹と相対しているのは、高校生くらいの少女だった。長い茶髪にぱっちりとした目元。顔の下半分はマスクで覆っている。

一回り背の高い少女を見上げ、照樹は必死の形相で訴える。

「いいから、早く返してくださいよ。今なら大事にはしませんから」

対する少女は腕を組み、余裕の態度で応じる。

「何か証拠があるわけ？　それとも、あたしを身体検査したいの？」

丈が極めて短いスカートの裾をつまみ、ひらひらと揺らしてみせた。顔を赤くした照樹が反論しようとしたところに、一真が割り込んだ。

「照樹くん、何があった」

彼はこちらの姿を認め、今にも泣き出しそうな顔で少女に指を突きつけた。

「こ、この人が、僕の財布を盗んだんです」

照樹の説明によると、彼は双眼鏡で鬼界を見張っていたとき、足元に置いていたリュックサックが動いたような気がして、とっさに周囲を見た。すると、茶髪の少女が足早に歩き去っていくのが目に留まった。リュックを開けて財布を盗まれたことを知ると、慌てて追いかけたのだという。

「財布の特徴は？」一真は訊いた。

「ええと、革製の二つ折りです」

「中身はどのくらい入ってた？」

「現金は五千円くらいで、あとはポイントカードと……あ！　家の鍵」

「鍵を財布に入れてるのか」

「キーホルダーみたいにまとめてるんです。別にしてると失くしたりするので」

現金と鍵をセットで盗まれたのはかなり痛い。それにしても、財布に五千円入っているとは中学生の割になかなかやるな、と関係ないことを思う。

一真はそれとなく少女の全身を観察する。

上半身は夏用らしい薄手のタンクトップ、下半身はポケットのないミニスカート。足元は踵の高いサンダル。しかもバッグのたぐいは持っていないので、二つ折りとはいえ、財布を隠せる場所はなさそうだ。考えられるとすればスカートの中だが、周囲の観客の目がある中でそんなところに物を押し込めるだろうか。照樹には分が悪い状況だ。

一真は照樹との距離を詰め、小声で訊いた。

「盗んだのは本当に彼女なのか」

「間違いないです。僕が追いかけたら、慌てた感じで逃げ出したんですから」

「だったら、逃げる途中で中身だけ抜き取って捨てたか、誰かに渡したのかもしれない」

照樹は記憶を探るように眉を寄せ、首を振った。

「……それはなかったと思います。追いかけてる最中、ほとんど目を離してませんし」

「だが、彼女はおそらく一人でここに来たんじゃない。きっと同行者がいる」

「どうしてわかるんですか?」

「手ぶらだからだ」

今どきの高校生がスマートフォンや財布を持たずに外出するとは思えない。彼女の服にはポケットが見当たらないので、それらはバッグに入れているのだろう。だが、貴重品入りのバッグをそのあたりに放置するのは不用心だし、コインロッカーを使ったとしたら、今度は鍵を持ち歩かなくてはならない。その鍵も彼女は持っていない――

答えは一つ。バッグは彼女の同行者に預けているのだ。

ここまでの推理を照樹は瞬時に理解したようだ。少女に向き直って言う。

「あなたと一緒にここに来た人がいるはずです。その人に会わせてください」

思わぬ申し出に、少女はやや狼狽えたように見えたが、マスクのせいではっきりしない。

「いないよ、そんなの」

「嘘をつかないでください。いい加減にしないと、警察を呼ぶことになりますよ」

その途端、少女の眼に燃えるような怒りが宿った。

「……あんたこそ、盗撮犯のくせに」

「え?」

「忘れたなんて言わせない。あたしを撮って、ずっと脅し続けてきたんだから」

照樹は急な告発に動転したらしく、顔から血の気が引いていた。さすがに静観していられないので、一真は二人のあいだに割って入り、少女に訊いた。

「よくわからないんだが、君は、彼とは初対面じゃないか?」

そう訊いた途端、少女ははっと我に返ったようにこちらを見返した。

くるりと方向を変え、一目散に駆け出す。

サンダルを鳴らし遠ざかっていく彼女の背中を、その場にいた全員が呆然として見送った。

やがて火野が、硬直したままの照樹に訊く。

「本当にあの子知らねえのか? 絶対何か恨み買ってるだろ」

「……人違いですよ。盗撮なんてするわけないですから」

照樹が苦しげに口にしたその単語が、一真の頭の中の回路にぱちりと嵌まった。

人違い——

謎が全て解けたわけではない。だが、着実に真相へと近づいている。

一真はスマートフォンのカメラを照樹に向け、シャッターを切った。

ぱしゃり、という無遠慮な音に、照樹はぎょっとして目を剝いた。パパラッチに突撃された芸能人めいたスナップショットが撮れた。

「な、何ですか。それこそ盗撮じゃないですか」

「ただの記念写真だ。……ちょっと待っててくれ」

それからメッセージアプリを立ち上げ、妹に写真データを送る。

『おまえたちが追ってる奴は彼か？』

即座に返信が来る。

『どこまで知ってるの？』

この反応があれば証拠としては十分だ。

『どうせまだ体育館にいるんだろう。盗んだ財布を持って、一階のロビーに来い』

返事はなかったが、やがて階段を下りてくる足音がした。

現れたのはジーンズに無地のTシャツという飾り気のない格好をした、どこにでもいそうな平凡な少女だ。それゆえに実の兄の目を逃れ、群衆に溶け込むことができた。

紫音はばつの悪そうな顔で、ロビーに勢揃いした一同を見渡した。

「……何の集まり？」

「鬼界に踊らされた奴らの集まりだ」

そう答えて、一真は右手を差し出した。紫音は素直に持ってきたものをその手に載せる。二つ折りの黒革の財布だ。ファスナーの金具に銀色の鍵が揺れている。

財布を返された照樹は、信じられないような顔で中身を調べた。

「全部ちゃんと入ってます。でも、何で――」

「後で説明する。その前にお願いなんだが、窃盗の件を警察に届けないでほしいんだ」

さすがに照樹は釈然としないらしく、やや眉をひそめた。

「一応返っては来ましたけど、盗みは犯罪ですよ。どうしてかばうんですか」

自分の妹だからと明かすのはフェアではない気がして、代わりに言った。

「君だって嘘をついてたんだから、おあいこだろ。なあ、鬼界くん」

冷水を浴びせられたように、照樹はたちまち蒼白になった。

「まず前提として、鬼界は一人じゃない。何人もいる」

一真がそう切り出すと、さっそく火野が口を挟んだ。

「鬼界は俺たちが追いかけてた女だろ。他にもいるってどういうことだ」

「あの女は本物だ。――いや、本物じゃないかもしれないが、今のところ、本物の可能性がある唯一の〈鬼界〉だ。ひとまず、あいつを鬼界一号と呼ぶ。彼女が鬼界だと知っていたのは、俺たち工作本部の四人だけだ」

照樹くん、と一真は呼んだ。

「俺が二階席の東側にいたとき、そっちに鬼界がいると電話で教えてくれたな。あのとき君が見つけた鬼界っていうのは、こいつのことじゃないか？」

一真に指を差された沼木は、いたたまれないように下を向いた。

「そうです、この人です」と照樹は頷く。「でも、工作本部の人だとは知りませんでした」

「知らないのは無理もない。沼木はこの会場に来てから、トイレに行くとか言ってずっと席を外してたし、汗だくなのに試合中はマスクを外さなかった。照樹くんに顔を見られたくなかったからだ。そうなんだろ？」

視線を向けると、沼木は疲れたような苦笑いを浮かべた。

「まあね……全部自白したほうがいい？」

それは後回しだ、と一真は素っ気なく答えて話を続ける。

「つまり、沼木は鬼界二号。こいつを鬼界だと思っていたのは照樹くん一人だ。彼は二階席の東側、その出入口付近に鬼界二号を見つけて、俺に電話した。俺と火野、部長は出入口に戻り、沼木と鉢合わせた。そこで沼木はこんなことを言った」

――さっき、廊下ですれ違ったよ。

「だが、俺の考えではこの時点で鬼界一号は席を離れていない。俺たちが西側に戻ったとき、彼女はまったく同じ席にいたからだ。一度廊下に出て沼木とすれ違い、席に戻ったにしては時間が短すぎるし、沼木以外の部員が目撃していないのはおかしい。だから、廊下に鬼界がいたというのは沼木の嘘だ。おそらく俺たちの目を体育館の外に向けさせ、鬼界一号が捕まらないようにするためだろう。彼女からそういう指示を受けていたのかもしれない」

今度は、一真は傍らにいる妹に目を向ける。

「俺が廊下に出たとき、紫音からメッセージが送られてきた。こいつはなぜか俺たちが鬼界を追っていることを知っていて、二階席の西側の前から三列目に鬼界がいると教えてくれた。だが、例によってここにも人違いがあった。指示された場所にいたのは照樹だったんだ。鬼界三号が照樹だったとすると、話は繫がる」

紫音は照樹が鬼界だと思っていた。そして、照樹から財布を盗んだ少女はずっと照樹に脅されていたと話していた。一真はこれらの事実を総合して、この二人の女子高生が手を結んでいると推測した。

紫音の隣には、先程連れ戻した茶髪の少女がいる。今はマスクを取っていた。目元だけに濃いメイクをしているのは変装のためだろう。髪を染めているのも同じかもしれない。

「君、名前は？」

「水城史夏です。紫音とは同じクラスなんですよ」

ヤンキー風の物腰はやはり演技だったらしく、史夏の態度は素直なものだった。

「君たちはどうして〈鬼界〉の財布を盗んだ？」

これには紫音が答えた。

「財布についてた鍵で〈鬼界〉の家に忍び込むつもりだった。住所はもう突き止めてたし、あとは鍵さえあれば侵入できた」

「そうか、照樹くんのスマホをハッキングしたんだな」

一真がそう言った途端、紫音の表情が明らかに強張った。

「……何でわかったの？」

「何でって、そうとしか考えられないだろ。おまえたちは工作本部のグループチャットを盗み見して、俺が鬼界を追っていることを知った。だが、何でわざわざ奴の居場所を教えてくれたんだ？」

「何かおかしなことが起きてる気がしたから。〈鬼界〉は自分の名前を一真に隠してるのに、一真たちは鬼界って人を捜してる。もし一緒にいる照樹って子が鬼界だと教えたら、何が起こるのか観察しようと思った」

「都合よく実験台にされたわけだな。おまえたちがここに来たのも、俺と照樹の関係を見定めるためか？」

紫音は頷いた。

「半分はそう。私はずっと〈鬼界〉の通信を監視してたから、彼が一真と連絡を取って、ロボトの大会に来ることを知った。行動に出るなら今日しかないって思った。それに史夏も今日〈鬼界〉に呼び出されてたから、その付き添いって意味もある」

「史夏さん、ここに呼ばれてたのか？」

「はい」と史夏が口を開く。「でも、ただ会場に来いってだけで、それ以外の指示が何にもなかったんです。変だなって思ってたんですけど、せっかくだし計画を実行しようって紫音と決めて」

「それで、俺たちのすぐ近くの席についたのか」

「え、気づいていたんですか？」

「今気づいた。史夏さんが盗んだ財布を隠せたのは、盗んだ直後だけだ。すると協力者は手が届くほど近くにいたということになる。ましておまえたちは〈鬼界〉を見張るために来たんだから、俺に見つかる危険を冒しても、近くの席を選ぶのには合理性がある。そうまでして〈鬼界〉の家に侵入したかったのは、史夏さんの動画を盗み出すためか？」

紫音と史夏はそろって首肯し、温度の低い目で鬼界三号をねめつけた。

照樹は怯えるように首をすくめ、悲痛に訴えた。

「でも、僕の家に動画なんてないですよ。史夏さんの顔も知らなかったし」

「本当に？」

「本当ですよ！〈鬼界〉は僕のスマホを遠隔操作して史夏さんにメールを送ってました。二人のやり取りを読んで、〈鬼界〉が何かの動画をネタに史夏さんを脅してたのには薄々気づいてたけど、詳しい事情は知らなかったんです」

おそらく照樹は、史夏に盗撮犯呼ばわりされたとき、彼女が〈鬼界〉の脅していた相手だと気づいたのだろう。だからあれほど動揺したのだ。

「夜の公園で紫音さんと会ったときも、僕はイヤホンで指示された通りに喋ってただけです。話の内容はまったく理解できませんでした」

「なるほど。ニット帽を被ってたのは、イヤホンを隠すためだったんだ」

ここで一真は、もう一人の〈鬼界〉である沼木に水を向ける。

「照樹くんを脅してたのはおまえか？」

〈鬼界〉にイヤホンで指示された通りにね……といっても、彼の場合は脅しというより交渉だった。ある事件の情報を教える代わりに、〈鬼界〉の指示に従うように伝えただけ。そこから先はノータッチだから、まさか照樹くんも〈鬼界〉として振る舞うように命令されてたとは知らなかったけど……」

「なるほど。じゃあ、鬼界一号はどうやっておまえを脅した？」

沼木は目で何かを訴え、軽く顎をしゃくった。視線をたどると部長がいる。いつの間に買ってきたのか、チョコレートの棒アイスを泰然と齧《かじ》っていた。

「あれか」

「うん。部室に監視カメラが仕掛けられてた。あのロボットの人形……」

それだけで一真は事情を理解した。

沼木が部長のフィギュアを盗んだ事件。その一部始終を鬼界一号に録画され、脅しのネタにされていたのだろう。愛蔵のフィギュアを奪われたと知った部長が怒り狂い、人型の災害と化して暴れ回るさまを想像すると、沼木が鬼界一号に従わざるを得なかったのも頷ける。

それにしても、〈鬼界〉が史夏を会場に呼び出したことが妙に引っかかる。

「照樹くんも〈鬼界〉に呼び出されたのか？」

「そんな命令は受けてないです。まあ、元々先生たちの試合は見に行くつもりだったので、指示があったとしても同じですけど」

「沼木は？」

「なかったよ。どうせ試合に出るんだから、行くに決まってるけど……」

〈鬼界〉の配下である三人の中で、なぜ史夏だけに会場行きの指示が下ったのだろう。いや、〈鬼界〉は史夏が会場に来るつもりだと知らなかったからこそ、彼女に指示したのかもしれない。照樹と沼木に指示を下さなかったのは、二人が元々会場に来るつもりだと知っていたから。つまり、〈鬼界〉は彼ら三人を会場に集めたかった——というのは思考の飛躍に過ぎるだろうか。

ともかく、この錯綜した状況を整理しなくてはならない。誰が誰に〈鬼界〉だと思われているかを軸に考えていくと、それぞれの関係性は次のように表すことができる。

謎の女（鬼界一号）——一真、火野、部長、沼木（鬼界二号）
沼木（鬼界二号）——照樹（鬼界三号）
照樹（鬼界三号）——紫音、史夏

こうして並べてみると数珠繋ぎのような構造が見えてくる。鬼界二号は一号の指示に従い、三号は二号に、史夏は三号に従ってきた。もし一号も「本物の鬼界」ではないとしたら、鬼界マイナス一号やマイナス二号が前行にずらりと並ぶことになる。彼ら三人も氷山の一角に過ぎず、もっと巨大な構造の一部というわけだ。

謎のシステムを作り上げた存在を不気味に思いつつ、一真は少し気になっていたことを沼木に訊いた。

「ところで、照樹くんの交渉材料になった事件って何だ？」

「僕もよくは知らない。確か、Q大の学生が自殺した事件だったような……」

火野に視線で促され、顔を伏せた照樹は訥々《とつとつ》と語り出した。

「……どうしても納得できなかった。あの人が、自殺なんてするわけないって」

照樹には昔からよく遊んでもらっていた年上の女性がいて、彼女はQ大の院生だった。彼女は当時付き合っていた男性が自殺すると、その翌々年である今年の二月、後を追うように自殺した。自殺の方法は彼氏とまったく同じ、睡眠薬を使用した浴槽でのリストカット。他殺ではありえない状況だったが、照樹は彼女が自殺したとは信じられなかった——

これと非常によく似た話を、一真はすでに聞き及んでいた。

「もしかしてその女性って、前に話してくれたマリーのことか？」

「あ、はい」

「だったら、本名は白河真凜だな」

照樹の目が驚きに見開かれる。

「……知ってるんですか？」

マリーという人物にまつわる過去の事件について、照樹から相談を受けたのは先月のことだ。話を進めるうえで、登場人物はみなニックネームで呼んでいたから、そのうちの一人が知人であるとは思いもよらなかった。

「白河さんには高校のとき、塾で教わってたんだ。自殺したって聞いて俺も驚いた。そういう人には見えなかったからな。だが、自殺のきっかけが彼氏の死だったとしたら、後追いを考えるほど精神的に参っててもおかしくないとは思う。照樹くんはどうして自殺じゃないと――」

「白河、真凜……」

そんな呟きが聞こえて振り向くと、火野が真剣な顔でこちらを見ていた。

「その人、兄貴の彼女だ」

思い切り横っ面を叩かれた気分だった。

「何だって。白河さんと、おまえの兄貴が付き合ってたのか？」

「ああ、警察から聞いた」

「……自殺だったのか」

「照樹くんが言った通り、マンションの風呂場で手首を切ったんだ。間違っても自殺するような奴じゃないからびっくりしてさ、もしかしたら誰かに殺されたんじゃないかと思った。でも部屋は密室で、自殺としか考えられない状況だった」

火野の兄は啓太郎というらしい。白河真凜が死別した恋人が啓太郎なら、鬼界の企てに巻き込まれた三人はこのカップルを介して繋がっていたことになる。このリンクが偶然かどうかはともかく、照樹が〈鬼界〉と交渉して手に入れようとしていた「ある事件の情報」は見当がつく。

「彼女が死んだ理由を教える、とでも鬼界に言われたのか?」

照樹に訊くと、少し違います、と彼は答えた。

「白河真凜は殺されたって鬼界は言ってました。現場を密室にして警察の目をかいくぐった、狡猾な犯人が存在するって。鬼界はその犯人を突き止めるために、僕の力を借りたいんだそうです」

「かなり怪しい申し出だが、照樹くんはそれを信じたのか?」

「鬼界がマリーの友達ってことは知ってたし、他に手がかりもないので協力することにしたんです。でも鬼界が僕に頼んだのは、〈鬼界〉のふりをして人に会うとか、こっそり会話を録音するとか、関係ないような仕事ばかりだったし、事件について教えるっていう約束も果たしてくれないから、だんだん怪しく思えてきて。決定的だったのは、マリーの友達だった鬼界と、僕に指示する〈鬼界〉が別人だと気づいたときです。あなたは誰だって訊いたけど、結局はぐらかされちゃって」

そこで照樹が非難するような目を向けたのは、はぐらかした張本人である鬼界二号、沼木だった。沼木は口元を歪めて苦笑した。

「僕も操られてたんだけどね……でもそんな大ヒントがあったのに、これまで鬼界のやり口に気づかなかった僕も悪いかな。まさか部外者の月浦に先を越されるなんて……」

鬼界が鬼界を操り、新たな鬼界を製造する。この『鬼界システム』とでも呼ぶべき仕組みは、何のために作り上げられたものなのだろう。

もしかしたら、と呟いて沼木は自説を述べる。

「鬼界は本当に、白河さんが死んだ理由を突き止めたいんじゃないかな。事件についての情報を効率的に集めるには、人海戦術を使うのが一番手っ取り早い。そこで、他人を脅して情報集めの駒にする方法を思いついた……」

「たぶん、それはないです」

と、小さく手を挙げたのは史夏だった。

「あたしは白河真凜って人も、火野啓太郎って人も知りませんから。それに、鬼界があたしに命令したのは、紫音のスマホのロックを解除することだったし、自殺した二人とは全然関係ないと思います」

鬼界が紫音に何を求めていたのかはさておき、真凜の周辺を探っているのではなさそうだ。本人も自覚していない、意外なところで繋がりがあるのかもしれないが。

「で、これからどうするんだ？」

しばらく沈黙が続いたところで、火野は一真に向かって言った。

「結局、鬼界一号が俺たちの弱みを握ってるのは変わらねえし、これまで通り命令に従うしかないんだろ。鬼界が何を企んでいようが、俺たちには止められない」

「奴を捕まえて警察に突き出せばいい。脅迫は立派な犯罪だ」

「本当にそうか？　むしろ、奴が警察に捕まったら困るやつもいるだろ。照樹くんは白河真凜の事件について知りたくて、自主的に鬼界に協力してる。史夏さんの動画はよくわからねえけど、世に出たら困るものなんだろうな。沼木はフィギュアを——」

部長がこの場にいることを思い出したか、火野は咳払いして茶を濁した。

「——そんな対価の割に、鬼界の指令はヌルすぎる。〈鬼界〉を名乗って人と会ったり、ちょっとした指令をこなしたり、その程度のことなんだろ。どう考えたって鬼界を裏切るのは損だ。リスクに合わない」

「だからって、得体の知れない奴の命令に従い続けていいのか？　巡り巡って、とんでもない悪事に加担させられてるかもしれないんだ。このまま放置はできない」

一真はまわりを見渡したが、期待していたような反応は返ってこなかった。

照樹と沼木は俯き、史夏は悔しげに唇を噛み、紫音はぼんやり中空を見つめ、部長はアイスバーの棒を意地汚く舐め続けている。

そして火野は、片頬を吊り上げて笑った。

「月浦ってさ、好奇心旺盛だよな」

「いきなり何だ」

「自分が知らないことなら何でも知りたくなっちゃうんだろ？　自分と関係ない世界のことに興味を持って行動できる奴のことは、おまえも含めて素直に尊敬してる。俺とは真逆だからさ。俺は自分に関係あることしか知りたくないし、それ以外のものはどうでもいいと思ってる。だから——」

「兄貴を殺した犯人が知りたいんだろ」

火野らしくない回りくどさに辟易し、一真は話を遮った。

「白河さんの死は、明らかに火野啓太郎の死と繋がってる。鬼界をこのまま泳がせ、照樹に真相を明かすまで待てば、ノーリスクで兄貴の死の真相を知れるわけだ」

「軽蔑したか？」

「……いいや」

身内を殺されたことのない人間に、火野を非難する資格はない。

もし紫音が自殺したとしたら、自分はその真相を知る絶好の機会をみすみす逃したりはしないだろう。たとえ鬼界が約束を守る保証などなかったとしても。

一真は黙りこくっている二人の〈鬼界〉と史夏に目を向けた。

「火野はこう言ってるが、どうするかは自分たちで決めてほしい。このまま鬼界の指示に従うか、指示を無視して反乱を起こすか」

最初に意思表明をしたのは照樹だった。

「僕はこれまで通り、鬼界に従います。正しいやり方じゃないかもしれないけど、どんな手を使ってでもマリーの無念を晴らすことに決めたんです」

アリスのためにも、と微かに呟くのが聞こえた。

「僕も続けるよ」あっさりと沼木は言った。「火野と照樹くんに反対する理由もないし、何よりペナルティが怖いから……史夏さんは？」

「あたしは……」

史夏は戸惑うように視線をさまよわせ、紫音に目を留めた。兄には見せたことのない優しい顔で、大丈夫、と紫音は囁く。

その励ましに力を得たように、史夏は言った。

「あたしはもう、鬼界に命令されて誰かに嘘をついたり、傷つけたりしたくないんです。それには鬼界を捕まえて、警察に突き出すのが一番いいんだと思います。でもそれは、鬼界の目的を突き止めてからでも遅くない。全部知った上で判断したいんです。鬼界を許すか、許さないか」

誰も返事をしない。息の詰まるような沈黙が降りる中、一真は手を挙げた。

「それなら提案がある。誰か手伝ってくれないか」

——鬼界一号を捜したい。

一真の提案に協力してくれたのは、意外なことにその場にいた全員だった。

俺も鬼界のことを全部知った上で判断したいと火野は言い、月浦の頼みならと沼木は頷いた。もう先生を裏切りたくないと照樹は呟いて、人捜しくらいなら鬼界も咎めないと史夏は応じ、だったら私も行くと紫音も同意した。そして、みんなが行くならと部長が慌てたように言い出して、すぐさま捜索範囲の分担が決められた。

鬼界一号が姿を消してから三十分程度。すでに車やバスで移動している可能性もある。今から追いかけて見つけられるかどうかは賭けだった。

だが、七人もいれば広く浅く網を張れる。

照樹は体育館の中を見回り、史夏と紫音は建物の周辺を、部長は近隣の喫茶店やコンビニをチェックする。火野は体育館に面した国道沿いを北上し、沼木は南下する。

一真が足を向けたのは体育館の東。その先には最寄りの駅があった。

このルートが一番可能性が高いはずだ。

焼けたアスファルトの上を走りながら、一真は考えを巡らせる。

鬼界一号は今日もニット帽を被っていた。真夏にそぐわない格好をするのは耳のイヤホンを隠すためだろう。彼女はやはり本物の鬼界ではなく、鬼界の駒なのだ。

だとすれば、Q大の二年生を名乗った彼女がその通りの身分である可能性は高い。市民体育館は大学からかなり遠いから、彼女が大学の近辺に住んでいるなら、移動には電車を使うのが便利だ。車持ちの大学生は少ないし、彼女はバイクに乗るような格好をしていなかった。

もちろん、追っ手を撒くためにどこかの店で時間を潰していたり、別の移動手段を用意していたりする可能性もある。その場合は、他の六人が幸運に恵まれることを祈るしかない。

日は傾いているが気温は高く、汗がとめどなく流れてくる。湿ったハンカチで額から首までを拭って、腕時計に視線を落とし、次の電車の出発時刻を確かめる。鬼界一号が一つ前の電車に乗っていたら走っても意味はないが、追跡の手を緩めるつもりはさらさらなかった。鬼界にはどうしても訊かなければならないことがあったからだ。

残り五分を切ったとき、ようやく私鉄の高架駅に到着した。改札を抜けたところで膝に手をつき、しばし息を整えて、階段を上がってホームに出る。

ホームをぐるりと見渡した一真は、ある一点に目が釘付けになった。

スーツを着た細身の若い男。

黒のスーツに黒のネクタイ、黒光りする革靴の取り合わせは喪服のようだ。彼はプラスチックのベンチに座ったまま、妙につるの太い黒縁眼鏡の下から一真を見据えていた。鬼界一号とよく似た冷たい眼差し。生気のない青白い肌。櫛目の通ったストレートの黒髪はニット帽で隠されてはおらず、両耳に白いワイヤレスイヤホンが覗いている。

他に誰もいないホームを横切り、一真はゆっくりと男に歩み寄った。

「また会ったね。月浦一真くん」

初対面の男にいきなり本名を言い当てられ、予感は確信に変わる。

「……おまえ、鬼界なのか？」

「君に伝えたいことがあってここで待ってたんだ。その前に、君からの質問に答えようか。僕に訊きたいことがあるはずだからね」

問い質すべき事柄は山のようにあったが、最初の質問は決まっていた。一真はマイク越しに声を聞いている鬼界に届くよう、はっきりと発音する。

「どうして俺を調べてたんだ？」

沼木、照樹、そして史夏。鬼界に操られていた三人は互いに無関係なようでいて、実際は一つの共通項で結びついている。

沼木は、一真と同じ工作本部の部員。

照樹は、一真が塾で教えている生徒。

史夏は、一真の妹である紫音の友達。

三人の中心には一真がいる。そして鬼界が彼らに下した指令の内容から考えて、次のようなストーリーが想像できる。

まず、鬼界一号は工作本部に入部することにより一真に接触した。部室に監視カメラを設置し、一真の監視を始めた。すると沼木が部長のフィギュアを盗むのを目撃したので、それをネタに沼木を脅し、彼もまた情報収集に利用した。そして鬼界の魔手は、一真の教え子である照樹に、やがて史夏に伸びた。史夏は一真との関係は薄いが、紫音のスマートフォンのロックを解除するよう命じられていたことから、一真とのメッセージのやり取りを盗み見る役だったと想像がつく――

と、論拠を並べて説明したかったが、それは鬼界の駒である三人が裏切ったことを教えるも同然なので口には出さない。

男――〈鬼界〉は視線を一点に固定し、仮面のような無表情を保っていた。図星を突かれた動揺も、的外れな推理への嘲笑もない。当然だ。彼は鬼界の指令に従っているだけで、彼自身はおそらく二人の会話の意味を知らないのだから。

彼や鬼界一号のような無機質で冷淡な態度は、イヤホンから流れる指令に機械的に従うことで生じているのだろう。脊髄反射と同じスピードで鬼界の言葉を聞き取り、発声し、行動する。タイムラグのない円滑な会話が成り立つのは、〈鬼界〉たちが己を殺し、システムの一要素としての役割に徹しているからだ。

やがて〈鬼界〉は質問の答えを発した。

「月浦一真のシステムを同定するためだよ」

簡潔だが理解できない言葉の並びに、自然と眉間に皺が寄るのがわかる。

「……意味がよくわからないんだが」

「システム同定のことは知ってるかな」

ああ、と一真は頷く。制御工学の講義で学んだ内容だった。しかし、人間をシステム同定するなんて奇妙な話は聞いたことがない。

「人間は無数の入力と出力を有するシステムだ。このたとえがわかりにくいなら、関数と言い換えてもいい。Xの多項式から成る関数Fの値をYとしたとき、Xが入力、Yが出力、そしてFが人間を表す。Xは感覚器官によって外界から得るあらゆる情報を含み、Yは意識的な行動と無意識的な反応のすべてを内包する。だからXとYの情報量は莫大で、Fも必然的に複雑怪奇な関数になる。でも、もしFの構造を完全に理解できたとしたら、理論上、その人間の行動パターンはすべて計算可能だ」

幼いころから僕にはそれができた、と〈鬼界〉は言う。

「他人を観察するだけで、その人の発言や行動を高い精度で予測できたんだ。さらに、この能力を使って他人を操れることにも気づいた。Fが既知であれば、望ましいYの値から逆算して、適切なXを求められるからね」

背後から地響きが近づいてくる。

振り向くと線路の先に接近中の電車が見えた。視線を戻したとき、〈鬼界〉の姿に微妙な引っかかりを覚えたものの、それは意識の表層に上がる前に消え去った。

「――つまり、おまえは超能力者だって言いたいのか」

「そんな超自然的な代物じゃない。手がかりを集めて推理し、一つの結論を導き出す。ただそれだけのことだ。君もよくやっているじゃないか」

「俺が？」

「君は部室のフィギュアを盗んだ犯人を突き止め、妹の友達の謎めいた行動から彼女の真の目的を推測し、寺内照樹が遭遇した過去の事件を解決した。何より、僕が君を調べていることに気づいた。これらもまた、一種のシステム同定と言えるだろうね」

ぞくりと怖気《おぞけ》が走った。鬼界は本当に一真のすべてを調べ上げているのだ。

「……一緒にするな。おまえがやってるのは悪質なストーキングだ」

「いいや、研究だよ。そして君は、僕の研究対象だ」

「他人を脅して操るのも研究の一環か？」

「情報収集のツールとして一番優れているのは人間だからね。同定した人間を使ってデータを集め、別の人間を同定する。そしてその人間もシステムの構成要素として取り込む。それを繰り返して僕はこのシステムを拡張してきた」

一真の予想は見事に当たっていた。まさに『鬼界システム』だ。それに〈鬼界〉の口ぶりからすると、システムに取り込まれた人数は四人程度ではなさそうだった。

「今、おまえの手下は何人いる？」

「二十九人」

鬼界は想像を遥かに上回る人数をさらりと告げて、

「現状のマスタースレーブ方式では物理的な限界に近い数字だ。それでも、最近までは問題なく稼働していた」

マスタースレーブ方式とは、複数のハードウェアを連携させる通信プロトコルの一種だ。「マスター」と呼ばれる一つのハードウェアが、その他の「スレーブ」を一方的に制御する。名前の由来は文字通り、主人と奴隷。

主人は奴隷の男の口を借りて、「そう、最近まではね」と続ける。

「君はもう気づいていると思うけど、あの体育館にはシステムの全構成要素を集めていた。オーバーホールが必要だったからだ。というのも――」

轟音とともに電車がホームに滑り込んできた。やがて停止してドアが開く。

「今日はここまでかな」

〈鬼界〉は話を打ち切って、ベンチから立ち上がる。

「来週の日曜日、午後五時に君を迎えに行く。ドライブがてら続きを話そう。行き先はまだ伏せておくけど、そこで君が重要な知見を得ることは保証する」

「胡散臭いな。身の安全は保障してくれないのか？」

「危害を加えたりはしない。君は白河真凜の代わりとなる貴重なサンプルだ。いずれは僕の協力者になってほしいとも思ってる。丁重にもてなすよ」

車両の開いたドアに向かって〈鬼界〉は歩き出した。電車で帰るつもりらしい。後を追うべきか少し迷ったが、鬼界の駒でしかない彼を追跡しても意味はないと考え直し、代わりにその背中に言った。

「日時は指定するのに、待ち合わせの場所は言わないんだな」

車両に乗り込んだ後で〈鬼界〉はこちらを振り向いた。

「指定する必要はない。その日、その時間、必ず君を迎えに行く」

不意に、一真は強烈な違和感に襲われた。

近所で大規模な葬儀でもあったのか、車両の中に大勢の喪服の集団がいたからではない。無表情な〈鬼界〉の口の端に、微笑のような歪みが生じていたからでもない。

この違和感の正体は、何だ。

「さよなら、月浦くん」

〈鬼界〉が言い終わるとともにドアが閉まったが、彼はドアのそばから動かなかった。一真は窓越しに彼の姿をよく観察し、電車が動き出す直前に気づいた。

男の耳にはワイヤレスイヤホンが嵌まっていなかった。

——いつからだ？

最初に遭遇したときは確かに白いイヤホンをしていた。一真が彼から視線を外したのはたった一度、電車の接近音に振り向いたときだけだ。その隙にイヤホンを外したとすれば、それ以降、音声通信を介した鬼界との会話は成立しないはずなのに、その後の男の言動に不自然な点はまったくなかった。

つまり、この男の正体は——

「……本物だったのか」

一真の微かな呟きが車内にまで聞こえるはずもなかったが、窓の向こう側で男は少し顎を引いて頷き、次の瞬間には視界から消えた。

遠ざかっていく電車を見送りつつ、まだ衝撃から立ち直っていない頭で考える。

電車は北へ向かっている。国道を北上していた火野なら次の駅で電車に追いつけるかもしれないが、たとえタイミングよく乗り込めたとして、彼が喪服姿の人々に紛れた「本物の鬼界」を捜し出すのは不可能だろう。鬼界がそこまで考慮して手を打っていたとしたら空恐ろしい計算高さだ。

それでも一応、火野に電話して現在地を訊いた。

『スーパーがある交差点のところだ。駅？　ここからじゃ遠いな。それがどうした』

「いや、いいんだ。俺たちの負けだよ」

『負け？』

「何でもない。鬼界一号は取り逃がした。撤収しよう。もう帰っていいって沼木と部長に電話してくれないか。照樹と紫音たちには俺から伝えるから」

『わかった。それで、これからどうするんだ？』

鬼界の目的を探ることについて訊いているのだろう。来週、鬼界と会うことになったと喉元まで出かかったが、言葉にする前に呑み込んだ。火野は今のところ鬼界に賛同している側の人間で、状況によっては向こう側に与《くみ》することもあり得る。いたずらに事態を混乱させないためにも、ここは自分一人で対処するつもりだった。

「あとは俺が勝手にやる。ありがとう、助かった」

そのまま電話を切ろうとしたとき、月浦、と火野が呼んだ。

『必要ならいつでも呼べよ。今回もおまえに任せっきりにはしたくねえからな』

「今回？」

『フィギュアのあれ、月浦が解決してくれただろ。沼木が犯人だっておまえが突き止めてなかったら、俺はとっくに工作部に戻ってたはずだし、工作本部としてロボバトに出ることもなかった』

「工作部に戻ってたら、今ごろ予選通過だ」

『まあ、あれだけ頑張って初戦敗退ってのはやっぱり虚しいけどさ。でも、おまえたちとロボバトに出れて楽しかった。だから月浦には感謝してるんだ。それを忘れるなよ』

「……ああ」

『体育館戻るのも遠いし、俺は電車で帰る。打ち上げは予定通りやるんだろ？』

今夜、工作本部の四人は大学近くの居酒屋で集まることになっていた。ロボバト出場を記念するとともに、出場に至るまでの苦労をねぎらう飲み会だ。たとえ正体不明の敵に狙われていようと、一大学生としてのささやかな日常は続いていく。

予約した七時までに店に来るようにと伝え、通話を切った。

今度は照樹に電話をかけようとして思い留まる。照樹のスマートフォンは鬼界に監視されているので、連絡には体育館の公衆電話を使うと言っていたからだ。

紫音にテキストメッセージを送る。妹は極度の電話嫌いだった。

『鬼界は取り逃がした。もう帰っていい。照樹くんにもそう伝えてくれないか。彼はまだ体育館にいるはずだから』

『わかった』

一秒足らずで返信が来た。さすがは女子高生ハッカーだと思っていると、続けてもう一つメッセージが届いた。

『どうして私がハッキングしたって気づいたの？』

内心首をひねった。なぜ今さらそんなことを訊くのか。

『照樹くんのスマホに侵入できるのはおまえくらいだろ。ウイルスでも使ったのか?』

『そんなことができるって話したことないのに』

『そうか? 俺はずっと前から知ってたが』

思い返せば、紫音の口から直接聞いたことはなかったかもしれない。だが、中学時代の妹が隠れて何をしているかは自然と察していた。ヒントはいくらでも転がっていた。机に放り出された専門書。不正アクセス禁止法による逮捕者のニュースに青ざめた顔。深夜、部屋から洩れ聞こえるタイピング音。苛立ち交じりの呟きと、祈るような囁き。

――お願い、動いて……NCボマー。

学校に馴染めず、他人に対して恐怖と憎悪を抱いていた紫音が、自身のプログラミング技術を攻撃的な方面に研ぎ澄ませていった――というのはそれほど突飛な想像でもないだろう。

『なんだ。そうだったんだ』

その返信が届くまでに丸々一分かかった。

妙な反応の遅さに首を傾げつつ、さてどうやって帰るかと時刻表を眺めていると、急にスマートフォンが震え出した。発信元は土御門と表示されている。どうして部長が、と奇妙に思いつつ電話に出た。

非機械的要素

「――わかった。そっちも気をつけろよ」

一真は通話を切ると、腰かけていたベッドから立ち上がってエアコンを切った。たちまち狭苦しい自室は静寂に包まれ、蟬の声だけが遠くに聞こえた。

スマートフォンをジーンズの尻ポケットに突っ込み、腕時計を確認する。

午後四時五十九分ジャスト。

――そろそろ出るか。

頭の中で秒数をカウントしながら自室を出た。階段を下り、玄関で年季の入ったスニーカーを履いて、手早く紐を結び直す。二十五秒。

周囲を窺いながらそっと玄関を出たが、人影はどこにも見当たらなかった。

まさか住所を知らないのか――そんな考えが頭をよぎったとき、車のエンジン音が聞こえた。五十一秒。交差点の角を曲がった黒い車がこちらへ走ってくる。

ちょうど六十秒を数えたとき、車は一真の正面に停まった。サイドウィンドウが降りて運転席の男が顔を出す。

丁寧に撫でつけられた黒髪。病人のような白い肌。黒縁眼鏡の下の冷徹な眼差し。

どくりと心臓が鳴った。間違いない。先週遭遇した「本物の鬼界」だ。喪服のようなスーツを着ているのも前回と同じだった。

鬼界は前置きもなく言った。

「君は律儀だね。素直に家で待っててくれるんだから」

「俺が他所に行ったところで、おまえはどうせ先回りするんだろう。このあいだ駅で待ち伏せしたみたいにな。そんなのは時間の無駄だ」

――その日、その時間、必ず君を迎えに行く。

先週の宣言が本当なのか確かめるため、約束の時間に自宅から遠く離れたところに行き、鬼界が一真の現在地にたどり着けるか試すという案もあった。だが、結局おとなしく自宅で待つことにした。こちらがイレギュラーな手を使えば、鬼界もイレギュラーな措置を取る。そうなれば彼の行動は予測不能になってしまう。

鬼界に促されてリアシートに乗り込むと、車は滑らかに発進した。

「まだ行き先は教えてくれないのか?」

「そのうち話すよ。でもその前に、いくつか君に話しておきたいことがある」

慣れた手つきでハンドルを操りながら、鬼界は長い独白を始めた。


まずは白河真凜の話をしよう。

真凜は僕が高校一年生のときのクラスメイトだった。当時の僕は「計画」の一環として、ひたすら周囲の人間に対して能力を使い、その性質や限界について研究していた。

当時の真凜はいたって平凡な女子生徒で、とりたてて興味を引く存在じゃなかったから、彼女をターゲットにしたのは九月の終わり。クラスメイトの大半の思考が読めるようになった後だった。

クラスメイトを数人使って、真凜のデータを収集した。

性格は温厚。人見知り。交友関係は狭い。趣味は機械工作。他者の言動に流されやすい――等々、集まったデータは「地味な女子高生」の範疇を逸脱しないものだった。

ところが、十分なデータが集まっているにもかかわらず、彼女の思考を読むことができなかったんだ。

能力の研究を始めて以来、初めてのことだった。

考えられる原因は二つあった。一つは能力の喪失。しかし、他のクラスメイトを操るのは難なく成功したことから、原因は一つに絞られた。

すなわち、白河真凜は特殊な精神構造を有している。

この結果に興味を引かれた僕は、初めて彼女と直接話をした。人の思考を読み、意のままに操る能力について明かして、研究に協力してほしいと持ちかけた。

すると真凜は、僕の「他人の思考を読み、操る力」にこんな名前をつけた。

――人間のシステム同定。

機械工作が得意とあって、真凜は工学系の知識も豊富だったから、僕の能力を制御工学の用語で表現できると気づいた。人間の精神をシステム、思考を読むことを同定、人を操ることを制御と言い換える。たったそれだけで、僕がなぜ他人の思考を読み、操ることができるのかという長年の謎が氷解したんだ。おかげで「計画」を本格的に進められるようになった。

ここで、僕の「計画」について説明しておこうか。

僕は、現在の人間社会が歪だと考えている。今さら格差社会や環境問題について講釈を垂れるつもりはないよ。それよりもっと高次元の話をしているんだ。

人類は長い年月を費やして複雑で精緻な社会を築き上げた。それに最も貢献したのはやはり情報通信技術だろう。ネットワークに乗った膨大な情報の流れが、地球全体を一つの経済圏として統合した。光の速度で流動する惑星規模のシステム。

しかし、所詮は人間の脳が作り出したものだ。ミリ秒オーダーのタイムラグを生じる、記憶容量も矮小《わいしょう》な低レベルの有機コンピュータが。脳には無数の欠陥があって、それゆえに脳から生み出された社会システムもまた不完全なものになる。

人間の脳の致命的な欠陥の一つは、意識を持っていることだ。

人は自由に選択しているようでいて、実際は何も自分では決められない。川を転がっていく小石と同じだよ。ランダムな進路を取っているように見えても、その動きは川底の構造や水の流れに制御されている。制御の主体となるのは周囲の環境、マクロなスケールで捉えるならこの宇宙だ。

小石は考えない、と君は言うつもりだろう。

ところが、人間の思考も宇宙による制御の例外じゃない。君や僕が今考えていること、感じていることのすべてが、この宇宙の必然として進行している事象の一つなんだ。僕たちは宇宙という巨大な機械の一要素に過ぎない。自由意志なんて存在しないんだ。

それなのに、人の意識はその事実を否定する。

自分で考え、自分で決断し、自分で行動していると思い込む。

それは行動の副産物でしかない意識が、自らの存在を確立するため、思考や感情という虚構を作り出すからだ。結果として人は自分に自由意志があると思い込む。その誤った認識が、思考や感情というフィクションを肥大化させ、社会全体を歪ませている。そうして生じた歪みが低次元の諸問題として噴出しているわけだ。その結果、死ぬべきではない人間が死に、失われてはならないものが失われる。

社会を歪ませる要因を除去して、より洗練されたシステムに作り替える。それが僕の計画だ。そのためには、社会というシステムを制御しなければならない。

社会のシステム同定——

そんなふうに表現できるだろうね。この社会を構成する無数の人間を制御しなければ達成できない、とても遠大な計画だ。

初めて僕の計画を聞いたとき、真凜は戸惑っていたけど、最終的には協力することに同意した。彼女もまた現在の社会に馴染めない人間だったからだ。

空っぽの人間——真凜は自分のことをそう表現していた。

人の意識に濃淡のレベルがあるとすれば、彼女のそれは比較的薄かった。意識とは己が宇宙の歯車である事実に抵抗する脳の働き。つまり、彼女は僕の理想とする社会の構成員に近いから、協力者としては申し分なかった。それに彼女のシステムの謎を解かなくては、僕の能力の完全性を前提にした計画を進めることはできないからね。

そして、僕は「システム」の構築に着手した。

――ああ、確かに紛らわしいね。それなら僕が作った人間のネットワークは「鬼界システム」と呼ぼうか。それはまさに僕自身の身体の延長だ。

社会に触れるための手と、その内部構造を覗くための眼。

鬼界システムの構築は最初のうちは上手く行かなかった。構成要素が増えるにつれて僕の負担も増大し、適切な入力を維持できなくなった。そこで各スレーブにマスターの権限の一部を付与し、負担をシステム全体に分散することにした。つまり、構成要素すべてを〈鬼界〉にして、それぞれが別の要素を制御する。現在と同じ方式だ。

構築の初期段階では、真凜はサポート役としての任を果たしてくれた。彼女が構成要素たちを観察してデータを集め、そのデータをもとに僕がデバッグを行う。そうして軌道修正を繰り返しながらシステム構築の技術を磨いていった。

大学三年生のとき、真凜がもう計画に協力したくないと言い出した。

そのころには技術も十分確立されて、彼女のサポートも必要なくなっていたから、僕はその申し出を受け入れた。その際、彼女に対して再び解析を行った。やはり完全な同定には至らなかったけど、ごく稀なエラーでしかない彼女について、これ以上リソースを割いて研究する必要はないと考えた。

そして僕は真凜との接触を断った。——表向きはね。

僕の計画に初期から深く関わっていて、なおかつ僕の制御が及ばない——そんな人間を野放しにしておくのは危険だったから、その後も常に鬼界システムで監視していた。

当時、真凜は火野啓太郎という男子学生と交際関係にあった。君も知っている工作本部の火野啓司《けいじ》の兄だ。真凜のシステムが彼との交流を通じて大きく変化したのは、彼もまた特殊なシステムの持ち主だったからだろう。生きているうちに解析できなくて残念だ。

一昨年の十二月、火野啓太郎は殺された。

彼を殺したのは更科千冬という女子学生だ。更科は以前、火野と交際の末に破局していて、そのときの因縁が殺害の一因になった。とはいえ、動機を語ることに意味なんてない。更科が火野を殺したのも宇宙による制御の結果に過ぎないからね。

さて、殺人の罪を犯した更科は警察に捕まらなかった。巧妙な密室トリックで火野の死を自殺に見せかけたからだ。真凜の周辺を監視していた僕を除いて、更科の罪を知る者は一人もいない。

しばらくして真凜が久しぶりに連絡してきて、啓太郎がどうして死んだのか調べてほしいと言った。啓太郎が自殺するはずがないと確信を持っていたからだ。

『人生は短いから、一秒だって無駄にできない』

それが彼の口癖だった。そんな人間が残りの人生を丸々捨てるような行為に出るわけがない、と真凜は考えていたらしい。

犯人を突き止めてくれるなら何でもする、と真凜は言った。彼女は覚悟していた。彼女に利用価値を見出していない僕を動かすなら、相応の代償が必要だとね。

そこで僕が提示した条件は、犯人を教える代わりに、彼女自身が犯人を殺すというものだった。彼女は犯人に復讐できるし、僕は殺人の証拠を使って真凜を縛れる。双方に利益のある取引だ。ところが、最終的に彼女が選んだのは別の条件だった。

自分の命と引き換えに犯人のトリックを暴く――

一見、僕に何のメリットもない取引のようだけど、真凜は僕がその条件を呑むと考えていたし、事実として僕は受け入れた。厄介者の真凜を排除できれば、これまで彼女の監視に割いていたリソースが浮いて負荷を軽減できるからね。

ちなみに、前に話した〈ブギーマン〉というロボットは、この作戦のために真凜が自作したものだ。自由に部屋を動き回れるロボットが必要だったから、彼女は何ヶ月も部屋にこもって製作に取り組んだ。遺作のつもりだったのか、鬼気迫る様子だったよ。

――ああ、君の言う通り、更科は捕まっていない。律儀に死人との契約を果たすよりも、更科を手に入れたほうが利益が大きい。当然の話じゃないか。

問題が発覚したのは真凜が死んだ後だ。

新たに鬼界システムに加えた更科の挙動がおかしいことに気づいた。理論値と実測値の差が大きすぎたんだ。理由を探っていくうちに、僕が更科の同定に失敗していたという可能性が浮上して、直ちに全構成要素のデバッグを実施した。

　すると、真凜と関わりのあった人々の中に、彼女と同じく同定の難しいシステムに変異した人間がいることがわかった。その人間に関わった人々にも同様の傾向が見られた。

　つまり、真凜のシステムの特異性は伝染する。

〝感染者〟もまた別の人間を変異させ、人から人へ、ウイルスのように連鎖していく。感染が起こるのは決して高い確率ではないけど、変異した人間はもとに戻らない。

　この状況を収束させなければ「計画」の遂行に差し障る。

　そこで僕は感染の広がり方を調べるため、かつて真凜と関わりがあり、まだ鬼界システムに組み込まれていない人間を解析していくことにした。

　その一人が君だ。

　かつて真凜は、君が自分によく似ていると言っていた。君のシステムを解析してみると、確かに真凜と同じ特異性が非常に強く表れていた。僕は君にターゲットを絞り、鬼界システムをフル稼働させて、さらに徹底的な解析を行った。

　結論から言えば、同定には成功した。

　リソースを集中的に投下したことが功を奏したらしい。以前、真凜の同定に失敗したのは情報量が足りなかったからで、今回はそんな手抜かりはなかった。君の思考と行動はすでに僕の制御下にある。

　とはいえ、これまでの失敗を繰り返すわけにはいかない。本当に同定できているのかテストする必要がある。それが今日君に来てもらった理由の一つだ。

ここで、先週の話の続きをしておこう。

僕が全構成要素二十九人を市民体育館に集めたのは、オーバーホールのためだ。

君も知っているように、オーバーホールは機械を修理する最も徹底的な手段。機械を分解し、あらゆる部品を清掃し、検査し、瑕疵《かし》があれば交換する。

ずいぶん前からシステムの調子が良くなくてね。構成要素の誰かが「鬼界」の名前を使って、偽の指令を別の要素に与えている可能性があった。一部の系統の乱れは全体に波及し、いずれシステムを崩壊させてしまう。そこでオーバーホールを実施し、異常動作を起こしている要素を特定することにした。

異常を起こしていたのは更科千冬だった。

先週、君たちが追いかけていた「鬼界一号」だよ。原因が彼女であることは半ば予想していた。彼女も君と同じく、特異なシステムを持った感染者だからね。

更科が感染者だと発覚した後も、彼女を構成要素として運用していたのは研究の一環だった。手元に配置すれば監視が容易で、データも取りやすい。実際、他の〝感染者〟たちはたいした問題を起こしていないし、異変が起きれば速やかにシステムから切り離せばよかった。

ただ、更科は僕が思っていたより危険だった。

なぜなら、彼女は殺人者だ。

もともと殺人への忌避感が薄く、殺意が殺害に直結するシステムを有しているうえに、完全犯罪を二件も成功させたことでその傾向に拍車がかかっている。どんな問題であれ、人を殺せば解決するという思考回路が彼女の中に形成されてしまった。僕の制御下にあるうちはそれでも問題なかったけど、今は違う。

大会の日、更科は体育館に鬼界の手下たちが集められていると知っていた。そこに鬼界本人も姿を見せるはずだと考えた彼女は、沼木に対して勝手に指令を与えていた。挙動が怪しい人間を探し出して報告するように、と。実に乱暴な作戦だったけど、その異常な行動力で、いずれ憎き脅迫者である僕の寝首を掻きに来るかもしれない。

僕は殺されるつもりはない。だから、更科を排除することにした。

右側の座席の下に箱がある。それを開けてくれるかな。

一真がシートの下を覗き込むと、細長い紙製の箱が置いてあった。想像よりずしりと重い。上蓋を開けたところ、鈍色の輝きが目に飛び込んできた。

刃物だ。

ペティナイフと呼ぶのだろうか。普通の包丁より細身で刃渡りが短いが、先端は鋭く尖っている。よく磨かれた刃の表面は鏡のように滑らかだった。

「……何のつもりだ」

「君には必要なものだ。それを持っていなければ、君は死ぬからね」

更科を排除するという宣言に続いて、凶悪な面構えのナイフの登場。

鬼界の書いたシナリオはもはや自明だ。

「鬼界、おまえは予言するのが好きらしいが、俺の予言も聞いてくれるか」

一真はナイフを手に取った。金属の冷たさが皮膚に染み入る。

「俺は人を殺したりしないし、誰かが殺されるのを見過ごしたりもしない。絶対に」

宣戦布告のつもりで放った言葉だったが、鬼界の反応は肩透かしだった。

「そうだね。そのナイフが血で汚れることはない」

「本気で言ってるのか？」

「これは予言じゃない。事実だ」

だったら何のためのナイフだ。そう問い返そうとしたところで、車がどこかの路肩に停まった。鬼界は降りるよう一真を促し、最後に告げた。

「ナイフはベルトに挿しておくといい。すぐに取り出せるように」

一真は少し考えて、ナイフをジーンズとベルトの隙間にねじ込んだ。

車を降りると、目の前に一人の少女が立っていた。

外見は小学校の高学年か中学生くらいに見える。艶のある黒髪は腰に届くくらい長い。涼しげなワンピース姿に似合わず、ポンポン付きのカラフルなニット帽を被っている。

「ついてきてくれ」

男言葉で告げる彼女の、あらゆる感情が抜け落ちたような表情に胸がざわめいた。まるで自らが〈鬼界〉であることを受容したような顔だ。

彼女と目が合う。つぶらな瞳の奥には底知れない虚無があった。

――本当に、大丈夫だろうか。

一真は心中に膨らむ不安を気取られないよう、〈鬼界〉に向かって軽く頷き、彼女の後を追って歩き出した。鬼界の車が走り去る音を背中に聞いた。

その直後、爆音のようなエンジン音が車道を駆け抜けた。

「ひっ」

小さく声を上げて〈鬼界〉は振り向いた。見開かれた目、反射的にすくめられた首。彼女が見せた生々しい驚きも、一つ瞬きをする間に掻き消えた。

車道に目を向けると、白い車が猛スピードで交差点に突っ込んでいくところだった。

再び歩き出した彼女の背中に声をかける。

「復讐じゃないのか？」

「何の話かな」

「俺の頭の中を読めるんだったら、訊き返す必要はないだろ」

「形式上の手続きだよ」〈鬼界〉は煙に巻くように言った。「僕が更科千冬を排除しようとしているのは、真凜を殺したことへの復讐じゃない。さっき説明した通り、真凜が死ぬことは彼女自身が決めたことで、僕もそれに同意し加担していた」

「だが、更科さえいなければ白河さんが死ぬこともなかった。白河さんとは高校からの付き合いなんだろ。彼女が死んで悲しくなかったのか？　更科を少しでも恨まなかったと断言できるのか？」

無言で歩を進める〈鬼界〉に一真は畳みかける。

「何よりおまえは、白河さんの話を俺に聞かせた。誰かに聞いてほしかったんじゃないか？おまえと白河さんの思い出を、誰かと共有したかったんじゃないか？」

「先に結論を言ってくれないかな」

「形式上の手続きだ。つまり、俺が言いたいのは、おまえも自分の感情に振り回される普通の人間だってことだ。それでも自分は特別な存在だと言い張るのか？」

「僕は自分が特別だとは一言も言っていないし、思ってもいない。君と同じく、宇宙の制御下にある小さな一要素だ。しかし、それを自覚しているという点では特別と言えるかもしれないね。だからこそ僕は、無意味な感情共有にリソースを割いたりはしない。君に聞かせた話はすべて、純粋に君への制御入力であって、それ以外の意味は持たないんだ」

取りつく島もなかったが、一真はもう一歩踏み込んで訊いた。

「どうして社会を変えたいんだ？　おまえみたいな、人を人とも思わないような奴が、ただ人類の幸福のために行動するとは思えない。何か理由があるんじゃないか」

足を止めず、振り向きもせず、〈鬼界〉は乾いた言葉を放った。

「時間稼ぎしても無駄だよ」

ひやりと背筋が冷える。

――気づかれたか？

だが〈鬼界〉はそれ以上追及せず、やや間を置いてぽつりと言った。

「僕には妹がいた」

虚を衝かれた思いがした。彼も人の子なのか、と。

「二つ年下で、人見知りの激しい子だったけど、僕にはよく懐いていて、幼稚園や学校での出来事をよく話してくれた。大量のデータがあったおかげで、僕は彼女の思考を自然と読めるようになっていた。無意識にシステム同定していたんだ」

妹が死んだのは小学生のときだ、と〈鬼界〉は続けた。

「一緒に登校しているとき、信号を無視した車に轢かれたんだ。妹の身体がボンネットで撥ね飛ばされるのも、全身の骨が砕かれた彼女がゆっくりと息絶えるのも、僕は目の前で見ていた。だから、彼女の苦痛と恐怖のすべてが流れ込んできた」

鮮やかで生々しいイメージが目の前に浮かんだ。

アスファルトの上に血塗《まみ》れで倒れている少女。その傍らに一人の少年が立ち尽くしている。顔のない彼は、死にゆく妹をじっと見下ろしていた。

「結局、犯人は逃走したきり捕まらなかった。それを知って、僕はこの社会に疑問を抱いた。妹を轢き殺した人間は、法や倫理といった社会のルールを簡単に破ってしまった。今の社会システムは、ルールを外れた人間の行動を律し切れていない。人間はもっと別の方法で律されなくてはならない――僕が『計画』を思いついたのはそのときだった」

先程聞いた鬼界の言葉が頭をよぎる。

――死ぬべきではない人間が死に、失われてはならないものが失われる。

あれはまさに鬼界の実体験から出た言葉だったのだろうか。

これまで鬼界に対して微塵も抱いていなかった感情が湧いてきて、慌ててそれを頭から追い出す。たとえ鬼界に不幸な過去があったとしても、彼の行為を認めるわけにはいかないし、その思想に共感するなどもってのほかだ。それに――

前を行く〈鬼界〉がふと足を止めた。

「ここが更科のマンションだよ」

薄汚れたコンクリートの外壁がそれなりの築年数を感じさせる八階建てだ。素通しのエントランスを抜け、エレベータに乗り込むと〈鬼界〉は五階のボタンを押した。

のろのろと移り変わる階数表示を見上げる少女の横顔には、隠し切れない複雑な感情が滲んでいた。膨れ上がる不安と恐怖、そして微かな期待と興奮。

「更科は、俺たちが来ることを知ってるのか？」

一真の言葉に〈鬼界〉は反応しなかったが、五階に到着してエレベータを降りると、右耳に手を当てながら振り向いた。怪訝な表情を浮かべている。

「聞こえないのか？　何か言ってみろ、鬼界」

相変わらず〈鬼界〉は沈黙したまま、戸惑った目でこちらを見上げた。

どうやら、もう時間稼ぎの必要はないようだ。

一真は〈鬼界〉のニット帽のポンポンをつかんで引っ張ると、露わになった白い耳からワイヤレスイヤホンをむしり取った。

目を白黒とさせて立ち尽くす少女に詫びる。

「乱暴な真似をして悪かった。もうあいつの指示には従わなくていい。あっちはそれどころじゃないだろうしな」

「何を……」

そのとき、通路のほうから現れた小柄な人影を見て、彼女は叫んだ。

「テル！」

「ほんと、いい加減にしなよ。どうでもいいことはぺらぺら喋るくせに、こういうことは黙ってるんだからさ」

照樹の口調は刺々しかったが、その表情には安堵が滲んでいた。

「とにかく帰るよ、アリス」

ロボバト予選大会当日、鬼界を駅で取り逃した直後のことだった。

一真に電話してきた土御門部長は、体育館から一キロほど離れたカフェで鬼界一号を発見したと興奮気味に語った。すぐさまカフェに急行した一真は、パフェの食べ過ぎで気持ち悪くなったという部長とバトンタッチし、店の外で待ち伏せを始めた。

日が暮れたころに店から出てきた鬼界一号を尾行した。彼女は駅まで歩いていくと、Q大学付近の駅まで電車で移動し、あるマンションに入っていった。彼女が中を確認していた集合ポストの位置から部屋番号を知ることができた。

飲み会の開始時刻ぎりぎりに居酒屋に到着した一真は、工作部の面々に尾行の首尾について報告した後、鬼界から聞いた話もつまびらかに語った。来週、本物の鬼界と再び会うことも含めて。

最初は話すべきではないと思っていたことだったが、やはり彼らの協力が必要だと考え直した。あるいは火野の言葉に心を動かされたのかもしれない。

——必要ならいつでも呼べよ。今回もおまえに任せっきりにはしたくねえからな。

そんなわけで、鬼界への対処についてグラスを空けながら話し合ったところ、会合の日に鬼界を尾行すればいいんじゃないか、と沼木が言い出した。会合が終わった後、別動隊が鬼界の後をつければ彼の正体を突き止められる、と。

しかし、鬼界の住所がわかったところで、一真たちには何もできない。警察に通報できるほどの悪事の証拠は握っていないし、鬼界が「研究」と称してどんな悪事を働いているのか、それが本当に法に反する行為なのかもわからない。

証拠が必要だった。警察を動かすに足る、決定的な犯罪の証拠が。

そこで思い出されたのは白河真凜の自殺だった。真凜は殺されたと鬼界は言ったが、鬼界自身も彼女の死に関わっていた可能性がある。その証拠を見つけ出して通報する、または鬼界との交渉に利用する——そういう方針に決まった。

火野は兄の知人たちに話を聞いてくるというので、一真は照樹に事情を伝えたうえで、真凜の周辺を調べることにした。彼女の所属していた研究室を訪ねたり、塾のアルバイト仲間に当たったりした。真凜はあまり自分のことを周囲に語らなかったようで、彼女のプライベートについて知っている人間は限られていたが、入学当初から親しくしていたという友人を突き止めることはできた。

更科千冬。

真凜と同じ専攻の大学院生だという。それを教えてくれたドローンサークルの女子学生は、以前更科が出演したというサークルのPR動画を見せてくれた。ドローンが糸でぶら下げたアイスコーヒーを運ぶという動画で、ドローンが無事にグラスをテーブルに置いた後、コントローラを握る女子学生が画面に現れたのだが、その顔を見て驚愕した。

更科の顔が鬼界一号とそっくりだったからだ。

その事実を火野に伝えたところ、彼はさらに混乱していた。なんと、兄の啓太郎がかつて更科と付き合っていたという証言があったらしい。その時期は真凜と付き合うより前だということも。

啓太郎と真凜は恋人同士。真凜と更科は友人同士。更科と啓太郎はかつての恋人同士。これらの関係性から導かれるのは、愛憎入り乱れる三角関係だ。

二人を殺したのは更科なのではないか？

そう仮定すれば、更科が鬼界一号だったことに説明がつく。鬼界は殺人の証拠を使って更科を脅していたのだ。

尾行の成果として更科の住所は手に入れていたが、まさか部屋を訪ねて人を殺したかと訊くわけにはいかない。まずは外堀を埋める必要がある。

照樹に連絡を取り、これまでの経緯を説明したうえで真凜の部屋を調べたいと相談した。彼女の遺品に重要な物証が眠っている可能性はゼロではない。渋られるかもしれないと思っていたが、照樹は快諾し、それから思いがけない事実を口にした。

「あの日、体育館でアリスを見たんです」

照樹の幼馴染であるアリスこと榎原莉愛《えのはらりあ》は、カラフルなニット帽を深く被り、指示を待つようにじっと観客席に座っていたという。彼女が〈鬼界〉であることは明らかだった。つまり、鬼界は莉愛と何らかの交渉をしていることになる。

照樹によれば、その「交換条件」は間違いなく真凜の事件がらみのことだという。彼女はある理由から真凜の死に罪悪感を抱いており、きっとその感情を鬼界に利用されているのだ、と。

「アリスも僕と同じように、真凜を殺した犯人の名前と引き換えに指示に従ってるんだと思います。もしアリスが犯人を知ったら何をしでかすかわかりません。だからその前に、犯人を警察に突き出さないといけないんです。できれば、来週の日曜日までに」

その日付にどきりとした。なぜ日曜日までなのかと訊くと、

「なぜかアリスがその日を楽しみにしてたので」

そのとき一真の思考は果てしなく飛躍し、恐ろしい想像を形作った。もし「交換条件」が

犯人の名前を教えるというような安穏なものではないとしたら。

例えば、犯人への復讐。

鬼界が駒である更科を殺すわけがないと思ったが、大会での彼女の振る舞いは奇妙だったと沼木も言っていた。今から考えると、鬼界の言葉を伝達しているのではなく、自分の言葉で命令を下していたようだった、とも。更科が鬼界に刃向かっていたとすれば、鬼界が彼女を殺す十分な理由になる。

殺害が実行されるのは次の日曜日。実行犯は莉愛だ。一真は犯行の目撃者、あるいは共犯者に仕立て上げられ、否応なく〈鬼界〉の末席に名を連ねることになる。

いささか飛躍した仮説だったが、もしそうだとしたら一刻の猶予もない。更科が犯人という証拠を見つけて鬼界の計画を妨害しなくてはならない。そういうわけで、照樹と二人で真凜の実家を訪ねることになった。

結局、決定的な証拠は見つからなかったが、思いがけない収穫があった。

真凜の母親に当時の状況を訊いたところ、死体が発見された浴室の鏡に、彼女が自らの血で書いたメッセージが残されていたという。これは外部に公表されていない事実で、照樹すらメッセージの存在を知らなかったが、真凜の母親はその写真を持っていた。

それは横書きで二行のごく短いメッセージだった。前半は『またあおうね』と読めるが、後半は字が歪んでいて読み取れない。文字の並び自体は整然としているので、後半で力尽きたというわけでもないらしい。だとすると、『らふけさく』とも読めるこの五文字は何を意味しているのか。

その答えは真凜の遺品であるノートにあった。

彼女の文字には微妙な癖があって、平仮名の線の一部が途切れるのだ。例えば、『ゆ』は一画目が寸断されて『け』に見えるし、『ち』は縦の線がやや下方から始まっているので『ら』に似ており、『ん』は折り返しの部分が短くて『く』とも読める。

すると、真凜のメッセージの全文は次のように読める。

『またあおうね　ちふゆさん』

「犯人が更科千冬だとしたら、自分に疑いの目が向くような言葉を残すはずがない。だが、犯人を指し示すダイイングメッセージとしても不適切だ。だからそれは純粋に、白河さんから更科へのメッセージだったんだろう。『ちふゆさん』の部分だけをわざと読みにくく書いたのは、彼女の字を知っている人間だけがメッセージを読めるようにするためだ。白河さんは更科を告発したいとはそれほど思ってなかった」

一真に続いて、照樹も口を開いた。

「マリーも僕たちに言ったじゃないか。また遊びに来るからねって。同じことなんだよ。僕たちも、更科も、ずっとマリーの友達なんだ。たとえ人殺しだったとしても。――だから復讐なんて意味がないんだ。マリーはそれを望んでないんだから」

「――違う」

莉愛は微かな声で呟き、涙目で照樹を睨んだ。

「全然わかってない。マリーは、そういうことしか言えないの。人を傷つけるのが怖いから、いつも優しいふりをして、自分のことばかり傷つけて。誰よりも傷ついてるのに、全然平気なふりをして。本当は彼氏を殺した犯人を、自分を殺そうとしてるあいつを、心の底から許せないと思ってたのに」

「死ぬまで嘘をついてたなんて、そんなわけが――」

「テルには絶対わからない。私しか、私たちにしかわからないの」

突然、莉愛が一真の腰にさっと手を伸ばし、それから身を翻して廊下を駆けていった。腰のナイフを抜き取られたことに気づいて、なるほど、と納得する。

更科殺害の実行犯である莉愛が武器の類を持っていなかったのは、一真からナイフを受け取る手筈だったからだ。車中で受け取ったナイフは綺麗に磨かれていたが、今は一真と莉愛の二人分の指紋がついている。一真を共犯者に仕立てるのに都合のいい物証だ。

照樹と二人で莉愛の後を追う。急ぐ必要もないのでゆっくりと歩いた。

ある一室の前で立ち止まった莉愛は、右手でナイフを握りしめ、左手でインターホンを連打していた。部屋の主がなかなか出てこないので痺れを切らしているようだ。

「更科はいない」

一真が言うと、ボタンを押す莉愛の手が止まった。

「念のため、別のところに呼び出しておいたんだ。鬼界のふりをして電話したらあっさり信じてくれた。更科が出ていくところも照樹くんが確認してる」

「帰ろう、アリス。もう――」

がちゃ。

と、照樹の声に被せるように金属音が響いた。

十センチほど開いた玄関ドア。そのドアノブを握ったまま莉愛は硬直している。開くはずのないドアが開いたことに自分でも驚いているようだった。

「……照樹くん」

「おかしいな、確かに確認したんです。この部屋から出ていったところを」

「顔は見たか？」

「ええと、顔までは――」

一真が照樹と問答しているあいだに、状況を呑み込んだ莉愛はするりとドアの内側に消えた。一真も慌ててドアに飛びつき、後を追って部屋に上がる。

室内は薄暗かった。短い廊下を抜けるとカーテンの閉め切られた部屋に出た。きちんと毛布が畳まれたベッドがぼんやりと見えるが、更科の姿はない。

「鍵を締め忘れたのかもしれないですね」

後から追いついた照樹はのんびりと言ったが、一真は肌が粟立つような不気味な気配を感じていた。ふと足元に違和感を覚えて、爪先で床を擦ってみる。かさっ、とビニール袋のような軽い音がした。

――まさか。

窓辺に近寄ってカーテンを開け放った。部屋の明度が急に上がって、床一面を埋め尽くしているものが露わになった。

青いビニールシート。

その意味を悟るよりも先に、かちゃり、と微かな金属音が思考を遮った。

部屋と廊下を隔てるドアが半分開き、その向こうに人影が見えた。玄関ドアを施錠した彼女は、片手に何かをぶら下げ、ややふらついた足取りで部屋に入ってくる。

「二人――いや、三人か」

鬼界一号、更科千冬は眩しげに目を細めた。

彼女が握る大振りの包丁を見た瞬間、一真はすべてを悟った。

更科は替え玉を使って部屋を出たように見せかけ、実際は浴室に隠れていた。一真たちを油断させてこの部屋に誘い込むためだ。ビニールシートを敷いている理由は考えるまでもない。この行為が鬼界の指示なのか、更科の独断なのかはわからないが、鬼界があらかじめ彼女に情報を流していたことは間違いない。

この部屋で誰が死ぬのか、鬼界はすでに知っているのだろう。

「更科千冬さん」

一真は先んじて声を発し、包丁を振り上げようとした更科の手を止めた。

「話をしませんか。俺たちはあなたの味方じゃありませんが、鬼界の敵です」

更科は少し考えこむように動きを止めて、おもむろに紺のニット帽を脱いだ。ワイヤレスイヤホンもむしり取ってベッドの上に放り捨て、気怠げに前髪を掻き上げる。

〈鬼界〉の仮面を外した更科はどこにでもいそうな女子大生に見えた。

「――で、君はどこまで知ってるわけ？」

「あなたが実は大学院の二年生で、鬼界って名前でもなくて、何らかの理由で鬼界に脅されてる立場だというところまでは知ってます」

殺人事件の情報は伏せておいた。口封じの口実を与えるわけにはいかない。

「ですが、もう大丈夫です。鬼界は俺たちが捕まえました」

「捕まえた？」

「本物の鬼界が現れる日時を知ってたので、仲間に車で尾行してもらいました。本当は最後まで気づかれずに住所を突き止めるのがベストだったんですが、鬼界からの連絡が途切れてるってことは、仲間があいつに接触したんでしょう」

追跡チームに加わったのは工作本部の三人と紫音と史夏。誰も車を持っていなかったので、火野の運転するレンタカーで追跡することになった。鬼界の車を追って爆走していた白い車だ。おおかた、信号待ちか何かで引き離されて焦っていたのだろう。

「信じられないなら、今ここで電話をかけても――」

「置いて」

「え？」

「そのスマホ、床に置いて」

厳然とした口調で命令され、取り出しかけたスマートフォンを床に置いた。更科は退路を断つように部屋の入り口に立っており、照樹と莉愛のほうが彼女に近い。下手に逆らうわけにはいかなかった。

ふと莉愛を見ると、彼女は背中にナイフを隠したまま、じりじりと更科のほうへ近づいていた。まずい。あんな大胆な動きではすぐに気づかれてしまう。

「月浦くん、だったよね。君と鬼界のどっちを信じるべきなのかな」

「やっぱり信じられませんか。鬼界を捕まえたなんて」

「ううん、そうじゃなくて」

更科はちらりと莉愛を見た。莉愛の肩がびくりと小さく跳ね上がる。

「本当は知ってるんじゃないの？　私がやったこと。――ねえ、アリスちゃん」

「……私もあなたのこと知ってるよ。マリーの友達だって鬼界さんから聞いた」

「マリー？　ああ、真凜のことね」

「私もマリーの友達だったの。でも、マリーが私の友達でいてくれたのは、私が一人ぼっちで寂しそうだったから。対等な友達じゃなかった。あなたはどうしてマリーと友達になったの？」

「さあ。向こうがどう思ってたのかは知らないけど、真凜は別に友達じゃないし」

莉愛は小さく息を吐いて、そっか、と呟いた。

「何でマリーがあんな遺言を書いたのか、わかった気がする」

「遺言？」

「あなたは私と同じだけど、一つだけ違うところがある。あなたは気づいてないの。マリーはあなたが可哀想だから友達になってあげたってことに」

「何言ってるの？」

更科の態度からは余裕が失われていた。包丁を握る指の関節が白く浮いている。

一方、莉愛は冷静に続ける。

「勝つことだけが正義だって教え込まされて、勝ち続けないと認められない、愛されないと思い込んでる。なのに誰にも褒めてもらえなくて、誰にも心を開けなくて、だから周りが敵にしか見えなくて、ずっと一人ぼっち――マリーはそんなあなたが可哀想で、友達になってあげたの」

「……黙って」

「でも、マリーは最後まであなたを変えられなかった。きっと、それを後悔して――」

更科の右手が跳ね上がる。

鈍色の光がぎらりと虚空を滑ると同時に、彼女たちのほうへ突進する影が見えた。

照樹は莉愛を突き飛ばし、更科に体当たりを食らわせる。

だが小柄な照樹の攻撃は、上背のある更科には通じなかったようだ。更科はすぐさま彼の襟首をつかむと、その胸元へ包丁を一直線に振り下ろした。

短い呻き声。

照樹の後ろ姿がゆっくりと崩れ落ち、ビニールシートの上にどす黒い液体が広がっていくのが見えた。更科が振った包丁から血の滴が飛び散る。

現実味のない惨劇を前にして、一真は凍りついたように動けなかった。

――僕は殺されるつもりはない。だから、更科を排除することにした。

鬼界の言葉が耳に蘇る。思い返せば、鬼界は「殺す」という言葉を一度も遣っていない。ここで死ぬ予定だったのは更科ではなく自分たちで、更科は法の手によってこの社会から「排除」される予定だったのではないか。

もしかしたら、鬼界との連絡が途絶えているのも偽装かもしれない。計画が順調に進んでいると見せかけ、一真たちを油断させるために。

更科は倒れた照樹を跨ぎ越して、後ずさりする莉愛との距離を詰めていく。血を吸ってまだらに染まった更科の白い靴下が、青一色の床におぞましい足跡を残す。

全身から力が抜けて、空虚な思いが胸を満たした。

きっと、鬼界のシナリオからは逃れられない。

人間に自由意志など存在しないのだから。

足元が滑ったのか、莉愛がバランスを崩して尻餅をつく。うずくまった彼女の前にきらりと光るものが見えた。先程まで莉愛が持っていたペティナイフだ。

ナイフの刃には黒い粒が点々と散っていた。

――まだ、終わってない。

一真は床を蹴って駆け出した。今まさに包丁を振り下ろそうとしている更科に突進し、その勢いのままに彼女を突き飛ばそうとする。

だが、更科はわずかに身体を逸らして直撃を免れ、素早く体勢を整えると、右腕を水平方向に大きく回した。脇腹に骨を震わせる衝撃が走り、焼けるような痛みに襲われる。

刺された。

激痛に思わず脇腹を押さえ、背中を丸めたところに再び刃が閃いた。

「――私は、負けない」

更科の呪詛のような囁きが聞こえる。

「あんたに横取りなんて、させない。鬼界に勝つのは、私」

もう身を守るので精一杯だった。次々に繰り出される攻撃を、右に左に身をよじってかわし、避け損ねるたびに身体のあちこちが切り裂かれていく。床に散った血で靴下がぬるりと滑る。血か汗か涙かわからない液体が視界を滲ませる。

痛みの感覚さえも麻痺して、意識が朦朧《もうろう》としてきたときだった。

突然、更科の動きが止まった。

更科の腰に膝立ちの照樹が両腕を回し、下半身の自由を奪っている。前後から挟まれる形になった更科は、先に照樹を排除することに決めたらしく、身をよじりながら彼に向かって包丁を振りかざす。それでも照樹は彼女に食らいついたまま、必死の形相で一真を見上げている。

その目と目が合った瞬間、弾かれたように身体が動いた。

更科の頰を思い切り殴る。

小気味いい音を立てて、彼女の身体が棒切れのように後ろへ傾いでいくのが見えた。やがて後頭部から床に激突し、ごっ、と鈍い音を立てた。

仰向けになった更科は、歪んだ笑みを顔に貼りつかせたまま身じろぎもしない。その腰に両腕を回したまま下敷きになった照樹は、苦しげな声で訴えた。

「ほ、包丁を……早く」

一真はとっさに握力を失った更科の手から包丁を奪った。

そのとき、虚ろに開いた彼女の目が一真を捉える。

「真凜――」

肺に残った空気を出し切るように呟いて、それきり動かなくなった。

その言葉の意味を訊こうとして、声が出ないのに気づく。視界が暗くなり、いつの間にか冷たいビニールシートに頰をつけていた。誰かに肩をゆすられている。

次第に薄れていく意識の中、懐かしい声が響いた。

――月浦くん、やっぱり私とよく似てるね。

救急車で運ばれたときのことは覚えていない。

ようやく意識を取り戻したときには病院のベッドにいて、ナースコールでやってきた医者にひと通りの説明を受けた。全身に残されていた切傷はどれも浅いもので、最も深手だと思われる脇腹の傷も、肋骨が刃の侵入を阻んでくれたおかげで軽傷で済んだという。気を失ったのは強い痛みによるショック症状、とのことだった。

次にやってきたのは刑事らしき男二人だった。昨日、更科の部屋にいた理由や、同じ部屋にいた照樹と莉愛との関係性について詳しく訊かれ、ありのまま正直に答えたのだが、鬼界にまつわる話が理解不能なのか、男たちは渋い表情をしていた。

――他の三人も同じ話をしてましたよ。

男の一人が去り際に残した一言で、一真は照樹たちの無事を知った。

かわるがわる病室を訪れた両親や妹、工作本部の三人の話、各メディアの報道を総合すると、どうやら鬼界にまつわる一連の事件はいつの間にか終結を迎えたらしい。

火野たちはレンタカーによる追跡の末に鬼界を捕らえ、寄ってたかって尋問し、彼の素性を明らかにした。財布から出てきた学生証によると、彼はQ大学の大学院一年生。本当の姓は「鬼界」ではなく、もっと平凡な名前だった。

窮地に立たされた自称「鬼界」は敗北を認め、沼木と史夏に対し、もう二度と脅迫することはないと約束した。それから自ら警察に出頭し、一枚のメモリーカードを提出した。その中身は白河真凜殺害の一部始終を撮影した動画データ。犯人である更科千冬の顔も、密室トリックに用いたドローンもはっきりと映っていた。

鬼界の証言により、一真たちへの殺人未遂罪で逮捕されていた更科は、さらに二件の殺人罪で追及を受けることになった。動機の身勝手さ、犯行の計画性と残忍性から、死刑は免れないだろうというのが世間の予想だ。

一方、鬼界も自殺幇助や脅迫などの複数の罪に問われているが、自分の不利になる事柄に関しては黙秘を続けているらしい。鬼界にどんな罰が下るのか、まるで法律を知らない身には見当もつかないが、彼がついに敗北を喫したのは間違いないだろう。

退院の日、同じ病院に入院している照樹の病室を訪れた。

彼は刺傷が深かったので、しばらくは入院生活だというが、ベッドに半身を起こした姿は血色が良くて元気に見えた。テーブルに山盛りになった大量のお菓子のほとんどは、莉愛が見舞いの品として持ってきたものだという。

「アリス、ここのところ毎日来るんです。暇なんですよ、きっと」

入院生活の愚痴などを語り合った後、一真は謝罪を口にした。

「ごめん、俺の責任だ。あそこに照樹くんを呼ぶべきじゃなかった」

照樹が深い傷を負ったのは、一真の計画があまりに杜撰《ずさん》で危険だったからだ。そのことを照樹の両親にも謝罪していたが、二人ともこの事件の複雑な背景をよく呑み込めなかったのか、非難を浴びせられるどころか傷の具合を心配されるばかりで、行き場を失った罪悪感は日に日に重みを増していた。

それは違います、と照樹は毅然とした態度で応えた。

「もし僕があの部屋にいなかったら、アリスを助けることもできなかった。だから先生には感謝してるんです。それに、先生は命懸けで更科と戦ってくれたじゃないですか」

「ああ、あれは……」

照樹が刺されたあのとき、一真は計画の失敗を悟って絶望していた。すべてが鬼界のシナリオ通りに進行していて、舞台上の役者に過ぎない自分たちにはこの先の展開を変えることなどできない。そんな無力感が心を支配し、抵抗の気力すら失っていた。

床に落ちていたナイフの刃に、血の滴が散っているのを見るまでは。

——そのナイフが血で汚れることはない。

鬼界の語った「事実」に反する、本来あり得ないはずの小さな汚れ。それは完全な社会を作り上げようとする鬼界もまた、不完全な人間の一人であるという証拠だった。鬼界の制御に生じた綻びに一縷の希望を見出し、一真は戦うことを決意した。

とはいえ、照樹のサポートがなければ間違いなく殺されていただろう。

「俺がスピンドル仮面なら、君はNCボマーだな」

「え？」

「照樹くんが隙を作ってくれたおかげで、命拾いしたってことだ」

「だったら、僕たちの命の恩人はマリーですね」

照樹はベッドサイドのテーブルに置いてあったものを手に取る。

透明な柄に「M4」と丸っこい字で書いてある、小振りのプラスドライバー。プラスチックの柄の部分を斜めに走っている傷は、更科の包丁が刻みつけたものだ。

照樹はかつて真凜から貰ったドライバーをいつも持ち歩いていた。胸ポケットに入れていたそれが包丁を滑らせ、心臓への直撃を防ぎ、間一髪のところで照樹の命を救った——と考えるのは無責任というものだろう。照樹が心臓を貫かれなかったのも、一真が彼を死なせずに済んだのも偶然でしかない。

それでも、身を挺して照樹を守ったそのドライバーに、今は亡き真凜の存在を感じずにはいられなかった。それこそが鬼界の否定した、非合理な脳の働きだとしても。

そうだな、と一真は頷いた。

「俺たちが鬼界に勝てたのも白河さんのおかげだ。あいつの刑期がどのくらいになるかは知らないが、万が一無罪放免になったとしても、もう同じことは繰り返さないだろう。今回の一件でさすがに懲りたはずだ」

「……そうですね」

照樹は妙に歯切れの悪い相槌を打って、意を決したように顔を上げた。

「先生、鬼界の写真を見せてもらえますか？」

怪訝に思いつつ、スマートフォンに表示させた写真を照樹に見せた。あの日、ついに捕まえた鬼界を火野が撮影したものだ。

「ああ……」

照樹は写真を一目見た途端、呻くような声を洩らした。

「どうした？」

「全然違います。この人は、鬼界じゃない」

一真は絶句した。

真凜と交流があった「本物の鬼界」を見たことがあるのは照樹と莉愛だけだ。そして二人とも「鬼界」の追跡作戦には参加していない。ロボバト予選大会の日に一真の前に現れ、決戦の日に再び現れた「鬼界」を、二人は一度も目にしていないのだ。

だから、誰も気づかなかった。鬼界が仕掛けた最大の罠に。

「照樹くんは気づいてたのか？　あいつが本物じゃないって」

「ちょっとだけ変だとは思ってたんです。火野さんたちにあっさり捕まったのも怪しいですけど、一番違和感があったのは学年です。その人、大学院の一年生だったんですよね。鬼界はマリーの高校の同級生だから、今は二年生のはずです。まあ、留年したって可能性もあったんですけど」

スマートフォンの画面をスライドさせ、「鬼界」の学生証の写真を出した。そこには一真たちが鬼界の本名だと思い込んでいた名前が表記されている。

『小谷幸一《こういち》』

更科千冬と同じ研究室の後輩だったという彼もまた、鬼界システムの一要素として働いていた〈鬼界〉なのだろう。

そもそも、一真が小谷を「本物の鬼界」だと誤認したのは、小谷がイヤホンを外した状態で会話していたからだ。しかし改めて考えると、鬼界の言葉を伝える方法は他にもある。例えば、あの妙につるの太い黒縁眼鏡に骨伝導イヤホンが組み込まれていたのかもしれない。極論、鬼界がリアルタイムに指示しなくても、あらかじめ一真の台詞を予測し、小谷に返答を覚えさせておけばいい。鬼界ならそれくらい朝飯前だろう。

「俺たちの負けだな」

一真が深い溜息とともに吐き出した言葉に、照樹も神妙な顔で頷いた。

病院のロビーから外に出たところでスマートフォンが鳴った。知らない番号からの電話だったが、迷わずに出た。相手は容易に想像がつく。

「……月浦ですが」

『君に協力してほしいことがある』

甲高くて耳障りな加工音声が唐突に告げた。

「まずは名乗るべきだろ。おまえは誰だ」

『最初から君も気づいているだろう。鬼界だよ。本物のね』

「何の用だ。俺を騙して、まんまと逃げ切ったのを勝ち誇りたいのか」

『その逆だよ。僕は負けたんだから』

予想外の返答に、とっさに言葉が出なかった。

『あの日、更科の部屋に君を連れて行ったのは、君を殺人の共犯者に仕立て上げるためじゃない。僕の考えを理解してもらうために、人間の制御における極端なケースを実演するつもりだった。具体的に言えば、死のコントロールだ。更科は死ぬ予定だった。榎原莉愛との争いの最中に転倒し、頭を打って脳挫傷で死ぬ。そうなるように制御していた』

「頭を打ったのは偶然だろ。いくら何でも、そこまで操れるわけがない」

『確かに、物理的な領域まで制御対象にするのは僕でも難しい。でも、環境面と精神面の両方から攻めていけば、人間の物理的な振る舞いをある程度コントロールできる。僕が完璧に初期条件を整えた時点で、榎原が更科を殺すことは決定していたんだ』

小柄で非力な中学生女子が、背の高い大人の殺人鬼を殺す。

もしそんな場面を目の当たりにしていたら、人間の制御というものの底知れなさに戦慄し、鬼界の軍門に降っていたかもしれない。

『一番可能性の高いシナリオは、榎原の初撃をかわした更科が足を滑らせ、後頭部を本棚の角にぶつけて死ぬというものだった。頭を打って気を失った更科を榎原が絞め殺すのが二番目、奪った包丁で刺し殺すのが三番目。他にも数十通りのルートがあったけど、ナイフが血で汚れるルート、更科が生還するルートは一つもなかった』

「ちょっと待て。それならナイフは何の意味があったんだ」

『状況を制御するのに必要だった。言ってみれば並べられたドミノの一枚だよ。それ自体では役に立たない、たった一枚の小さな牌でも、全体で見れば重要なパーツの一つだ。僕はすべての牌を完璧に並べたはずだった』

だが、ドミノは倒れなかった。

汚れないはずのナイフは汚れ、頭を打って気絶した更科に莉愛はとどめを刺さなかった。鬼界のシナリオでは見せ場のない一真と照樹も深手を負った。

『あの場には君を含め、真凜の影響を受けた〝感染者〟が何人もいた。とはいえ、完全に同定したはずのシステムがここまで想定外の挙動を示すというのは前例がない。僕の制御技術が、君たちの特異性に負けたと言ってもいいだろうね。僕としては君のシステムをもっと詳しく調べたい。だから、研究に協力してほしいんだ』

「今さら何を――」

『もちろん、ただでとは言わないよ。謝礼は払う。そして貴重なサンプルに万が一のことがあってはいけないから、鬼界システムが君の安全を保障する。真凜と同じ契約だ』

それに、と鬼界は付け加えた。

『君もそろそろ、僕の考えを理解してくれたと思うからね』

「……あの日、俺が大人しくおまえに従ってたら、どうなったと思う?」

『僕の計画通りになっていたはずだ。更科は死んで、君たちは無傷で帰れた』

もしかしたら、余計なことをしてしまったのかもしれない。

無い知恵を絞って奔走したせいで、照樹に大怪我をさせ、一真自身も負傷した。更科の命を救ったとも言えなくはないが、彼女も結局死刑になるのだとすれば、一真の行動の意義はどこにもない。ただいたずらに不幸の総量を増やしただけだ。

鬼界が創造しようとしている世界では、そんな出来事は起こらないのだろう。人々の行動は完全に調和し、あらゆる損失が最小限に抑えられる。

だが、そんな日はきっと来ない。

「更科を救ったのは白河さんだ」

『どうして？』

「おまえのシナリオだと、先制攻撃するのは決まって莉愛さんのほうらしいな。彼女は更科のことを前もってよく知らされてるみたいだった。もしかして、更科を動揺させるようなことを言って隙を作るつもりだったんじゃないか？」

『そうだ。でも、榎原の台詞は僕のシナリオから逸脱していた』

「俺が白河さんの遺言を伝えたからだ。更科を許すような彼女の遺言を聞いて、莉愛さんは復讐心をほんの少し鈍らせたんだろう。本当ならおまえの台本通りに更科を揺さぶり、すぐさま攻撃を仕掛けるつもりだったのに、彼女はそれを躊躇った。だから、先に更科が動いてしまったんだ。気絶した更科を殺さなかったのも同じ理由だろう」

『それは君の行為の結果であって、真凜はあまり関係ないと思うけど』

「白河さんのシステムは特殊だっておまえは言ったな。同定も制御もできないし、他者との接触によって伝染すると。その正体こそが自由意志なんじゃないか」

沈黙した鬼界に向かって一真は続ける。

「確かにおまえの言う通り、ほとんどすべての人間は宇宙に操られる歯車なのかもしれない。

だが、もし白河さんが自由意志を持って生まれた人間だったとしたら？　俺を含め、彼女と関わった人たちのシステムが変化したのは、彼女の一部を自分の中に受け入れたからじゃないか。彼女の意志を、言葉を、あるいは魂みたいなものを」

——真凜。

虚ろな目で一真を見上げた更科が、失神する寸前に呟いた言葉。

更科は罪悪感による幻覚を見たのだろうか。それとも自分が殺した友人の一部を、一真の中に認めたのだろうか。

「鬼界、おまえは白河さんが何を意図してあの遺言を書いたと思う？」

——またあおうね　ちふゆさん

『真凜がそういうシステムだったからだよ。恋人を殺され、自分もまた殺されようとしているのに、彼女は更科を恨むことができなかった。本質的に他人を攻撃できない人間だからね。更科の罪を暴こうとしたのも復讐ではなく、あくまで火野啓太郎の鎮魂のためだ。だから、自分を殺したことで更科が苦しまないように配慮した』

「それもあるだろうが、あれは予告だったんじゃないか」

『予告？』

「また会いに行く——文字通りの予告だ。白河さんは自分が死んだ後も、自分の意志が人々の中に残り続けることを知ってたんだ。そうすれば、彼女はいずれ更科と会う。誰かの中に残っている意志の欠片として」

——本当に格好良くて、優しくて、大切な友達なの。

更科のことを語る真凜の言葉には、強い憧れと親愛の情が感じられた。そんな真凜の一方的な想いは、何度更科に裏切られようと拭い去ることができなかったのだろう。

死んだ後も再び会いたいと思うほどに。

あの日、一真が倒れた更科の顔を覗き込み、二人の視線が交差したあのとき、真凜が望んでいた再会は果たされていたのかもしれない。

『君の話は興味深いけど、あまりに情緒的なストーリーだ。現実的とは思えない』

「おまえの作ったストーリーも似たようなものだろ」

『というと？』

「妹が自動車事故で死んだっていう話だ。間違ってたら謝るが、あれは作り話なんじゃないか？　そもそもおまえに妹なんているのか？」

最初に話を聞いたときから疑っていた。

人見知りが激しく、それでも兄には懐いているという鬼界の妹のイメージは、あまりに紫音と似通っていたし、ご丁寧にも兄妹の年齢差まで一致していた。この話が一真の思考を誘導し、鬼界に感情移入させるための創作である可能性は高かった。

『言ったはずだ。僕の言葉はすべて君への制御入力だと』

「やっぱり嘘なのか」

『答える意味のない質問には答えないよ』

鬼界は明言を避けたが、おそらく架空の話なのだろう。

しかし、社会を変えようという強い目的意識が理由なく生じるとは思えない。鬼界のあざとい作り話にも真実の一端は含まれているはずで、彼の人生において何らかの悲劇が起こったのは事実かもしれない。そうでなくとも、他者の思考が読める力というのは、それだけで人生を捻じ曲げるほどの重い枷だろう。

鬼界に同情したわけでも、共感したわけでもない。

ただ彼の言葉は、確かに一真の中に入力された。

「おまえの言いたいことはわかった。おまえにとって人間はどうしようもなく馬鹿な猛犬みたいな存在なんだろ。厳しく躾けておかないとすぐに悪さをして、あちこちに迷惑をかけたり、通行人を嚙み殺したりする。だが、人間は犬ほど単純じゃないし、ましてやプログラム通りに動く機械なんかじゃない」

おまえの計画は絶対に失敗するよ、と一真は言った。

「白河さん一人を相手におまえはずいぶん手を焼いてたが、彼女はきっと特殊なケースじゃない。おまえの力の及ばない人たちは他にもたくさんいるはずだ。社会システム全体を制御する？　できるものならやってみればいい。人間はおまえが考えてるよりずっと複雑で、不可解で、計り知れない存在なんだ。舐めてると痛い目に遭うぞ」

『さあ、どうだろうね』

鬼界はいつも通り淡々と応じたが、最後にこう付け加えた。

『君からの入力、確かに受け取ったよ』

通話が切れる。

もう二度と会わないだろうと確信しつつも、案外、思いもよらないタイミングで再会するのではないかという予感もあった。先のことはわからないが、何があっても驚かないように心の準備をしておこうと思う。ある朝目覚めたら、鬼界が世界を一変させているかもしれないのだから。

再び歩き出そうとしたとき、知った顔がこちらに向かってくるのが見えた。

「あ、月浦先生」

洋菓子店の紙袋を提げた莉愛は大きく手を振った。年相応のあどけなさを滲ませた彼女は、冷たい殺意に満ちたあの日の少女とはまるで別人だった。

「今日も来たんだ。凄いな。ここまで結構遠いんじゃないか」

「ううん、全然。バスで二十分くらいだもん。先生、今日で退院なんだよね。おめでとう。はい、これ」

莉愛が差し出した高価そうな個包装のクッキーを、一真は恭しく両手で受け取る。

「ありがとう。……そういえば莉愛さん、一つ訊きたいんだが」

「何？」

「君は、本当に幽霊が見えるのか？」

莉愛は一瞬きょとんとした後、いきなり笑い出した。

「そんなの、見えるわけないって！」

人間はなんて複雑で、不可解で、計り知れないのだろう。

どこまでも非機械的な莉愛の笑顔が眩しくて、一真は目を細めた。

本作品は二〇二二年三月、小社より単行本刊行されました。

双葉文庫

ま-28-01

可制御《かせいぎょ》の殺人《さつじん》

2023年8月9日　第1刷発行

【著者】
松城明《まつしろあきら》

【発行者】
箕浦克史
【発行所】
株式会社双葉社
〒162-8540 東京都新宿区東五軒町3番28号
［電話］03-5261-4818（営業部）　03-5261-4831（編集部）
www.futabasha.co.jp（双葉社の書籍・コミックが買えます）
【印刷所】
大日本印刷株式会社
【製本所】
大日本印刷株式会社
【カバー印刷】
株式会社久栄社
【DTP】
株式会社ビーワークス

【フォーマット・デザイン】
日下潤一

ISBN978-4-575-52683-7 C0193
Printed in Japan